岐《わかれ》路《みち》

彦根藩士 田中三郎左衛門の幕末

田中建彦
TANAKA TAKEHIKO

幻冬舎MC

岐路《わかれみち》

――彦根藩士　田中三郎左衛門の幕末――

目次

序　裏切り

もがいていた。何度も水を飲んだ。ようやく足が地に着いたと思ったら、強い引き波に足元の砂がずるずると崩れるようにもっていかれ、またもや彼の足は宙に浮いた。抗《あらが》いようもない大波に彼は翻弄されていた。その中を必死にもがきながら彼はあたりを探し回っていた。たしか誰かを助けようとしていたのだったが、その人物はあたりには見えなかった。誰だっただろう。いや、それは人ではなかったかもしれない。馬か？　それともまだ見たこともない象とかいう巨大な動物だったか。半ば覚醒しつつある彼にはそれが何かはっきりとはわからなかったが、何かとてつもなく大きな存在だったように思えた。彼にはそれを救い出すことなどできそうには思えなかったが、どういうわけか、それでも彼はそれを救おうともがいていたような気がした。また水を飲み、彼は必死に水面に顔を出そうと足を蹴った。

ぐっしょりと汗をかいて彼は目を覚ました。見慣れたふすまが目に入った。

「そうだった」
と声に出して呟いたとたん急に意識がはっきりした。昨夜藩の運命を決する会議がこの藩邸で行われたのだった。

…………

徳川慶喜が将軍位を返上し、朝廷を中心とする新政府が誕生したばかりだった。十万石以上の大名は諸藩会議に出席するように要請されて、彦根藩主井伊直憲が京都藩邸に詰めていた。そして数日前、朝廷を牛耳っている薩摩と長州は勅命の名を借りて京都守護職松平容保と京都所司代の松平定敬を解任し、朝廷守護についていた会津と桑名の兵を追い出したのだった。徳川慶喜が滞在している二条城に引き移った会津兵と桑名兵を中心とした旧幕府軍は、彼らを新政府から締め出そうとする薩長の強引なやり方に憤激し、薩長を討つといきまき、今にも御所に軍を向けようとしていた。

旧幕軍からは彦根藩に二条城の守備に就くようにしきりと要請があり、彦根藩内ではすぐさま二条城に駆けつけようと主張する派と、新政府に協力すべきであると主張する派との間でもめていた。親徳川派は約六割、新政府側は約四割で藩内は真二つに割れていた。藩主側役《そばやく》の彼は、いま彦根藩が二つに割れてはならないと、藩主に進言し藩論を統一するための会議を開くことになっていたのである。会議が紛糾するであろうことは必至だった。

井伊家彦根藩の藩主直憲はこの時十八歳の若さで、さすがに会議の成り行きに不安を覚えていた。昨夜藩主の前に伺候した彼は
「会議は紛糾いたしましょう。藩士の意見が二つに割れている現状では、結論がつかぬことになるかもしれません。これを抑えることができるのは殿の決断だけでございましょう。どうぞ皆の意見を十分にお聞きになった上で、殿の最後のご決断をお話しくださりませ。そして、一旦ご決断なされたら揺らいではなりませぬ。藩を上げて殿のご決断に従って行動いたします」

と述べていた。

「ようわかった。そうすることにしよう。ところで田中、お前はどちらを支持するという意見なのだ」

と直憲は不安を隠せぬ様子でそう言った。

「私の意見は会議において申し上げたいと思います。それまで殿様ご自身でお考えをおまとめになり、会議の席で諸士の言い分をよくお聞きくださいませ。そして、最後

に殿のご決断をお示しくだされば、それが私の考えと異なるものであっても、私は殿のご意見に従いますし、勿論、藩士全員も殿についてまいります。最後は殿のご決断がどれほど確固たるものかによります」

と彼は答えた。彼の意見は決まっていたが、どちらになるにせよ紛糾する会議を最終的にまとめることができるのは藩主の強い意志と覚悟以外にはないと思っていたので、あえて意見を述べるのは控えたのである。

こうして、京都彦根藩邸の大広間で会議が開かれることになった。在京の士分のものは全員出席が求められたが、知らせを受けて彦根から駆けつけたものも大勢いた。

筆頭家老の木俣がまず口火を切った。

「今、徳川家は未曽有の難局に直面しておられる。わが藩は権現様の時代より徳川四天王の一人と言われた直政様を藩祖として爾来徳川家の譜代筆頭として徳川家にお仕えしてきた藩である。徳川家がお困りになっておられるこの時に、わが藩が先頭に立って徳川家のために戦わずしては、井伊家の歴史に泥を塗ることになろう」

すると中老で軍監の岡本半介が言った。

「今、御所を占拠している諸藩の中には、越前福井藩のように徳川親藩もおり、土佐の山内容堂公は徳川慶喜公を中心とした新政府を考えておられる方だ。戦いとなれば、薩長を中心としてこれに味方する諸藩の脱藩浪人たちが相手となろうが、徳川家の陸軍も海軍も薩長をはるかにしのぐ力を持っている。木俣様が言われた筋論は当然ながら、軍事力を分析してみれば、徳川軍の勝利は間違いない。徳川家が本気で戦えば間違いなく徳川家が勝利するだろう。一時の流行にのって新政府に肩入れすれば、結果として十万石の減知だけではすまない。わが藩の滅亡にもつながる恐れがある」

「恐れながら」と藩内の勤皇派の首領格である渋谷鰡太郎が言った。

「幕府は天子様から委任されて統治を行ってきたのであり、天子様あっての幕府でした。我々にとっては天子様は父であり、徳川家は母でありますが、父母が喧嘩をした場合、どちらのお味方をすべきでありましょうか。子としては父をお助けしなければならない。母の恩に報ゆるには後にいくらでも方策がありましょう」

家老新野左馬介と評定加役の渡辺九郎左衛門が渋谷の説に同意してそれぞれ意見を述べた。これに対して徳川家を守るべきだとの意見が方々から上がった。予想どおり会議は紛糾した。会議の流れはどちらになるとも決しかねて、いつまでも堂々巡りの議論を繰り返していた。すると末席にいた田部全蔵と大東義徹が同時に立ちあがり大声を上げた。

「いつまで愚にもつかない議論を続けていれば気が済むのか。政権を返上した慶喜についていく必要はない。四の五の言い募るならば私がお相手つかまつる」

と今にも刀を抜かんばかりの形相で呶鳴った。

「なにを！」

「なまいきな！」

とあちこちから数人の中堅藩士が立ちあがって、今にもつかみ合いの喧嘩が起こりそうになった。田部も大東も近頃足軽から士分格に取り上げられた勤皇派である至誠会の同志だった。

「まて！　しずまれ！」

こう叫んで彼は思わず立ち上がっていた。これまで過激な言動もなく、大声を上げたことが一度もない彼の大音声のどなり声に一同は一斉に彼の方を振り向いた。

「まず、座ってくれ。私の言い分も聞いてくれ」

彼は全員の目が興味ありげに注がれていることを感じながら、言葉を和らげて、立ち上がっている藩士たちを鎮めようとした。彼はこれまで中立的な立場をとり、ともすればぶつかり合う両派の間に立って調整しながら藩主の相談役を務めてきた能吏としては評価されていたが、積極的に藩論をリードしていくような人物とは思われていなかった。それが人々の関心を引いたのであろう。立ち上がった人々もしぶしぶ座り、彼の発言を待った。

「今わが藩は、選択をあやまれば滅亡しかねない存亡の危機に直面しています。しかも選択し得る道は二つしかなく、その道は先ほど渋谷殿がたとえられたように父を取るか母を取るかというに等しいほど、難しいものであります。あるいは木俣様が言われたように、歴代の徳川家の家来として徳川家に忠節をつくすか、それとも渋谷殿が言われた親である朝廷にお味方するか、言い換えれば忠を取るか孝を取るかというような問題であります。そしてこれはまさに、忠ならんと欲すれば孝ならず、孝ならんと欲すれば忠ならず、という二律背反する問題であります」

彼は、ちょっと躊躇するように言葉を切った。

「しかし、私はいくら考えても、この問題に答えを出すことができない。どちらの答えも正しいからです。そこでこの問題ばかりを議論しても答えは出てこない以上、別の角度から考えてみました。今武士として命を賭けて行動しなければならない時に、私は誰のためなら命を捨てることができるか、ということです。この答えはすぐ出ました。ご主君のためです。代々井伊家から扶持を頂いている武士として、ご主君直憲様のためにどうするのがよいか。それだけを考えることにしました」

「では、どちらを選ぶというのか、朝廷か幕府か」

という声が飛んだ。

「それとも尻尾を巻いて逃げ出すというのか」

という声も上がった。

「井伊家のため、彦根藩のためだけを考えれば、私の答えは朝廷のお味方をすべきだ、というものです」

「なぜだ！」

「徳川家を裏切れというのか」

という声があちこちから聞こえた。

「岡本様は徳川家が本気を出せば、戦力的には徳川家の方が優れているから、徳川が勝利するだろうと言われました。私もそのとおりだと思います。しかし、問題はそこにあります。徳川方が本気になるかどうか、という点にあります。ご宗家の慶喜様は水戸のご出身であり、骨の髄まで尊王の姿勢にどっぷりつかっておられる。これまでの慶喜様の言動をみていても常にそうでした。その慶喜様が朝廷に本気で弓を引かれるでしょうか。御所を火の海にしてまでも朝廷と闘おうとなさるでしょうか。朝敵となるのを最も嫌がるのは旧幕府内において慶喜様が随一でありましょう。大将がそのような姿勢であれば、部下の軍隊が一つになって戦えるでしょうか。徳川方の弱点はまさにそこにあります。一部のものは朝廷に槍を向けるかもしれませんが、徳川家全体としてはそうなりますまい」

こう言って彼は座った。しばらく一座は水を打ったように静かになり、誰も発言するものがいなかった。やがて岡本半介が独り言のように呟いた。「なるほど、田中の言うとおりかもしれぬ。慶喜様は朝敵になるのをお避けになるかも知れぬ」

岡本の近くにいた一人の藩士がそれを聞いて発言した。

「田中殿の言うとおり、ご主君のために命を捨てるのが武士の道である。それならば、お殿様のご意思が奈辺にあるか知りたい」

「そうだ、お殿様のお考えをお示しください」

方々から「殿！」「殿！」という声が上がった。

藩主の直憲はこの時満年齢で十八歳。父直弼の急死の後を受けて、右も左もわからぬ状況の中で藩主の座についたが、これまでは側近たちの提案に従って行動してきた。しかし彼が藩主となってからの彦根は苦難の連続だった。その苦難が彼を成長させていた。今藩は右の道を取るか左の道を取るかの岐路に立ち、その選択を任されようとしている。その責任の重さに押しつぶされそうになっていたが、彼は拳を握りしめ顔面を蒼白にしながらも、決然と顔を上げこう言った。

「余は朝廷にお味方しようと思う」

彼が言ったのはその一言だけだったが、それで十分だった。その言葉に全員が「ハッ」と頭を下げた。家老の一人貫名筑後が進み出た。彼は直弼の庶兄で家老の中野家に養子に出されたが、直弼が彼を独立させ貫名家を創立させて家老の一人としていた。直憲の伯父に当たる人物だった。

「殿、よくぞ申された。殿のご意思が示された以上、藩として揺らぎなく一丸となってこの難局を乗り切りましょう。のう、木俣殿。それでよいな」

「もちろんでござる。殿のご決意を伺った以上、殿の家来である我らのなすべきことは、その道に沿って全員一丸となってまい進することのみ。皆の衆、異存はあるまいな」

再び一同は、「ハハッ」と頭を下げた。


……………


徳川家譜代筆頭大名の彦根藩井伊家が徳川家に反旗を翻した瞬間だった。

側役として藩主の相談にあずかってきた彼も今やそれしか道はないと信じていた。藩が生き残り井伊家が存続するためには、この道しかないと彼は思っていた。直接に彼は藩主を説得したわけではなく、それは最終的には藩主自身の決断ではあったが、それ以前に藩主の下問に答えて彼が説明した情勢分析には彼自身の意見が反映されないでは済まない。それが藩主の最終的な決心への道筋をつけたであろうことを思うと、彼はこの裏切りが自分の責任であると感じていた。それは藩主にとっても彼にとっても苦渋の決断だった。

昨夜の集会での一幕を思い出しながら彼はしばらく天井を凝視していた。なんでこんなことになったのだろうと振り返りながら、彼は藩主直憲の年齢が同じころの自分を思い出していた。その頃は幕府もどっしりと安定しているように見えたし、藩もゆるぎない幕藩体制のもとで安定していた。

一　初出仕

琵琶湖の湖面を縫って城下町に吹きぬける風は冷たく、彦根の冬の寒さは格別だった。天保十一年（一八四〇年）二月になったばかりのこの日は特に寒さが身にしみた。田中徳三郎はその寒風の中を、弘道館での稽古を終えて竹刀と防具を肩に担ぎ石ヶ崎の我が家に戻って来ると、門前に父の供をして江戸にいたはずの中間《ちゅうげん》の芳蔵が待っていた。

「おや、芳蔵、どうした。父上がお戻りになられたのか」

「いえ、若様、私一人で戻りました。御父上様からの御用でございます。御用の筋は後ほど母上様からお聞きください。まずは汗をお流しなさいませ」

「わかった。で、父上はお元気か？」

「はい、大変お元気で、仕事に励んでおられます」

徳三郎は、芳蔵の声を背に聞きながら井戸に向かうと、真冬にもかかわらず上半身裸になり、濡れ手ぬぐいで体を拭き、自室に戻って衣服を改め、母のもとに行った。

母はすでに部屋で待っていた。

「母上、ただ今戻りました」

彼は両手をついて母に言った。

「お帰りなさい。芳蔵には会いましたか」

「はい、会いました」

「では、芳蔵から聞いていますね」

「いえ、何も聞いていません。母上からお聞きするようにと言っておりましたが、父上の身に何かあったのですか」

「そういうことではありません。徳三郎、父上から江戸に参りますようにとのお話です。芳蔵が供をしますので、十日後にはお発ちなさい」

母の表情はどことなく寂しそうであった。父は殿の近習として、参勤の供をして、この数年一年おきに彦根と江戸を行き来していた。この年は小納戸役として江戸で殿様の側仕えをしていたのだった。母は父が江戸にいる間、彦根で留守宅を守っていたのだが、今また、長男の徳三郎を手放さねばならなくなったのである。徳三郎は今年十八歳となっていたがまだ無役であった。

彦根藩では三百石以上の武役席にある藩士の長男は、十五歳前後で成人になると小姓として召し出されることが多い。父三郎左衛門は小納戸役として、殿の身辺の世話を行っていた近習の一人だったので、徳三郎も数年前からその有資格者だったのだが、なかなか呼び出しがなくじりじりしていたところだった。

彦根藩では小姓になると役料として百俵八人扶持《ふち》が与えられる。特に定員はなかったが、扶持を与えるので藩の経済上無限に小姓の数を増やすわけにはいかない。徳三郎はいわば空き待ちの状態だったのである。なぜ江戸に呼ばれるのか分からなかったが、小姓としての召出しの可能性が高い。

彦根藩士には知行取りと言われる知行地を与えられている藩士が約五百人いたが、その内三百石以上の武役席に属するものは約百人であった。父は、二百五十石であったが、特に「三百石以上の扱いを許さる」ということで、武役席に属していたのである。というのも、もともと田中三郎左衛門家は家禄として三百石の知行を与えられていたが、父の先代が今村源右衛門家から来た養子で、家庭内で何かごたごたがあったのであろう、田中家を出て今村家別家を立てることになって家を去っていった。そのためやむを得ず松居助内家から幼年の熊次郎を養子にもらい受けて田中家を存続させることになった。この時、幼年養子ということで三百石から二百五十石に減らされたのだった。しかし武役席としての待遇は維持された。その熊次郎の子である父は少年時代から藩校での成績がよく、早くから近習に召し出され、以後中屋敷留守居・筋奉行・小納戸役・表用人などを歴任し、この時また小納戸役に戻っていた。武役としては母衣《ほろ》役・鉄砲足軽三十人組を預かる物頭《ものがしら》であった。

父は近習として、藩主井伊直亮《なおあき》と共に行動し、この数年は一年おきに江戸と彦根の間を行き来していた。すなわち天保六年藩主は就封し彦根にいたが、この年は中筋奉行、翌年殿が参勤のために江戸に赴くと、小納戸役として随伴し、その年には江戸で表用人を務めていた。さらに、翌八年殿が就封し彦根に戻っている間は大津藏屋敷奉行に役替えとなった。翌十年の九月、父は再び小納戸役となり、江戸に行く殿の御供を命じられたが、徳三郎が江戸に呼び出されたのはその翌年の二月だった。

十日後、まだ夜の明けきらぬうちに、徳三郎は石ヶ崎の我が家を出発した。徳三郎にとっては初めての旅である。これまでの十八年間、彦根から一歩も出ることなく過ごしてきたが、未知の旅への不安やら江戸での生活への期待やらで、昨夜はろくに眠っていない。番場宿を過ぎたころからようやく空が白み始め、柏原宿に差し掛かった時は、すっかり夜が明けていた。街道沿いを流れる清流の中に朝日を受けた水草がゆらゆらと揺れている。

「若様、ここらで一休みいたしましょうか」

芳蔵に言われて徳三郎はしぶしぶその清流にかかる小さな橋のたもとに腰を下ろした。彼はまだ疲れを感じていなかったのでもう少し先まで進みたかったが、旅慣れた芳蔵に従うことにした。芳蔵は彼の従者というより、道案内人でもあり、保護者でもあった。二人はそこで、母が用意してくれた朝食の握り飯の竹皮包みを開けた。宿のものに見送られた旅人が足早に彼の傍を通り抜けていく。大きな荷物を背負った商人、数人の従者を連れた武士、子供連れの夫婦などが、京方面へ、あるいは江戸方面へと向かう。あわただしい宿場の朝の様子を眺めながら、徳三郎は旅の始まりを実感していた。

朝食を終えると二人はまた歩き始めた。伊吹山を左に眺めながら、関が原を抜け、赤坂で宿をとった。赤坂は天下分け目の戦いと言われた関ヶ原の戦いを前にして東軍が集結した場所である。出発前は、関が原の古戦場跡や赤坂の東軍集結場所の跡にも立ち寄りたいと思っていたが、一日目はかなりの強行軍でさすがに歩き疲れて、寄り道をする元気もなくなっていた。三日目には木曽路に入り、大湫《おおくて》、馬籠《まごめ》、奈良井と泊りを重ねて、六日目に塩尻へ出た。行程の半分ほどを過ぎたのである。塩尻峠の長い坂道を抜けると眼下にほぼ円形に近い諏訪湖の湖面が夕陽を受けて白く光っている。その中ほどに西の岸から東の岸に向けて一本の道が走っていた。近づいてみると湖面が白く見えたのは全面凍っていたからで、道と見えたのは湖面を走る氷の亀裂だった。この日は、少々早めであったが、芳蔵の提案もあって下諏訪の温泉にゆったり浸かって旅の疲れを癒すことにした。源泉から湧き出る宿の湯は熱く、水で薄めながら入らなければならなかったが、この六日間の疲れを一挙に癒《いや》してくれるように思われて、彼は寝つくまでに三度も湯に入った。翌日は諏訪大社に詣でた後、和田峠への気の遠くなるほどの長い坂道を上った。右は霧ケ峰、左は美ヶ原となる稜線を越えると、下り坂の終点が和田宿である。二人はここで名物のおやきを買い求めて歩きながら食べた。冬の日暮れは早い。ようやく望月宿に着いた時はすっかり暗くなっていた。

翌日は一日中噴煙を上げる浅間山を見ながら歩くことになった。小田井宿に差し掛かると江戸方面から
「えっほー、えっほー」

と威勢のいい掛け声を上げながら、駕籠が進んできた。その前後を数人の武士が取り囲むように足早に歩いている。徳三郎は道端によってその駕籠が通り過ぎるのを待った。きっと名のある高級武士であろうと眺めていたが、立派な漆塗りの駕籠の扉は締め切られていて中が見えない。好奇心むき出しの田舎侍の姿だろうと、我に返って少し恥ずかしい思いをしながら見送っていると、急に胸のあたりに痒さを覚えた。歩き続けて少し汗ばんでいたのである。半ば無意識にその個所を掻こうと手を胸の中に差し入れた時、彼の手が何か異様なものに触れた。荒てそれをつかみあげると、それは他人の手だった。

「痛てて……」

その手の主が叫びながら強く引っ張ったので、徳三郎は驚いてその手を放した。途

端にその手の主は力いっぱい引っ張った自らの勢いで、後ろに崩れ落ちるように倒れてしまった。
「この野郎！」
気付いた芳蔵が駆け寄ってくると、その男の横っ面を殴りつけ、腕をねじ上げた。足を止めて様子を見ている旅人たちの数が次第に増えてきた。掏摸《すり》を捕まえはしたものの芳蔵もどうしてよいかにわかに判断がつかぬような当惑顔で、居もしない役人の姿を探してきょろきょろしている。まだ、宿《しゅく》の入り口に差し掛かったばかりで、本陣は一町ほど先にあり、町の人間もあたりには見えない。
何事が起こったのかわからず、当の徳三郎は一瞬ぽかんとしていたが、ようやく事情が呑み込めてきた。もう初老の域に達しているように見える頬のこけた巾着切りは、観念したように
「どうとでもしやがれ」
と捨て鉢の態《てい》で芳蔵に腕をとられて座り込んでいる。旅慣れた芳蔵もさすがに盗人を捕まえたのは初めてのことで、当惑顔に
「若様、どういたしましょうか。引っ張って行って役人に引き渡しましょうか？」

と聞いてきた。集まってきた見物人たちを意識して徳三郎も困惑していた。武士が掏摸に懐を狙われたのである。見物人たちも内心笑って見ているのではないかと、恥ずかしさで一刻も早くその場を立ち去りたかった。

「もうよい、ほっとけ。放してやれ」

そう言って彼はその場を足早に離れた。それを見て芳蔵も巾着切りの尻を蹴飛ばしてから、徳三郎の後を追った。

翌日追分宿の旅籠を後にして間もなく、何度か後ろを振り向いていた芳蔵が言った。

「若様、昨日の巾着切りが後をつけておりますよ。昨日のことを限みに思って、若様を狙っているのかもしれません。用心してください。しつこい奴だ。あの場でたたっ切るか、役人に引き渡しておけばよかったですね」

徳三郎が振り返ってみると、なるほど、半町ほど後ろから、昨日の巾着切りがやってくるのが見えた。観念して座り込んでいたひょろひょろに痩せた、貧相な初老の男のみじめな姿を思い出すと、よほどの油断がない限り自分が討たれるということが想像できなかった。剣術には多少の自信があったのである。

「構うな。放っておけ」

あと四、五日で江戸である。早く江戸に着きたい、という思いの方が強かった。

にぎやかな軽井沢宿を過ぎると、道は碓氷峠の坂道に差し掛かった。うっそうと茂った木々の中を走る山道を登りきると、なだらかな尾根道に出た。そこには何軒かの茶屋が立っていて、すでにあちこちの茶屋には旅人が餅や団子を食べながら休んでいる。

「若様、一休みして、団子でも食べませんか」

芳蔵の言葉を待つまでもなく、徳三郎は遠くに茶屋を見かけた時からすでにそうする気でいたので、二つ返事で一軒の茶屋に向かった。天気も良く、長い登りの後で汗ばんでいたので、中に入らず店先の縁台に腰を掛けて、みたらし団子と餅を注文した。腰の曲がった老婆が持ってきた団子を食べながら、徳三郎は遠く眼下に見える坂本宿をぼんやりと眺めていた。

「旦那、お願えです」

という声が突然聞こえて、びっくりして横を向くと、そこにはあの巾着切りが両手をついて彼の方を見上げていた。完全に油断していた。昨日の恨みから彼を狙っていたとしたら、襲われていたであろうが、巾着切りの顔にはそのような様子はなかった。

「こ、この野郎！」

あわてて立ち上がって身構えた芳蔵にちらと目をやると、その男はまた徳三郎に目を移し、頭を下げて言った。

「本来ならばお手打ちになっても仕方ねえところをお許しくださりありがとうごぜえやした。この稼業に手を染めてから三十年、今まで一度も失敗したことはごぜえませんでしたが、何気ない様子をしながら、あっしの動きをちゃんと見ておいでとは、お若いのによほどの遣い手のお武家様とお見受けいたしやした。それにもかかわらず、お許しくださるそのご器量に、熊吉あまりのありがたさに心がとろけてしまいました。本来ならあの時にあっしの生涯は終わっておりやす」

「お前、そんな礼を言うためにわざわざ後を追ってきたのか」

「はい、いえ、それればかりではありません。あの時にこれまでの熊吉は死にやした。許された残りの命を若様のためにおささげしたいと決心いたしやして、後をついてまいりやしたので」

「よせよ、そんな勝手な決心をされても私には迷惑なだけだ。それにな、熊吉といったな。私は剣客でも何でもない。たまたまあの時、胸がかゆくてそこを掻こうとして懐に手を入れたらお前の手がそこにあったというだけだ。偶然だよ」

「またまた。奥ゆかしい。お武家様とも思えぬ、その謙虚で優しいお姿に熊吉は惚れやした。お願えでごぜえやす。飯炊きでも何でもいたしやすから、あっしを使ってやっておくんなさい。救っていただいた命を懸けて一生懸命お仕えいたしやす」

「冗談じゃない、お前みたいなぶっそうな……いや悪かった。だが、どっちにしても、私の方にはその必要はない。それほどの決心なら、これまでの稼業からきっぱりと足を洗い、まっとうな仕事について精を出すことだな」

熊吉はなお、くどくどと徳三郎にお願いを繰り返したが、彼は少々もてあまして、残りの団子を口の中にほうり込んで、立ち上がった。

「お前、腹がすいているだろう。この餅、私はもういらないから、食ってくれ」

徳三郎は押し付けるように餅の入った皿を熊吉に渡すと、勘定を済ませてさっさと先へ急いだ。隣の縁台で商人風の旅人が興味深げに様子を見ている。

「お武家様、若様」

と声を上げながら、押し付けられた餅の皿を持って、熊吉は餅を食べるか、徳三郎の後を追うか迷ってうろたえている様子だった。

出発して十日目、彼らは桶川に着いた。その間、後ろを振り返るたびに、熊吉が後をついてきているのがわかった。

「しつこい奴だな。妙なやつに取りつかれてしまった。少々薄気味悪いぐらいだ」

「懐を狙っておいて若様にお仕えしたいなどと、途方もないことを言いやがって。図々しいだけでなく、頭の方も少々おかしいのではないでしょうか」

「恨みに思って付け狙っているとしたら、碓氷峠で私は討たれていた。そうでなかったとしても、あれほどの執念だ、恨まれていたら私はいつか、彼の手にかかって死ぬかもしれないな。それが許されたお礼に奉公したい、というのだから……それにしてもこれほどしつこくついてこられては迷惑だ。芳蔵、何とかならないか」

「はて、どうしたらよいのやら」

そんな会話をしながら、夕食を済ませると、二人はその夜は早々と床に就いた。どのくらい眠っていたのだろう。徳三郎はふと目を覚ますと、彼の顔を覗き込んでいる熊吉の顔が目の前にあった。

「な、なんだ」

驚いて飛び起きて枕元の刀をつかむと、その時には熊吉はすっと後ろに下がって頭を畳に擦り付けていた。

「お、お前か。熊吉、たしか熊吉といったな。いつ、どうやって入ってきた」

「へえ、こんな稼業をやっておりますので、このくらいのことは……」

「朝飯前、ということか。それにしてもどういう了見だ。何の用だ」

「へえ、お願えでやす。どうかこのあっしを若様の家来、いえ家来なんてとんでもねえ。飯炊きでも、草履取りでも、小間使いでも何でもいたしやす。あっしは、物心ついてからこの方、人様のものをかすめ取ることしか知らずに過ごしてまいりやした。あの時若様に討たれて死んでいても当然の身、心を入れ替えて真人間になろうと決心しても、何をしてよいやらわかりやせん。この命をお許し下すっただけでなく、腹を空かしたあっしに餅まで恵んでくださいやした。あっしには、神様か仏様のようなお方です。若様におすがりするしかない、という思いでのこのこ後をついてまいりやした」

「神様とか仏様とか、とんでもない。お前が私を恨んでいたら、碓氷峠の時と今の二度、私はお前に討たれていただろう。私は二度お前に命を許されたわけだ。これでおあいこだ。お前は私に何の借りもない」

「滅相もありません。恨みに思うとかお命を狙うなどとはこれっぽっちも思ったことがありやせん。ただ、ただ感謝だけで」

「困ったな。熊吉、私はこれから江戸に行って初めて殿のお側でご奉公をするという身だ。これから先どんな仕事が待っているのか不安でいっぱいなのだよ。悪いけど、お前のことを考える余裕もない。頼むから放っといてくれ。私は優しい人間でも何でもない。これからの殿様へのご奉公の前に煩わしいことに巻き込まれたくないだけだ。わかってくれ」

「決してご迷惑をおかけするようなことは……」

「それが迷惑なんだ」

いつの間にか隣室に寝ていた芳蔵が起きてきて、脇差を手にことあらば飛び掛かろうとしていた。

「お前が付きまとっていることがそもそも迷惑なんだ。夜中に人さまの寝室に忍び込むとは。これ以上ぐずぐず言うと役人にひき渡すぞ。出て行け！」

と芳蔵が言うと、徳三郎も
「熊吉、そういうわけだ。こう言っちゃなんだが……正直言って迷惑なんだ」

徳三郎のその一言がよほどこたえたのか、

「めいわく、迷惑をおかけする気などは……わかりやした」

と熊吉は泣きべそをかいたような顔をしてようやく出て行った。

翌日からぷっつり熊吉は姿を見せなくなった。


彦根を出発してから十二日目に、徳三郎と芳蔵は井伊家の江戸中屋敷に到着した。父の三郎左衛門はかって中屋敷留守居をしていたことがあり、以来その時にあてがわれた部屋を江戸での住まいとしていた。彦根藩の江戸屋敷の周囲はこれをぐるりと取り囲むように長屋が建てられていて、それが塀を兼ねていた。江戸詰めの藩士たちはこの長屋に住んでいたが、武役席のものは塀を兼ねた長屋とは別に中庭に面した一郭に建てられた住居をあてがわれていた。父は江戸では用人となっていたので、本来ならば江戸城のお堀端にある上屋敷内に住むべきところだったが、中屋敷のこの部屋になじんでいたので、上屋敷にはここから通っていた。

徳三郎の江戸生活はここで始まった。到着の翌日父に連れられて上屋敷に出向き、藩主の井伊掃部頭直亮に初めてお目通りし、到着の報告をすると、その場で小姓の役を命ぜられた。

小姓の仕事は藩主の居室を中心とした中奥にあって、藩主の身辺のこまごまとした世話を行うと同時に、夜は宿直《とのい》として、殿の寝室の近くで身辺警護を行う。したがって勤務時間は朝四つ時（十時）から翌日の朝四つ時までの二十四時間勤務で三交代制であった。

殿様といえども朝は早い。六つ時（六時）となると起床する。歯を磨き、髭をあたり、髷を結いなおす。その時の介添えは小姓の仕事である。蒲団をたたみ掃除をし、食事の際にご飯や汁ものの盛りつけなどの食事の世話もすべて小姓の仕事である。要するに、殿が男子禁制の「お局」でお寝《や》すみになられる時以外は、すべて男たちの手で殿のお世話をしなければならない。この役が小姓や小納戸の仕事ということになる。殿の世話を身分の低い小者たちに任せるわけにはいかないし、殿の身辺に身元のはっきりしないものを置くわけにはいかない。ということで殿のもっとも身近なところで警護に当たる彼らが、殿の日常生活の一部始終でお世話をすることになるのである。

四つ時になると殿は袴をはき「表」にお出ましになる。「表」は屋敷の外ではない。屋敷は私的空間と公的空間とにわかれていて、「表」とは屋敷内の公の場で、ここが政庁となる。この時、殿の刀を小姓が持って従うが、「表」への入り口で小納戸役に渡す。ここからは殿の身辺の世話は小納戸役の仕事となる。「表」に殿が出座されると、そこには、家老・用人などが待ち受けており、殿は彼らの報告を受け、問題があれば彼らと相談をして指示を出す。

この時間帯が小姓の交代時間である。朝四つ時から翌朝の四つ時まで御勤めをし、その日の午後から翌日一杯が休日ということになる。おおよそ六人で一班を形成し三班による交代制である。

一方小納戸役も藩主の身辺の世話を行う役で、仕事の性質としては小姓の仕事と似た内容であったが、藩主が執務を行う「表」での世話は小納戸の仕事であるという点と、主として三百石以上の武役席の身分のものがこの役についたという点で小姓とは異なると言えよう。小姓も小納戸も藩主の日常の生活の場で藩主のもっとも近いところにいるわけであるから、信頼のおける人間でなければならなかった。

小姓の仕事が始まってひと月ほどたったある朝、朝食をとっていると、門番をしている足軽の一人がやってきて言った。

「田中様、明け方から門前に妙な町人が座り込んでおりまして、怪しい奴と問い詰めましたところ、田中徳三郎様にお目にかかりたいと言っておりますが、どういたしましょうか」

「誰だろう。名を言ったか」

「はい、熊吉とか申しておりました」

「あの野郎、また出てきやがった」

給仕をしていた芳蔵が、驚いて大声を上げげた。徳三郎は、父に旅の途中であった熊吉との出会いの一部始終を話した。父はその奇妙な出会いの話を聞きながら、途中何度も笑い声を上げていたが、徳三郎の話が終わると言った。

「なるほど変わったやつだな。熊吉とやらの顔が見てみたい。私が会ってみよう」

と言い、門番に
「そやつを御用部屋の庭先に連れてまいれ。万が一のことがあってはいけない、私が行くまで側についておれ」

上屋敷での宿直の仕事を終えて、翌日の午後徳三郎が中屋敷に戻ってくると
「おかえりなさいまし」

と、満面の笑みを浮かべた熊吉が出迎えた。傍には芳蔵が苦虫をかみつぶしたような顔をして立っている。

「お父上様が、若様の小者として使ってやれとの仰せで……」

芳蔵は大いに不満そうだった。

熊吉は徳三郎に「迷惑」と言われて、ようやくあきらめたが、もう昔の稼業に戻るまいと決心して、人足をしながら食いつないできた。ある日、薩摩藩から桜の苗木を数十本江戸城に献上するということで、その運搬の仕事に駆り出された。その時、登城する井伊家の殿様の行列に行きあたって、徳三郎を見かけたという。その場で声をかけることもできずに、そのまま帰ったが、どうしてももう一度徳三郎に会いたいと

いう気持ちを抑えきれずに来てしまった、というのだった。
父はその日の夕食時に
「徳三郎、お前も本来ならば、家来としての若党と中間を持たなければならないところだ。今は芳蔵がいるから、必要な時は彼が助けてくれようが、そのうち適当な人物を見つけなければならないな。それまでの間、熊吉を小者として使ってやるがよい」
と言った。

武士は若党（私的な家来である武士）と中間と小者の少なくとも三人の従者を抱えることになっていた。父には宮下準之助という若党と中間の芳蔵がいたが、小者は留守宅の家族の世話をさせるために彦根に置いてきたのだった。

中間《ちゅうげん》とは若党と小者の中間《ちゅうかん》に位置するものということである。盗人だった熊吉を中間にするわけにはいかなかった。

のちに熊吉から聞いたところによると、父はもっぱら熊吉に盗人稼業のことについて、聞いていたらしい。どういうところに足を運んだか、どんな連中の懐を狙ったのか、武家の屋敷ではどこが侵入しやすそうだったか、などいかにも楽しそうに聞くので、熊吉も洗いざらい経験したことを語ったらしい。悪事の数々をいい気になってしゃべっているうちに、ふと気付いて、父は彼にしゃべらせるだけしゃべらせて、それを証拠に役人に引き渡すのではないかと、心配になったほどだった。ところが、父が徳三郎の身辺の雑用をする小者に使ってやろうと言ってくれたので、涙が出るほどうれしかった、と熊吉は言った。

父にどんな考えがあったのか知らないが、時折「徳三郎、熊吉を借りるぞ」と言って、熊吉を数日何かの用事に使っていた。時には三日も彼が帰ってこないことがあった。

こうして始まった徳三郎の小姓生活も五年を過ぎた。小姓の徳三郎は殿の就封の供をして彦根に戻ったり、参勤のためにまた江戸に行ったりと、一年おきに彦根と江戸の間を行き来していた。父は徳三郎が小姓となって以降は江戸詰めが続いており彦根に戻ることはなかったが、その間父三郎左衛門は小納戸役から表用人となり、さらには城使役兼帯となり、幕府との折衝などで忙しい日々を送っていた。用人は国元彦根においては家老・中老に次ぐ役職で、藩主はじめ世嗣・庶子、正室・側室以下の奥向き支配と、奥向き勤めを行う歩行身分の支配を行う重職である。彦根においては御用番に当たっている家老宅で月六回行われる「御用番御用会」に出席して藩政の相談にあずかる役目で、主として五、六百石以上のものがその役についた。しかし、江戸にある時はそれより軽輩のものがその役につくことが多かった。江戸における用人は江戸家老と共に公私にわたって藩主を助け、藩主の生活・行事・公的役目などが滞りなく行われるように相談し仕事の分担などを家臣に伝え、監督する役目である。側用人は藩主の私事を中心とし、表用人は藩主の公的な用向きを藩内・家中に伝えて、相手方と折衝して庶務をつかさどる役目である。藩主が老中・大老に就任すると、表用人の仕事は藩主の仕事が国事になることから、その用向きを幕府諸役人に伝える役目となり、「公用人」と呼ばれる。藩主直亮は父三郎左衛門が表用人になった時は、大老職を辞したばかりの時で、父は公用人としての忙しい日々を送らなくてよかったが、それでも、この時期外国の船が江戸湾を訪れ、幕府はこれらの船舶を打ち払うか、それとも必要な水や薪炭を提供するかで意見が分かれ、右往左往していた時である。父が表用人になって間もなく、川越藩と忍藩に江戸湾警衛の幕命が下ったが、彦根藩にもいずれどこかの持ち場が割り当てられるのではないかとの心配があった。これは藩としては大事件であった。藩兵を派遣して常駐させるための手当てや、大砲の鋳造や砲台の建設など新たな出費が重なることになる。父は八方を飛び回り、幕府のお小人目付やその他の役人、あるいは殿に付き添い江戸城に赴く時は数寄屋坊主から情報を得ようとしていた。

弘化二年（一八四五年）、殿が参勤のため江戸に向かった。徳三郎も小姓として随行した。直亮はすでに藩主の座にいること三十年、一度は大老にもなったことがあったが、この頃は国事にも藩政にもあまり積極的な関心を示さなくて、重臣たちに任せっぱなしであった。それでも何か言い出すと重臣たちの意見に耳をかさずに強引に我意を通すというところがあった。幕政を担当している老中たちや諸藩の学者たちの中には、阿片戦争で隣国清を打ち破ったヨーロッパ諸国が、次に攻めてくるのは日本ではないかという危惧を口にし始めていたが、殿はあまり関心を示す様子がない。中屋敷留守居の、村山長紀、三浦鵜殿《うどの》ら、また表用人の田中三郎左衛門、新たに表用人に加えられた宇津木六之丞、表用人補佐役の山本伝八郎らが走り回って情報を集め、それを分析して重臣会議に提出して彦根藩の取るべき道を進言していたが、殿は「ふむ、ふむ」というだけで、特別な関心を見せず、「よきにはからえ」というだけであった。弘化三年（一八四六年）の正月の諸行事が一段落した十三日、父三郎左衛門は表用人のまま城使役を兼帯するように言われた。城使というのは江戸城に藩の使いとして出向き、幕府の藩に対する指示を受けたり、あるいは藩の要請や質問を届けて答えをもらってくる役目である。父が城使役となって間もない一月の二十五日、徳三郎は上屋敷での小姓の役目を終えて中屋敷に戻ってきた。昼食時、この日非番であるはずの父の姿がなかった。芳蔵に聞くと、「奥に御上がりでございます」というだけで、何の用事で出向いたのか一向に要領を得ない。「奥」というのは中屋敷の「奥」で、そこには次の藩主となるべき世継ぎの直元の居室があった。徳三郎は何か直元と相談することがあったのであろうと、軽く考えていたが、夕食時になっても父は戻ってこなかった。なんとなくいつもと中屋敷の様子が違うように思えたが、それが何か判然としないまま時を過ごしていた。屋敷全体が静まり返っているようで、あまり物音がしない。徳三郎は下駄をはき、屋敷内を歩いてみた。その時、門から一人の総髪の男が付き添いのものに荷物を持たせて足早に入ってきて、屋内に上がっていくのが見えた。それから小半時、父が奥からあたふたと出てきて、徳三郎に言った。

「徳三郎、馬を出せ」

「え、何事でございますか」

「直元様の御容態がひどくお悪いようじゃ、上屋敷の殿にお伝えしてまいれ」

父はそれだけ言うと、また急ぎ足で奥に戻った。

徳三郎は馬を引き出して乗ると、江戸の夜の街をかけ出した。外灯もない真っ暗な道であるが、上屋敷と中屋敷の間を三日に一度は行き来しているので、目をつむっても歩けると言えるほどよく知った道である。松平出羽守、土井大隅守の屋敷前を走ると左に曲がり、渡辺丹後守、松平対馬守、松平備後守、大村丹後守、細川山城守、木下図書守、真田信濃守らの屋敷が続いている。それらの屋敷沿いの道を抜けるとやがて道は井伊家の上屋敷にぶつかる。

静まり返った大名屋敷の間をカッカッという馬のひづめの音が闇を切り裂くように響き渡ると、途中の屋敷から門番が驚いて飛び出してきて何事かと見送っている。

「開門！　開門！」

と、徳三郎は上屋敷の長屋門で馬を飛び降りながら叫んだ。

「中屋敷からの緊急の御用でござる」

という徳三郎の声を聞き、くぐり戸を開けて門番があわてて出てきた。徳三郎の顔はよく見知っているので、門番はすぐ門を開け彼を通すと、徳三郎は手綱を門番に渡し、この時の江戸家老長野業賢の居宅に向かった。

「直元様のご容態がおもわしくないと？」

取次から話を聞いた長野は自分で玄関まで出てきた。

「すぐ参る、それにて待て」

そういうと、長野は奥に入り袴と羽織を着て出てくると、徳三郎を連れて殿のいるご寝所に向かった。藩主はすでに寝間に移って就寝までのひと時を晩酌しながら過ごしているところであった。長野はふすま越しに言った。

「殿様、中屋敷から直元様のご容態が非常にお悪いとの知らせでございます。すぐお見舞いにお出かけならば、御供の用意をいたしますが、いかがいたしましょうか」

殿はすぐに返事をしなかった。しばらく思案しているようであった。

「使いには誰が参った」

「田中三郎左衛門のせがれ徳三郎でございます」

「徳三郎か。そこにいるのか？」

「はい、ここに控えております」

「徳三郎、戻って三郎左衛門に伝えよ。明朝、見舞いに行くとな」

「はっ、かしこまりました」

徳三郎はその場から急いで戻ったが、ご家老はしばらくその場に残り殿と何か相談している様子であった。


殿が中屋敷に大勢の供を引き連れて見舞いに来たのは翌朝四つ時だった。その時には直元は危篤状態で意識はすでに混濁しており、話もできなかったという。直元が息を引き取ったのはその日の午後だった。その夜殿は中屋敷に泊まることになったが、江戸における藩の政務・庶務を扱う重臣たちが呼び集められ、夜遅くまで何事か話し合っていた。途中、目付西堀太郎左衛門と使番の久保田又一が呼ばれ、やがて奥から出てくるとあたふたと去って行った。後でわかったことだが、国元への急使として国元の家老たちに直元の死を伝えるとともに、御世継ぎとして直弼を立てることが決まったことを伝えるためであった。翌日父は城使として江戸城に赴き、老中に同じことを伝えた。藩の世継ぎ交代は幕府に伺いを出すことになっていたからである。

直元の死後二十日ばかり過ぎた二月十七日、徳三郎は同じ小姓仲間の今村忠右衛門、杉原守信、加藤彦右衛門、藤田勝右衛門、勝野五大夫、三浦九右衛門、鈴木権十郎らと共に呼び出され、江戸家老の長野に新しく世継ぎとなった直弼の小姓を務めるように言い渡された。

「ただし」

と、ご家老は付け加えた。

「大殿様の御小姓としては今後も精勤するように。直弼様の小姓としては、新たに西堀源蔵、宇津木蔵人、大塚正恭、西尾英之助、石居三郎左衛門が加えられる。直弼様は明日おつきになるので、揃ってお迎えするようにせよ」

こう言った後で、ご家老は妙な言葉を付け加えた。

「なお、若殿様の生活ぶりの中で何か気付くことがあれば、わしに伝えるように」

部屋を出ると非番の小姓たち一同の足は自然と屋敷の外に向かっていた。

「お堀端を歩いてみるか」

と一人が言った。二月中旬という季節ではあったが、今日は快晴で風もなく、空気も比較的暖かく感じられた。門を出ると彼らの足は堀端に沿って半蔵門の方向に向かっていた。

「そういえば、麹町に的屋《まと》があったな。そこで、酒でも飲むか」

と誰かが言った。的屋は近頃評判の蕎麦屋で、酒も蕎麦も美味しかったが、何よりも蕎麦屋の娘おときが美人の上、気っぷがよく、歯切れのよい江戸弁で愛想よく客に接するのが人気の店である。

「うむ、それはいい」

と皆が賛同し、一同はその店の二階に上がった。やがておときが酒とあさりのつくだ煮と香の物を持って上がってきた。

「これは佃島から取り寄せたものでございますよ」

と、おときは注文もしていないのに勝手に酒の肴を持ってきた。

「蕎麦は酒が終わったころに持ってきてくれ」と誰かが言うと、おときは

「お侍さん、おそばを食べながらお酒を召し上がるのが、江戸では通というもんでございますよ」と笑いながら言う。

「でも、ようございます、お酒が終わりましたころお蕎麦をお持ちいたしましょう」

おときが去ると勝野が言った。

「両殿様の小姓兼帯とはきついな」

「そうだな。上屋敷と中屋敷のかけもちだな」

と今村は言うと、しばらく盃を見つめていたが、

「それにしても、ご家老の最後の一言は何か引っかかるな。あれはどういう意味なんだろう」

すると、三浦もうなずきながらぼそっと言った。

「直弼様への間諜の役目をしろということか」

「殿様は、若殿直弼様がお嫌いだという噂があるくらいだからな」

今村が言うと、その後それぞれ知っているさまざまな噂を出し合った。しかしどれも噂の段階で、はっきりしたことはわからなかった。

大殿直亮は前藩主直中の二男であったが、直中が隠居すると、長男が病弱のために彼が家督を継ぎ、十五代藩主となった。しかし直亮にはお世継ぎとなる男子が生まれなかったために、結局彼を含めて十五人いた兄弟の中から世継ぎを選ばざるを得な

かった。直元は十五歳下の十番目に当たる弟だった。十五人いた直中の男子は次々と他大名家へ養子として、あるいは井伊家家老の木俣家や中野家の養子として井伊家を出ていき、最後に末弟の政義が、直弼を飛び越して、延岡藩主内藤家の養子となって井伊家を出た後には、十四男で直亮とは二十一歳違いの直弼だけが残っていた。直弼は直中存命中は槻《けやき》御殿で何不自由ない暮らしをしていたが、隠退した直中のあと藩主を継いだ直亮は、父直中が亡くなると、直弼に捨扶持二百俵を与えて、尾末町の小さな屋敷に追いやったという。小姓たちの家の家録は三〜四百石のものが多かったが、藩主の息子が彼らと同じような境遇に追いやられたのである。直弼は自分は部屋住みのままで一生を終えることになるだろうと覚悟して、屋敷を「埋木舎《うもれぎのや》」と名付けたという話だった。藩主で兄の直亮はこれを自分へのあてつけと取って不快感を募らせたという。また、長野主膳という素姓のはっきりしない浪人者を国学の師匠として出入りさせ、さらに長野が紹介した村山たかという女を引き入れて情を通じているらしい。それがまた、直亮に聞こえて不快感を増しているらしい、というような話も出た。村山たかはかつては直亮の女だったという噂があった。かといって世継ぎとなるべきものは、兄弟の中ではもう直弼しか残っていない。直亮には他の選択肢がなかった。そのことが彼を一層不機嫌にさせた。それが、直亮が世継ぎとして直弼を決めたものの、直弼に対して冷たい態度をとる理由だろうなどと、訳知り顔に言うものもいた。

「それにしても、両殿様への小姓兼帯ということはこれまでもあったのだろうか」

と勝野がぼそっと言ったが、誰もそれには答えることができなかった。

徳三郎は彼らの話を聞きながら黙っていた。彼は長野主膳も村山たかも知らなかった。「埋木舎」の傍を通ったことは何度もあり、そこに藩主の弟が住んでいることは知っていたし、遠くから見かけたことはあったが直弼と直接会ったことは一度もなかった。彼はもともと噂話には疎《うと》かった。両殿の小姓を兼帯するように言われた時は、仕事量が増えるなと思ったが、だからと言ってとくに不満はなかった。ご家老の言葉にも特別に疑問に思うこともなかった。小姓になってからは藩の政治について多少知るようになったが、これまでそういうことに不満もなければ、批判めいたことを思ったこともなかった。

彼はどちらかというと優等生だった。優等生というのは求められる答えを出すことのできる人間である。物事にはさまざまな面をもつものがある。条件や状況が異なれば同じ問題でも異なる解決の在り様がある。しかし優等生にとっては、設問者が期待し予想する答えを出すことが肝心なのである。社会においても親や目上の人々の期待に応じた行動をとることのできる人間が社会の優等生である。教師や親や目上の人間が言うこと、あるいは教科書に書いてあることに疑問を感じたり、ましてや批判したりすることのない人間である。自分に与えられた課題に対しては、それをばかばかしいと思ったり、無意味だと思ったりすることなく、積極的に取り組んで期待される成果を出すことだけを考えている。徳三郎はそういう若者だった。これに対して天才型の人間は他の人々が当然と思っていることに疑問を抱き、他の人々とは全く異なる視点と発想から、思いがけない「正」の回答を引き出す人間である。失敗すると人々は彼を「狂人」と呼ぶか、よくてもせいぜい「変わりもの」の烙印を押すことになる。

徳三郎は自分のおかれた立場や境遇に不満を感じたり疑問を感じたりしたことはなかった。ましていわんや殿様や上役の言動に批判めいたことを言ったこともなかった。だから、両殿の小姓兼帯と言われても、仕事量が増えることになるな、と思いはしたが、特に不満を感じることもなかったし、ご家老が「直弼様の言動に気になることがあれば、伝えるように」と言ったことに対しても、特に裏にある意味について考えてみることもなかった。新しい境遇に不慣れな若殿が失敗したりすることのないように、ご家老としてその言動を知っておきたいという程度の意味であると思っていた。ところが彼はこの時、朋輩たちの話の中に批判や不満のような響きがあることに気付いて、戸惑い、意見を言うことができなかったのである。その夜、徳三郎は父にどういうことかと聞いてみたが、父は

「徳三郎、お前のすべきことは、両殿様に陰ひなたなく誠実にお仕えすることだ。ご家老のお言葉は特に気にすることではない。忘れてしまうことだ」と言っただけだった。

翌日直弼が中屋敷に到着したが、供はわずか十名ほどであった。徳三郎たちも玄関前に集まりお出迎えした。直弼は挨拶する家臣たちにうなずきながら、やや太り気味の体をゆっくりと奥に運んで行った。それからひと時ほどの休憩の後、小姓たちが呼び入れられ直弼に紹介された。徳三郎が若殿にお目見えしたのはこれが初めてであった。そこには、中屋敷留守居の村山と三浦、直弼が御世継ぎになる前から付け人とし

て御世話していた安東七郎右衛門、新たに若殿付きの小納戸役に任命された大久保小膳、青木十郎次らが並んで座っていた。

　直弼は翌日衣服を改めて、大殿への挨拶のために上屋敷に、さらに、月末には大殿に伴われて江戸城に上り、将軍にお目見えした。これで直弼の彦根藩次期藩主としての立場が正式に認められたのである。藩主の直亮は直弼の初お目見えが終わると間もなく、就封のため彦根に戻った。


　父はすでに江戸詰めが五年続いていたが、徳三郎もこの年は若殿小姓として江戸残留を命じられていた。徳三郎は若殿のすぐ近くに仕えながら、直弼が次期藩主として成長していく過程をつぶさに見ることになった。

　藩主が江戸を離れている間、世子直弼は藩主代理を務め江戸城溜間《たまりのま》大名筆頭としての行事に参加しなければならない。そのために、中屋敷から上屋敷に移った。溜詰大名は月次《つきなみ》登城と言って毎月十日と二十四日に登城し、黒書院の溜間に詰め、将軍に拝謁してご機嫌を伺い、政務ある時は老中と討議することもある。また必要ある時は将軍に会って直接意見を具申する権利を持っていた。また老中が諸大名に大事を伝える時は老中と列座した。溜間は江戸城中奥の将軍御座所の近くにあって、彦根藩井伊家、会津藩松平家、高松藩松平家の三家だけが常にここに詰めることを許されていた。この三家が「常溜《じょうだまり》」として固定されている家柄で、他に溜間に詰めることが許される家としては、特命によって溜間詰めを許される「飛溜《とびだまり》」の家と老中を務めた後一代限りでそれを許される「溜詰格」の家があった。この時期には「常溜」の三家のほかに、姫路藩酒井家・松山藩松平家・忍藩松平家・桑名藩松平家の「飛溜」と佐倉藩堀田家・小浜藩浅野家の「溜詰格」の九家からなっていた。松平家は徳川一門、酒井家は井伊家と並ぶ譜代大名筆頭格であり、堀田家も浅野家も名門である。直弼は捨扶持三百俵の身から突然この溜間詰めの筆頭となりこれらの名家の人々と接するだけでなく、将軍に直接言葉をかけることができる立場となり、江戸城内のさまざまな行事に参加しなければならない。そのためには江戸城における複雑な作法を学ばなければならなかった。登城した当初は席順や作法に誤りを犯さないかと常に神経を張り詰めていたので、城から下がると疲れ果てて早々と床に就いた。その緊張は側近たちも同様である。幸い大殿の供をして江戸城に上がったことのある老臣たちがいたから、基本的な服装や作法については彼らが一通り知っており、登城の前日は彼らが御前に伺候して説明してあった。しかし、家臣たちは溜間までは行くことができないから、溜間での様子やそこでの話題などについては詳しいことはわからない。留守居役や用人役のものは溜間詰めの大名家の留守居や用人たちを訪ねて情報を集め、いま江戸城でどんな問題があり、どんな話題が出る可能性があるかなどについても、若殿が恥をかかないように準備しておかなければならなかった。

徳三郎たち小姓は何もお手伝いできなかった。登城前日には若殿が床の中で何度も寝返りを打つ様子を隣室で宿直をしながら察していたが、彼らにはどうしようもなかった。せいぜい若殿が十分な安眠を得られるように願いながら、足音を忍ばせ、声を潜めてお側に詰めているだけだった。

直弼がようやく江戸城における役割にも慣れてきた十二月、この日非番だった徳三郎は午前中読書をしていたが、それにも飽きてお屋敷の庭に出てみた。庭はところどころに築山を設け、その間を縫って小川を流し、その小川にはいくつか朱塗りの橋をかけてあった。小川はさらに池に流れ込むようになっており、その池のほとりには茅葺の茶室があった。直弼は茶を愛し、それに対する造詣も深く、茶道に関する一書を

認《したた》めるほどだったので、特にこの茶室を好んでいた。徳三郎が橋の一つに寄りかかって漫然と池と茶室を眺めていると、

「徳三郎殿ではないか」という声がした。

「今日はお父上はお城にお上がりであったな」

「あ、これは三浦様、左様にござります」

「仕事が一段落したので、誰かこれの相手をしてくれるものがいないかと、ぶらりと出てきてみたのだが、どうじゃ、一局相手をしてくれぬか」

中屋敷留守居役の三浦鵜殿は人差し指と中指で碁石を打つまねをしながら言った。彼と父の三郎左衛門は碁敵《ごがたき》で、二人はよく互いの部屋を訪れては碁を打っていた。徳三郎も父の手ほどきを受けて多少碁を打つことはできたが、父には二目を置いてもなかなか勝てなかった。三浦はよほど退屈していたのであろう。格下の徳三郎を見つけて相手をせよという。

徳三郎は三浦に連れられて中屋敷の御用部屋に行き、その廊下に置いてある碁盤の前に座った。三浦は二人分の茶と煙草盆を持ってこさせると、キセルに煙草を詰めながら、ゆったりと徳三郎が黒石を二つ置くのを待った。やがて小半時もたつと、優劣

ははっきりとついていた。徳三郎の黒石は三隅に小さく固まって中央には大きな白地が作られそうになっていた。徳三郎が負けを認めて投了しようとした時に、城から戻ってきた父が御用部屋を訪れてきた。

「おう、田中。いいところに来た。徳三郎君と一局打っていたところだ。どうだ、おぬしもやらぬか」

盤上を眺めた父は

「徳三郎、ひどい碁だな。勝ち目はないな」

と言ってから、ちょっと改まった様子で三浦に言った。

「後で一局願うとして、ちょっと話があってきた」

「ほう、何事だ」

「実はな、今日、お城で気になることがあったのだ」

と父は話し始めた。

この日父三郎左衛門は若殿の月次《つきなみ》登城に伴って、江戸城蘇鉄の間にいた。江戸城への出入りは厳しく制限され、登城する大名も下乗橋から先は数人の供だけを連れて徒歩で本丸御殿の玄関迄行き、そこから先は刀を預け、数寄屋坊主の案内で一人で溜間まで行くことになる。但し、城内にいる時に急用が発生した場合の連絡役として、城使を蘇鉄の間に控えさせておくことは許されていた。父はこの日、若殿の供とは別にあらかじめ、蘇鉄の間に行き控えていたのである。ここでも席順は主人の家格に従って決められていたが、それもはじめのうちだけで、城使たちは互いに情報を探り合うために移動してあちこちで雑談が始まった。三郎左衛門は会津藩の渡辺仁左衛門と並んで座り、挨拶の後よもやま話を始めた。そこへ忍藩の宇品権一郎がやってきて、三郎左衛門に語りかけた。

「田中殿、ご貴藩のお世継ぎ井伊直弼様はなかなかの器量人ともっぱらの噂ですな。学問もおできになるし、茶の湯や能についても一家言お持ちとの評判です」

「ありがとうございます。そう承りますと、家来としてもうれしいことでございます。国学への造詣も深く、茶の湯については一書をお書きになっておられます」

「それはようございますな。そういうお方であれば彦根藩の将来も安泰ということになりましょうな。お祝い申し上げます」

会津藩の渡辺が愛想を言った。忍藩の宇品が言った。

「それだけのお方ならば、近頃出没している異国船への対策についても、きっと優れたご意見をお持ちでありましょう。ご老中の方策にははっきりした線が見えず、少々困惑しております。ご承知のようにわが藩は房総半島の警衛を命じられておりますが、打ち払いにするのか、仲良くするのか、一向に幕府の方針が定まらず、実際に異国船が来ても遠巻きにして見守るだけという何とも腹立たしい、子供じみた対応しかさせてもらえず、はなはだ困惑しておりますよ」

彼は自分の藩が目下当面している問題についての愚痴をもらした。

「異国船の問題ですか。さあて、主人がどんなことを考えておられるのか……私ごとき立場では、しかとしたことは……」

三郎左衛門は、言葉を濁した。

三人はすでに旧知の間柄であった。というのも三人ともそれぞれ江戸留守居役を務めたことがあって、その時に留守居役の寄合《よりあい》に何度も同席したことがあったからである。留守居役というのは江戸屋敷の管理責任者であると同時に各藩の大使のような役で、藩が幕府や各藩とつつがなく良好関係を保ち、つまらぬ過ちから藩が窮地に追いやられることがないように情報を集める役目であった。そのために、各藩留守居役同士の寄合が常に持たれ、互いに連絡し情報を交換しあっていた。と言ってもそのような情報は明白な形で伝え合うわけではなく、料亭などでの酒食の合間に何気ない会話の中から手がかりを探り出すという形で行われていた。渡辺が言った。

「そういえば、水戸様などは強く打ち払いを主張しておられるということですが、そんなことが可能ですかな。宇品殿の藩は実際に江戸湾警衛に携わっておられるから、実際に異国船を近くでご覧になっておられるでしょう。いかがですか、われらが彼らに太刀打ちできますかな」

「さて、これぱかりはやってみなければわかりませんが、江戸市中を火の海にしてでも戦う覚悟があれば、何とかなるかもしれません。しかしご老中がそこまで決意されますかどうか。田中殿はどうお考えですか」

「陸の戦いであれば、こちらは絶対的に多数ですから、犠牲は多くとも存分に戦うことはできるでしょう。しかし、彼らが船からの艦砲射撃をやるだけやってあとは逃げ出すようなことがあれば、大きな被害だけが残ることになりましょう。われらが貧弱な軍艦では彼奴等の船を捕らえることは残念ながらできないでしょう。これは私個人の考えですが、まずは彼らの軍船に匹敵するほどの大船を造り、近代的な銃器を装備した海軍を作ってからでないと、下手に手出しをすると大けがをすることになるのではないでしょうか」

「そうなると江戸湾警衛は、何のためにやっていることになるのでしょうな」

宇品の思いはその点に戻って行った。

「異国の奴らが陸に上がってきて、乱暴狼藉を働く場合に備えてということになるのではないでしょうか。田中殿はどうお思いですか」

「そんなところでしょうか。万一にも彼らが力づくで侵入しようとしたら、これは大ごとですから、その時はわれらも戦わざるを得ません。その覚悟を見せておかぬと、土足で踏み込んでくるかもしれませんから、警戒を解くわけにもいかない。そんなところでしょうか」

「それはそうかもしれませんが、われらにしてみると、それが簡単なことではないのですよ。なんせ、何もない漁村に兵を駐屯させて四六時中警戒を怠ることができないのですから、兵たちの士気を保たせるだけでも大変です。その上、このための出費も藩にとっては大ごとです。ご公儀からは多少の配慮もありますが、焼け石に水という状態で……」

三郎左衛門と渡辺は、気の毒げに顔を見合わせるしかなかった。

「そろそろどこかの藩と交代していただかないとわが藩などは干上がってしまいそうですよ。川越藩も警衛の交代を老中に働きかけている、と伺っております」

宇品はちらりと視線を三郎左衛門の方に向けながら言った。

「そろそろ交代させていただくようにお願いしているところですが、色よい返事を頂けなくて……せめて、有力などこかの藩に今の警衛地の半分でも担当していただければありがたいのですがな」

宇品はまた三郎左衛門と渡辺の方を思い入れたっぷりに見た。天保十三年（一八四二年）から忍藩は安房と上総、すなわち房総半島の海岸線を、川越藩は三浦半島の警衛を担当していたのである。

父三郎左衛門が表用人となり江戸での長期滞在が始まったころ、隣国清（中国）は英国との戦争（阿片戦争）に敗れ香港を英国に渡したうえ、いくつかの港を開港させられていた。これに仏蘭西《フランス》・亜米利加《アメリカ》など列強が便乗して清との間に条約を締結していた。これらの情報は阿蘭陀《オランダ》を通じて日本にも伝えられていたので、外国船の来航を心配した幕府は川越・忍両藩に江戸湾の警衛を命じていたのである。

父はこのように城で気になった話をかいつまんで説明した後で、三浦鵜殿に言った。

「川越藩も忍藩も江戸湾警衛の任務についてもう五年になる。彼らが交代してもらいたいと思うのも無理はない　どうも彼らはそのための運動をしているのではないか。忍藩の宇品がどこか有力な藩に代わってもらいたい、と言って私の顔をちらりと見たが、御老中の間で交代の藩として彦根藩の名前が出ているのではあるまいか」

徳三郎は驚いた。忍藩の城使が有力な藩に交代してもらいたいと言って父の顔を見た、というだけである。針小棒大とでもいった心配ではないだろうか。そんな思いをしながら徳三郎が三浦の顔を見ると、三浦も心配そうな表情を浮かべて言った。

「いや、私も彼らが老中にそういう運動をしているらしいことは聞いたことがある。しかし、わが藩が話題になっているとは考えたこともなかった」

「もう少し方々をあたって探りを入れておく必要があるな」

「村山殿や宇津木殿にも話しておいた方がいいな」

「そうしよう。この話、ご家老にお伝えするのはまだ早いか」

「いや、万一江戸湾警衛を担当させられたら大変だ。国元から数百人は呼び寄せなければならないことになる。そうなると人的にも経済的にもわが藩としては大事件となる。ひとまず、ご家老の耳に入れておいた方がよいのではないか」

翌日、父は上屋敷の岡本半介の部屋を訪ねた。家老の長野は藩主の就封に伴って国に戻り、交代として中老の岡本半介が江戸詰めとなっていた。岡本家は代々軍学を修め軍監を務める家柄であった。岡本はこの観測を国元の家老木俣清左衛門に伝えることにし、若殿の耳にも入れておくと言った。江戸では三郎左衛門たちが走り回って情報集めに奔走してみたが、川越藩や忍藩が江戸湾警衛の交代を願って運動しているらしいとの噂はあったが、それ以上のことはわからない。岡本は国家老の木俣清左衛門に手紙で知らせていたが、国元からは何の反応もなかったらしい。そうこうしているうちに二カ月があっという間に過ぎた。

弘化四年（一八四七年）一月十四日、上屋敷に御公儀の使者が訪れ、明朝老中の御用部屋に出頭するようにと伝えてきた。こういうときは幕命が下ることが多い。彦根藩江戸屋敷では何事かと大騒ぎになったが、しかとしたことはわからぬまま、宇津木六之丞を使者として出頭させることにしたということだった。

翌一月十五日、上屋敷には主だった家臣が集まり、宇津木の帰りを待っていた。どんな幕命が下るか心配した若殿の命で徳三郎もその席に加わり報告を待った。

「わが藩に相模湾警衛の命が下りました」

と城から下がってきた宇津木は彼の責任ではないのに面目無げな様子で言った。

「浦賀代官所を境として、この野比村から」

と、彼は地図を広げて三浦半島の海岸線を指さしながら説明した。それによると、久里浜から野比の海岸線に沿って三浦半島の先端部の城ヶ島を回り、相模湾側の荒崎・葉山・鎌倉を経て江の島に至る海岸線が彦根藩の警備担当となったのである。

父の心配が当たったのである。徳三郎は驚くとともに感心した。父の仕事ぶりについて、彼は初めてわかった気がした。命じられたことをそつなく果たす、というだけでなく、どんなことがどのように藩に影響を及ぼすか、一手先を読みながら仕事をしている。そのためには藩がどういう状態にあるか正しく把握していなければならない。徳三郎はこれまで藩の経済状態について関心を持ったことなどまったくなかった。参勤のための費用がどれほど莫大なものかも知らなかったし、勘定方がその費用の捻出のために、どんな苦労をしているのかも知らなかった。このたびの江戸湾警衛にいかほどの費用が掛かるか想像もできなかったし、それが藩にとってどれほど大きな負担になるかも知らなかったのである。父ばかりではない、江戸家老の岡本半助はもとより、三浦鵜殿や宇津木六之丞らも、自分の肩に藩の未来がかかっているかのような視点で、藩の内外を見つめているのだ、ということに初めて徳三郎は気付いた。

数日後、岡本半介は幕府の許可を得て、彦根藩の警備予定地の実見に赴こうとした。まだ藩主から命令は出ていないが、どこに陣屋を設け、どこに砲台を作り、兵を何人どのように配置するかを検討するためである。

徳三郎から報告を受けた直弼はこの話を聞いて非常に悔しがった。直弼は、彦根藩井伊家は神君家康の時代から代々いざという時に朝廷守護に駆けつけることを命じられていた家柄であり、外国船がやがて大坂・兵庫方面にまで出没するようになるかもしれないこの時期、彦根藩は京都守護を優先させられるべきであり、江戸湾警衛にはまだ他にふさわしい藩がいくつもあるはずだ、と常日ごろから近習のものに口にしていた。しかし、幕命が下ってしまった今となっては、まずどの藩にも負けない陣営で臨み立派に職責を果たした後に、京都守護を願い出るべきだと言った。そしてこのような状況を招いてしまったのは、藩主の直亮や在藩の家老たちが江戸からこの恐れがあることを伝えていたにもかかわらず、手をこまねいて何の運動もしなかったからだと思っていたが、世子の身では家臣に指示を与える権限はないので、側近の一部にその思いを吐露するだけだった。

「海岸警衛の陣立てがどのようなものになるか、私も知っておきたい」

と直弼は一応情報だけはしっかり握っておきたいと思い、近習のものを一人岡本半介の三浦海岸踏査の一行に加えさせることにした。こうして徳三郎が検分旅行に同行することになった。一行は八丁堀にある彦根藩の蔵屋敷から舟で浦賀に直行することにした。彦根藩には海がない。海上の船旅を経験したことのあるものはほとんどいなかった。江戸湾内とはいえその日は風もあり波もやや高かった。船頭は

「このくらいの波はいつものことで、特にどうということはありませんよ」

と言って船中を身軽に歩き回っていたが、徳三郎たちは皆青い顔をして横たわったままで、景色を楽しむ余裕のあるものは一人もいなかった。ようやく浦賀に着くとそこに一泊して、翌朝浦賀代官所に出向き挨拶を済ませ、一行は三浦半島を海岸沿いに歩き始めた。代官所では下役人を一人案内につけてくれた。浦賀を出て間もなく彼ら

は野比の海岸線に出た。そこからは江戸湾をはさんで房総半島が正面に見える。野比の海岸線は長く江戸湾に向かって広く開いており、ここなら江戸湾に侵人してくる船をすべて確認できる。岡本は持参した地図のこの箇所に印を書きいれた。この辺りは上宮田と呼ばれる地区で、浦賀代官所にも近く見通しもよいので、陣所を設けるのに最適ではないかと思われたからである。金田湾を抜けるとそこからは険しい道が続いた。一行はできるだけ海岸に近い道を選び、剣崎を通り三崎にたどりついた。三崎には規模は小さいが代官所の支所があった。そこで説明を受けると、そこから渡し船で行ける城ヶ島には簡単な灯台があるという。そこで彼らは城ヶ島に案内してもらい島を一周した。城ヶ島東端の安房崎にはすでにのろし台もあり、砲台が設置されていた。一行は三崎に戻りそこから、荒崎海岸をぬけ長者ヶ崎を通り古都鎌倉に出て、ここで一日ゆっくりと骨を休めた後、片瀬村から東海道を経て江戸に戻ってきた。彦根藩が警備することになる海岸線は彦根藩領の琵琶湖沿岸よりはるかに広い地域であることを知って、徳三郎は江戸湾警衛問題が藩にとって重大な問題であることを痛感した。

四月になって藩主の直亮が彦根から戻ってきた。筆頭家老の木俣清左衛門も、殿の御供をして江戸に上ってきた。徳三郎は藩主の参勤以来また直亮・直弼両殿の小姓兼帯となっていた。徳三郎が小姓となってからすでに六年を過ぎ彼は二十三歳になっていた。

岡本が練り上げた相模湾警備体制についての案が検討されたが、大殿は莫大な警備費用に驚き、上宮田から荒崎までの江戸湾口に警備を集中させることにしたために、長者ヶ崎から鎌倉を経て片瀬村に至る海岸線の警備が手薄にならざるを得なかった。船頭や水主《かこ》の多くは現地で採用しなければならなかったが、それでも藩士の約三分の一を相模湾に出張させなければならないことになる。また彦根藩は海に不慣れなため、いざという時の出船操作は地域の漁民の手を借りなければならなかった。また大筒も新たに鋳造しなければならないし、相州に出張してきた藩士たちへの手当てもしなければならない。藩としてはこれらに対する莫大な出費に頭を悩ませたが、一方相州海岸に出張を命じられた藩士たちにとってもつらい毎日が続いた。異国船に対する警備と言っても、弘化三年五月にビッドル率いるアメリカ軍艦二隻の他には、その二カ月後にデンマークの測量船ガラテア号がやってきただけで、その後は二年ほど異国船の到来はない。彦根藩が警備についてからはまだ一隻の異国船も見えなかった。どうしても士気が緩みがちになる上に、漁村以外には何もない地域である。いきおい非番の夜になると酒でも飲んで酔っ払うしかない陣屋では、家老・番頭などの上級役人こそ一部屋あてがわれているが、他の大勢は大部屋での雑魚寝《ざこね》であるから、一人で酒を飲むというわけにはいかなくて、自然と車座になっての酒盛りになり、酒乱のものが大騒ぎを起こす、ということが毎度のようにあった。大殿はこれを厳しく取り締まり、「押し込め」「閉塞」などの処分がくりかえされたので、藩士たちの藩主に対する不満がくすぶっていた。

この年九月に孝明天皇が即位され、これを受け翌弘化五年（一八四八年）二月八日に元号は「嘉永」と改元された。改元の約三週間後、すなわち嘉永一年二月二十八日に父三郎左衛門は城使役を免ぜられ表用人一役となった。同時に表用人を共に勤めていた吉田茂助が表用人役を免ぜられ城使役一役となった。五月に浦賀奉行浅野長祚《ながよし》から彦根藩の相模湾警衛が手薄であるとの指摘があり、あわてて木俣清左衛門が相模湾の巡見に出発した。幕府としてはこれまで川越藩一藩に警備をゆだねていた三浦半島に、彦根藩を投入して二藩体制にしたのは警備を手厚くするためだった。川越藩は十七万石、これに対して彦根藩は三十五万石であるから、これだけの大藩が警備につくとなれば、警備強化が倍加されることを期待していたのであるが、彦根藩はこれまでの川越藩の警備を踏襲しているだけで、目立った違いがでてこないと、幕府は不満なようだった。その上、房総半島にはこれまで忍藩一藩だけだったが、そこに会津藩が投入され江戸湾警衛は新たに四藩体制になったので、相互の連絡方法など警備に関する基本的な方針の打ち合わせが行われたが、彦根藩はこの協議への参加が遅れて、残りの三藩だけで協議が始まってしまうという醜態も重なって、彦根藩の警備に対する評判はすこぶる悪かった。父たち側近が集めてきた情報をもとに進言していたのだが、藩主直亮の反応が鈍く消極的だったためである。

木俣家老の巡見の結果、遅ればせながら彦根藩は剣崎、大浦山、荒崎、長沢村に新たに砲台を設置することになった。

年が明け、翌嘉永二年四月になると大殿直亮は就封のため彦根に戻った。

徳三郎はこの年は大殿の供をして彦根に戻った。父三郎左衛門はこの年も詰め越しを命ぜられて江戸に残ることとなり、すでに江戸詰めが七年になっていた。

二　希望

徳三郎が藩主に随伴して彦根に戻ってから間もなく、彼らを追いかけるように、江戸藩邸からの気がかりな報告がもたらされた。イギリス軍艦マリナー号が江戸湾に侵入してきたとの知らせであった。結果としては大事件とはならずにマリナー号は三日後に去ったということだが、江戸湾警備が藩にとって今後重要な任務となることが現実的な問題として突き付けられたのだった。徳三郎は父がさぞかし緊張した日々を送っていることだろうと想像したが、彦根に戻った藩主をはじめ在藩の家老たちにはそうした様子はなかった。

両殿様の小姓を兼番するということは思ったより気苦労があった。二人の性格・思想・藩政に対する姿勢などが違うことから、おのずと両者を比較するようになる。小姓がお仕えする殿様に対して好悪の感情を持つなどということは許されることではなかったが、好悪の感情ばかりは自然の感情であり、避けることができなかった。そういう感情を彼は決して誰にも漏らすことはなかったし、それが表情に出ることのないように常に気を付けなければならなかった。

江戸から戻って一カ月後、陽気が春から夏の気配を帯び始めていたある日、直亮は大勢の供を連れて松原の下屋敷に向かった。藩主が在藩している年は、この時期に琵琶湖の漁師たちが殿に獲れたての新鮮な魚を調理して献上するのが恒例となっていた。この日徳三郎は御供を言いつけられて随伴した。下屋敷の庭にはかまどが三つ据えられていて、その上におかれた大なべではすでに鮒、アマゴ、それに小アユが煮つけられている。周りには近所の漁師とその妻たちが忙しく立ち働いていた。彼らは朝早くからその準備をしていたのである。どの鍋からも香ばしい魚の煮つける匂いが立ち上っていた。庭先に出てきた殿は上機嫌で鍋を一つ一つのぞいては、その香りをかいでいた。小アユの鍋の前で殿は

「うまそうじゃの」

と呟いた。今朝一番で取れた小アユは酒・みりん・醤油で煮つけられ、たっぷり入れられた山椒の実が小アユの甘い香りを引き立たせていた。特に殿に差し上げるとい

うことで今回は高価な砂糖も使われていた。

やがて一行は室内に戻り、琵琶湖を望む広間で酒盛りが始まった。随行の重臣たちがそこで殿に御相伴を許され、ヒメマスの刺身、できたての小アユやアマゴを賞味しながら、酒を飲んだ。鮒の甘露煮は調理に時間がかかるので、すでに調理されているものが出されていた。徳三郎たち小姓は殿や重臣たちの酌をしなければならないので、残念ながらこの場ではごちそうに与れなかった。

「美味じゃ。美味じゃのう」

と殿は何度も言いながら杯を重ねた。

「そうじゃ、奥にも食させてやらねばならぬの」

と殿が言うと、木俣は小納戸役の杉原に目で合図した。

「さっそく準備を言いつけます」

と、杉原は一礼して台所に向かった。大名の正室は人質として江戸に住まわなければならないから、殿が「奥」といったのは、彦根においている側室のことである。

一ときほどで宴が終わり、殿は暫時休息のあと御城に戻られる。この時間が小姓たちが御馳走に与ることのできる時間であった。一同は別室で車座になり鮒の甘露煮を頭から食べ酒を飲みながら、アマゴや小アユに手を伸ばした。このようなぜいたくができるのは年に一度か二度である。殿がいないので小姓たちは大いに食し、漁師の妻たちの酌でのびのびと飲むことができた。徳三郎は特に小アユの煮つけが大好きで、漁師の妻たちの勧め上手につられてつい食を過ごしてしまった。彼が十分満足して箸を置き顔を上げた時、袱紗《ふくさ》でくるんだ重箱を抱えて部屋に入ってきた小納戸役の杉原と目があった。

「徳三郎、これをお運びするように。大切なお品であるから粗相のないように」杉原は押しつけるようにそれを徳三郎の前においてそそくさと出て行った。殿の「奥」へのお土産に違いなかった。杉原は小姓の誰かにこれをもたせるように言いつかったのであろう。

やがて殿が御屋敷に戻る時間が来て皆一斉に玄関先に集まった。徳三郎もそのお土産の重箱を抱えて立ち上がったが、その時急に猛烈な便意を催した。彼は一瞬迷ったが、途中で大切なお品をもったまま粗相をしてはならない。急いで厠《かわや》に駆け込んだ。用を済ませて厠から出てくるとすでに殿の一行は出発した後だった。徳三郎はあわてて後を追ったが、行列は思ったより先に行っていて姿が見えない。重箱にきれいに盛り付けてあるだろう鮒やアマゴや小アユが崩れてはいけないので、重箱を揺らすわけにはいかない。いきおい彼は慎重に歩かざるを得なくて、なかなか追いつけない。それでも馬場町にさしかかったところで先を行く行列のしんがりが道を左に折れる姿が目に入った。

その時、向こうから使用人と思われる中年の女性を従えた年の頃十七、八歳の娘がやってきた。薄紅色の地に桜と牡丹の模様をあしらったあでやかな振り袖がまず目に飛び込んできた。目礼してすれ違おうとした時、徳三郎は

「おや！」

と思わず足を止めた。娘の方もほとんど同時に足を止め頬を染めて深々とお辞儀をした。

「いつぞやの……」

と、徳三郎は我知らず声をかけていた。

「いつぞや」というのはもう六年ほど前のことである。彼が小姓として召し出される数カ月前の秋のことであった。何かの用があって馬場町のこの辺りを通った時、一軒

の屋敷から年の頃七、八歳のわんぱく坊主が二人
「わあ！」

と叫びながら飛び出してきた。その後を鉢巻をし袴姿にたすき掛け、稽古用のなぎなたを振りかざした十二、三歳位の娘が追いかけてきた。わんぱくどもはその家の柿を盗もうとして屋敷の内側に落ちたものらしい。たまたま庭でなぎなたの稽古をしていた娘がその姿をみて、追いかけてきたものと状況から判断できた。

「まて！」

とその勝気な娘は声をあげて追いかけてきたが、門を出たところで通りを行く徳三郎に気付いて足を止めた。娘はちらりと舌を出しきまり悪げな笑顔を向けて彼に頭を下げると門内に入って行った。ただそれだけのことだったのであるが、くりくりっとした目と生き生きした娘の表情と思わず舌を出したいたずらっぽいしぐさがなんともかわいらしく、徳三郎の印象に強く残った。娘は今や淑やかな美しい女性に成長していたが、その目もとは昔の面影を残していた。出会ったのがその時と同じ場所でなかったらあるいは気付かなかったかもしれないが、この場所を通るたびに彼はなぎなたを振りかざした娘の姿を思い出してはどことなくほのぼのとした気持ちになってい

たのである。それで思わず声をかけてしまったのだった。

娘は
「山崎重左衛門の娘、俊でございます」
と言って、顔を朱に染めてお辞儀をした。
「私は……」
と徳三郎が名乗ろうとすると、娘は
「田中徳三郎様」
と首を少し傾けて言ったが、その時いたずらっぽい表情が目の隅に浮かんだように彼には思えた。後で聞いたことだが、娘の方は彼のことをよく知っていたのである。というのは、藩主が参勤のために江戸に向かう時、あるいは江戸から戻ってくる時に見送りや出迎えのために前列に整列して挨拶する藩士たちの後ろに並んで行列を見物するのが、藩士の家族、特に若い娘たちの楽しみだったのである。お花やお茶あるいはお琴などの稽古事の場で、若い御供の武士たちの品定めをするのも一年に一度の娘たちのささやかなお遊びでもあった。そういう噂話の中で、徳三郎は結構話題になっていた。特に俊にとってはあのなぎなた事件以来、彼が関心の的になっていたのである。

二人の立ち話はそれだけである。娘は挨拶を終えると山崎家の門内に入って行った。徳三郎はそれを見送った後でまた殿の一行の後を追ったが、なぜかうきうきとした気持ちになっていた。

彼がようやく佐和口門にさしかかったところ、殿の一行は表御殿に到着していた。彼が玄関口に到着した時には、殿はすでに家老の木俣と小姓二人を従えて屋内に入っていた。

「馬鹿もの！　なにをしておった」と小納戸の杉原が怒鳴った。

「申し訳ありません。実は……」

徳三郎が説明しようとすると、杉原は

「まずは殿にお詫び申し上げよ。話はその時に聞く」

と言って、彼を連れて休息の間に向かった。休息の間からは中庭を通して能舞台が見える。その隣に表御座の間があり、ここまでが屋敷の表に属する部屋である。その奥は藩主の私的空間となりそこには寝室や、特別な私的な客を接待する「御亭《おちん》」と呼ばれる部屋などがあり、どの部屋も美しい庭に面している。

さらにその奥には婦人たちの住まいである「お局《つぼね》」があった。

「申し訳ございません」

徳三郎は休息の間でくつろぐ殿の前に平伏して事情を説明した。

「馬鹿もの、そのようなことがないように、日頃からの心遣いができておらぬからじゃ。しばらくはお屋敷への出仕は差し控えよ」

木俣はそう言って殿の方をみた。殿はにやりと笑って軽くうなずいていた。徳三郎のうきうきした気分はいっぺんに吹き飛んでしまった。「差し控え」は比較的軽い処罰で彦根藩ではよく行われた。重要な仕事を抱えていて休む余裕のない役人の場合は「勤めながら差し控え」といった処分すらあった。しかし、徳三郎の場合は「勤めながら」ではないので、門外に出ることができない自宅謹慎である。罰は三日で解けたが、その間、彼は自分の部屋に閉じこもって読書に精を出すことにした。

謹慎初日、彼が書見台に向かって読書をしていると締め切った障子の向こうに人影がしてやがて障子が静かに開けられた。

「むさいのう。徳三郎、空気を入れなされ」
母はそう言って、しばらく部屋の様子をみていたが、やがて廊下に座って庭の方を向き、しばらく黙っていた。やがて
「今回は何をやらかしたのじゃ」
と彼に背を向けたまま母は言った。その声の響きには詰問する調子はなく、むしろ彼と話す時間ができたことを楽しむような様子が感じられた。彼も母との話を楽しみながら、その日の出来事の一部始終を語った。殿が出発されようとした時に便意を催して厠に駆け込んだ下りで、母は体を二つ折りにして「ククッ」といかにもおかしげに笑った。徳三郎はまた馬場町で山崎家のお俊に会った話もした。母の背中は静かに彼の方に向いたままで、その後ろ姿からは何の反応も見られなかった。

それから三カ月ほど経ったある日、徳三郎が御城でのお勤めを終えて戻ってくると、居間に父がいて母と何事か話し合っていた。

「あ、父上、江戸からお戻りでしたか。お役替えでございますか？」

「いや、御用の筋があって一時戻って参っただけじゃ。江戸の御報告もいろいろとあ

るでな」

と父は答えただけで、どんな用事かは説明しなかった。その日の夕餉が終わって徳三郎が父に挨拶して自室に戻ろうと立ち上がった時、父が
「徳三郎。話がある」

と改まった様子で言った。

「何事でございましょう」

徳三郎は再び座り直しながら聞いた。

「うむ」

と父は言って母の方を見た。すると母が
「徳三郎、お前もそろそろ嫁取りをしなければなりませぬな。どなたか心に秘めた方でもおりますか」

「いえ、そのようなものはおりませぬ」

「ならば、こちらで決めてもよろしいですね」

「はあ、おまかせいたします」

母は父の方を見た。すると父が言った。

「では、徳三郎、明後日、お前の婚姻を執り行う。そのつもりにしておれ」

「明後日……でございますか？」

徳三郎はぽかんとして父と母の顔を交互に見た。母はニコニコと笑っていた。父は表情を隠すかのように謹厳な顔を保っている。

「母上がよい嫁御を探してきてくれた。楽しみにしておるがよい。わしはすぐに江戸に戻らねばならぬ。時間がないのじゃ」

こうして徳三郎の結婚が決まった。否も応もなかった。父も母もその嫁が誰でどんな人柄なのかも話してくれなかったし、徳三郎も尋ねなかった。


婚姻の式は田中家の自宅で行われた。親戚一同と父の朋輩が十数人、徳三郎の友人も数人集まった。仲人は中老の岡本半介が務めてくれた。岡本は相模湾警衛のための巡見の旅で徳三郎の人柄を好ましく思ったのか、その後何かと好意を寄せてくれていたのである。白い綿帽子をかぶった白無垢姿の花嫁は終始うつむいていてその顔は見えなかった。もっとも彼も彼女の顔を見ようとはしなかった。

その夜、徳三郎が寝室に座って待っていると、母に手をひかれて花嫁が彼のもとにやってきた。母はにこっと笑うと花嫁をその場に残して去って行った。
花嫁は彼の前に三つ指をついて
「俊にございます。不束者《ふつつかもの》でございますが、末永くお導きくださいませ」と挨拶して顔を上げた。それを見て徳三郎は
「あ、そなたは……」
と絶句した。馬場町の山崎重左衛門の娘、俊だったのである。母は徳三郎が謹慎処分を受けたあの失敗談を聞いてただ笑っていただけだったが、彼がその時の娘に好感を持っているらしいことを母親の直感で覚えていた。その話の後、彼女はすぐ父に手紙を送り了解を得たのち、親戚・知人を訪ね彼らの伝手を頼って話をまとめていたのである。

新婚生活はつつがなく進んでいた。夫婦の仲はむつまじく、母の屈託ない明るい性格に加えて、新妻の飾り気のないやはり明るい性格が田中家の雰囲気を楽しいにぎやかなものにしていた。嫁と姑の仲も良く、台所からは二人の笑い声が絶えず聞こえていた。二人の部屋はこれまで徳三郎が使っていた八畳の部屋であった。田中家の屋敷

は約五百坪、正確に言うと四百六十三坪あって、建坪は百十数坪あったが、これは馬屋や納屋や使用人の部屋などを含めたもので、新婚の夫婦にはそれ以上の部屋を割く余裕はなかった。しかし俊は少しも不満な様子はなく、昼間は母と共に縫物をしたり、小間使いを連れて買い物に出かけ、あれこれ品物を見定めたり、台所で忙しく働いたりしていた。

こうして嘉永二年は過ぎ、三年の二月も半ばとなったころ、江戸から早飛脚が届いた。江戸藩邸が火事で燃え落ちたという知らせだった。二月五日、麹町で出火した火事が折からの風にあおられてみるみるうちに燃え広がり桜田の井伊家上屋敷も類焼し、蔵を残してほとんど全焼してしまった。麹町大火として知られているこの大火は麹町から芝増上寺までを嘗《な》め尽《つ》くし、多くの武家屋敷が延焼したという。彦根藩では幸いにけが人は出なかったが、上屋敷に住んでいた藩士たちは直弼と共に中屋敷に移った。江戸湾警衛のための出費で苦しんでいるところに、上屋敷の再建という問題が生じて、勘定役は途方に暮れていた。この火事のため四月に予定されていた藩主の参勤は六月まで引き延ばされた。しかし、殿の参勤は六月になっても行われなかった。彼は病気になっていたのである。その年の四月末、殿は気分が悪いと言って床につくと、それから数日間いびきをかいて眠り続けた。ようやく床を離れることができるようになったが、右側の半身が不自由となり、言語も不明瞭となっていた。もはや隠退すべき時であったが、本人からはそのような発言は一向になく、またこういう時は家老以下の重臣が隠退を勧めるべきであったが、彼らは何もしなかった。さらに彼らは次期藩主となるべき若殿に藩主の病状を報告することもしなかった。直弼は日ごろから私信のやり取りをしていた三浦十左衛門、大島居彦六などからの連絡でこのことを知ったらしい。直弼は藩主であり養父である直亮の看病のために一時的にも彦根に戻りたい旨家老の木俣に書状を送ったが、木俣からはその必要がないという返事が来た、ということだった。

九月中旬、殿は重体となり、家老木俣はようやくそのことを江戸の直弼に知らせた。この知らせを受けて直弼は、幕府の許可を得て養父の見舞いのために彦根に戻るべく、十月五日に江戸を出立したが、翌日川崎宿で彦根からの飛脚に会い、直亮がすでに十月一日に亡くなられていたことを知って、やむなく江戸に戻ったということだった。その後彦根と江戸の間で飛脚の往来が頻繁に行われ、さまざまなことが矢継ぎ早に決められていった。直亮の葬儀は江戸でも行われ、井伊家の菩提寺でもある世田谷豪徳寺に在府の藩士がすべて参列した。葬儀が終わるとともに新藩主誕生の手続きに入らなければならない。直弼は江戸家老の小野田小一郎を家督相続御用向頭取に命じ、小野田はこれを受けて在藩の筆頭家老木俣清佐衛門に相続に関する江戸城登城など関連儀式への出席を求める書状を送った。また延焼した上屋敷の再建も急がなければならない。西郷員将《かずまさ》（三千五百石）が上屋敷普請御用向頭取を命じられ、木俣・西郷両家老は十一月四日、その御用のため江戸に向けて出立した。徳三郎も他の三人の小姓と共に江戸詰めを命じられこの一行に加わった。これに先立って、直弼は町奉行・寺社奉行兼帯の浅居庄大夫、目付の三浦十左衛門・安藤長三郎、士着到附という役目の大鳥居彦六を江戸に呼び寄せた。彼らは直弼と私信のやり取りをしていた間柄で、直亮の病状を逐一直弼に知らせていた彼のもっとも信頼する家臣たちであった。直弼は藩主となった後種々の改革を断行しなければならないと考えており、彼らを相談役として近くに置いておきたかったのである。正式に藩主となった後、直弼は浅居、三浦、安藤を側役に任じた。大鳥居彦六は百三十石の身分なので、一挙に側役に抜擢するわけにはいかなかった。

十一月二十七日、正式に直亮の遺領を継ぐことが許され、十二月一日直弼は家老の木俣と西郷を伴って江戸城に登り、将軍にお目見えして、相続に関するお礼を申し上げた。十六代彦根藩主井伊直弼の誕生である。


徳三郎はまた直弼のもとに侍ることになったが、新藩主として直弼はすでに堂々たる貫録を見せ、次々と指示を出していた。

藩主となった早々の十二月六日、殿は前藩主の側役であった河北主水、高橋要人、加藤彦右衛門を罷免した。直亮の病状を報告しなかった責任を取らせたのである。直亮の側役が罷免されたことから、徳三郎は江戸における直亮の近習の一人であった父三郎左衛門にも何らかの処分が行われるのではないかと心配したが、父は十二月十五日に長年の江戸勤務を賞されて役料五十俵の加増を受けた。

また直弼は翌年の二月三日、家老の木俣に隠居を命じ、役儀と侍組・伊賀組の支配を取り上げた上で、息子の守盟《もりちか》に家督を継がせ、さらに、十七日には木俣に彼の下屋敷において謹慎するように命じた。前藩主晩年の遊惰に流された藩政の責任は、本来藩主に進言し藩の政治を執り行う家老たち重職の責任であり、とりわけ直亮が病に倒れ半身不随になり言語も不明瞭になっていた時期に隠退を勧めなかったことは、公の藩の政治をないがしろにした不忠な行為であると思っていた。さらにこういう場合次期藩主たる世子が藩の治世を代行すべきであるのに、直亮の病状についての報告もなくまたその間の治世に関しての相談もなかったのは、藩主が病に倒れていることをいいことにして、藩政を私しようとしたものと考えたのである。

それより数日前の一月二十一日、父三郎左衛門は新藩主の前に呼び出された。

「田中三郎左衛門、長年の江戸詰めご苦労であった。江戸詰めは何年になる？」

「天保十年（一八三九年）に亡き殿の御供をして江戸に下ってからあしかけ十一年になります」

「それはまた長い期間であったな。彦根に戻るがよい。ついてはそちに頼みがある。じつは筋方に関して下役の方で何かと問題を起こしているらしい話が伝わってきている。六月には私も初の就封となるので、その折にはすべての筋を巡見したいと思っておるし、その折に必要な改革もしたいと思っておる。筋奉行として彦根に戻り、私が参るまでの間どんな問題があり、どのような改革が必要かなど調べておいてほしいのだ」
というような話があったらしい。父三郎左衛門はこうして筋奉行として国元彦根に戻ることになった。一方徳三郎は新藩主の小姓として江戸にとどまった。

三月、直弼は三浦半島の江戸湾警衛地の巡見に出かけた。彦根藩は長年京都守護を任されている家柄であり、相模湾警衛は本来彦根藩がなすべきことではないという強い考えが彼にはあった。彼は藩主となると宇津木六之丞（景福《かげよし》）に命じて相模湾警衛免除の運動を開始させた。その一方でさすが彦根藩と言われるだけの警衛の実績を上げた上で警衛地変更を認めさせなければならないと考えていたので、就封で彦根に戻る前に警衛の実態を見分する必要があると考えたのである。徳三郎も小姓としてこの巡見に参加した。

その二カ月後、直弼は藩主として初のお国入りに出発した。もちろん徳三郎もお供をした。中山道を通り六月十日に彦根藩領の番場宿に着くと、そこには直弼の国学の師匠長野主膳が待っていた。その晩は遅くまで子弟は余人を交えず語り合っていた。翌日一行は米原湊まで進むと、そこから御座船に乗り外船町で舟を降り、行列を整えて彦根町（現佐和町・元町）を経て外堀を越え、切通口御門を経由して松の下（現いろは松）に向かった。藩主は騎乗であった。ここで新藩主は馬を降り旅装を解き正装に改め徒歩で表御殿に向かう。家臣一同もここで衣服を改めて美々しい行列を作って進むと、松の下から佐和口御門まで在藩の家臣たちが役職ごとに並び新藩主を出迎えた。その家臣たちの後ろに妻の俊が長男準造を抱いて頭を下げているのを徳三郎はいち早く認めた。

彦根に到着してわずか五日後の六月十六日、殿は筆頭家老一万石の木俣家を継いだ木俣守盟を相模湾警衛の責任者として出発させた。まだ前藩主時代の木俣守易を中心とした勢力が彦根に残っているので、前藩主時代の弊封を刷新するためにとった処置だったらしい。木俣は江戸家老ではなく江戸家老にはこれまで相模湾警衛の責任者であった長野業賢がついた。藩主交代時にはしばしば前藩主時代に権勢をほしいままにしていた家臣たちが厳しく罰されることがあったが、直弼は藩主就任に当たって仁政を第一とすることを誓っていたので、筆頭家老を務めてきた木俣家に対してだけ多少厳しい処置をとり、他の直亮の取り巻きであった家臣たちには側役から遠ざける程度の人事を行っただけだった。

七月には父三郎左衛門ら筋奉行・代官に対して、直弼は全領内の巡見を行うことを告げ、その日程を検討するように命じた。領内巡見は藩主の初入部の儀礼の一部としてこれまでも藩主交代時に行われていたが、たいていは一部の村を巡見する儀礼的なものにすぎなかった。直弼はこれを全領内において行おうとしたのである。目付の報告から筋奉行の下役が村民のもめ事に介入してこれを裁判に持ち込ませ、便宜を図るという口実で賄賂を取って村民を苦しめていると伝えられていたので、そういう悪弊を一掃し領内の隅々まで彼の考えている仁政を浸透させようとしたのであろう。

彦根藩では城下町に町奉行を置き、他の農村地方は南筋、中筋、北筋と三つに分け、それぞれに筋奉行をおいて支配させていた。筋奉行は郷中を巡見し米の作柄を調べてその年の年貢率を定める重要な役目があった。これは翌年の藩予算に大きな影響があり、そのために予算編成時は勘定奉行と共に予算編成にも携わった。さらに年貢を含めた地方の税・財政問題、取り締まりと裁判、すなわち地方の行政と司法をすべて管轄する役目である。したがって扱う問題は多岐にわたり複雑であった。そこで訴訟に関しては、筋方元締を置き、さらにその下に郷中用掛を配して、訴えや願いなどを聞き取り、筋奉行に報告させていた。特に微細な訴えは筋方元締に任されることがあったために、筋方元締の中に郷中用掛と結託して、村民間の些細なもめごとでも公《く》事《じ》（裁判）として訴えるように勧め、訴訟を長引かせて、その間に便宜を図るなどとの口実で賄賂を取るということが行われていた。これらの下役たちはさらに公事宿と結び利得を得ていた。公事宿というのは訴訟が行われている間当事者が宿泊する宿で、裁判が長引けば公事宿への逗留費用がかさむことになる。元締たちはわざと訴訟の進行を遅らせて公事宿を儲けさせそこからも賄賂を取っていた。直弼が藩主に就任したころ目付からこういう悪弊が一部の地域で起こっているとの報告を受けていたのである。直弼は三郎左衛門の進言を受け、新たに筋方代官をおいて重大事犯以外は代官の直吟味とするようにした。

九月十五日から直弼は領内巡見を開始し、まず五日間かけて城下町の南に位置する南筋の愛知《えち》、神崎郡の村々を視察した。南筋奉行・代官・川除《かわよけ》奉行らが随伴し案内や説明を行った。田中三郎左衛門は南筋奉行として当然この一行に加わったが、小姓として彦根に戻っていた徳三郎も随伴していた。直弼は乗馬があまり得意でなくたいていは駕籠を利用したが、この日は快晴で風もなく、収穫期を間近にした田園は一面黄金色に輝いていたので、駕籠を降りて馬に乗り換え景色を楽しみながら巡見を続けた。時には馬を降りあぜ道まで足を運び、たわわに実をつけた稲穂を手にとってその重みを確かめることもあった。藩主の姿を認めた農民たちがあわてて農作業の手を休めてあぜ道に土下座しようとするのを止めて巡見を続けなければならなかったが、その年の稲の作柄は良好で、彼は満足して巡見を続けていた。ここは湖畔沿いの村だったので、昼食時は浜辺に出て砂浜の上に毛氈を敷き持参した弁当を食べた。村長《むらおさ》らの接待の申し出があったが、直弼はそれを許さず弁当を持参していたのである。十一月には南筋四十四カ村の巡見を終えたが、まだ領内の三分の一を終えたばかりであった。翌年嘉永五年四月の末には参勤のために江戸に向かわなければならなかったが、直弼は何としても在藩中にすべての村の巡見を果たしたいと思っていた。二月には南筋と中筋の村、三月には北筋の村を巡見したが、まだいくつか見ていない村があった。三月二十三日からは巡見し残した各筋の村を見て回ってようやくすべての村の巡見が終わったのが三月二十六日であった。

四月二十七日には直弼は彦根を発って江戸に向かった。徳三郎も江戸詰めを命じられた。

江戸では藩主の参勤に間に合わせるようにと進められていた上屋敷の工事が完成し、直弼は新築となった屋敷に迎えられた。すでに婚約が調っていた丹波亀山藩主松平信豪《のぶひで》の娘昌子との婚姻も控えており、そのためにも屋敷の完成が急がれたのである。直弼には側室里和《さとわ》との間にすでに三人の子供があった。里和は彼がまだ尾末町の埋木舎にいたころから彼の身の回りの世話を行っていた女中であったが、直弼が世子となって江戸に出てきた時に、奥向きの世話をさせるために彦根から呼び寄せたのだった。嘉永一年四月には愛麻呂、翌嘉永二年九月には智麻呂、四年二月には重麻呂が相次いで生まれたが、里和は正室には迎えられることはなかった。八月に昌子の輿入れがあり、その後華やかな祝いの行事が続いた。

　それが一段落したころ幕府から相模湾警衛のために房総・相模の警衛に当たる四藩に砲術などの訓練を行うようにとの指示があり、四藩は十月にそれぞれの持ち場で砲術訓練を行った。長崎のオランダ商館長クルチウスから、アメリカが翌年には日本に通商を求めて艦隊を派遣する予定であると知らせてきたからだった。艦隊というからには数隻の軍船がやってくると思われたが、これに対して打ち払いを行うのか、通商に応じるのか、幕府の意見は一定していなかった。江戸湾防備に当たる各藩の意見は大型船をもたない幕府の貧弱な装備では打ち払いは難しいだろうというものが多かった。

三　懸念

翌年五月、直弼は二度目の就封で彦根に戻り、徳三郎も殿に随伴して戻ってきた。お城での帰藩の行事が一通り終わると、徳三郎は一年ぶりの我が家に戻った。旅装を解き行水を浴びて浴衣に着替えると、徳三郎は父の前に座り帰郷の挨拶をした。

「ご苦労であった。殿はお元気であられたかな」

父は謹厳な顔を幾分ほころばせながら言った。二人の前には母と妻が用意したアマゴを醤油に絡めて煮詰めたもの、赤カブの酢漬け、菜っ葉の煮物などささやかながら心づくしの酒の肴が並んでいた。この日は特に鮒ずしが用意されていた。父は町奉行・寺社奉行兼帯に役替えになり、さらに当分の間筋奉行をも続けるように言われ、多忙な日々を送っていた。彦根藩では町奉行は寺社奉行を兼ねるのが慣習であった。前藩主の晩期には藩主に対する不満が高まっていた藩士たちも、新藩主の仁政に対する姿勢を評価し彼に対する期待もあって藩全体の統率も取れており、また近江の町村いた。

民はもともと温厚な気質であったので、この時期の藩の内政は特に問題もなく過ぎて

父が注いでくれた酒を猪口に受けて徳三郎は言った。

「大変お元気で精力的にお仕事をされております。三月には上様の代参で日光に詣でられ、その帰路、佐野領にお立ち寄りになられました。私もお供させていただきましたが、東照宮の壮麗さと美しさには息をのみました」

徳三郎はその時の感激を思い出すように目を閉じた。陽明門や唐門の美しさ、三猿や眠り猫の生き生きとした彫刻などどれも記憶に強く残っていたが、唐風のきらびやかな建築物とは対照的な東照権現家康公の墓所のある奥社へ通じる閑として静まり返った参道のたたずまいが特に強く印象に残っていた。日光から江戸への帰路、直弼一行は彦根藩の飛び地である佐野領に立ち寄った。ここには一万七千六百石の彦根藩の領地があった。佐野領では前藩主時代に一部商人のみに専売を許して自由な商業活動を妨げ、さらに娼妓を公に許したために悪弊がはびこって領民を苦しめていた。その報告が代官からあったので、この時直弼は専売制度を廃止して商売の自由を認め、さらに娼妓を全廃して領外に追放するなどの措置を取った。

「その話は私も聞いていた。よいことをしてくださった」

徳三郎の話を聞いて、三郎左衛門は嬉しそうに酒を口に運んだ。江戸からの月次報告を読んでいたのでおおよそのことは知っていたのである。

「相模湾の警衛はうまくいっているかな」

「父上もよくご存じのように、殿は井伊家が徳川家の先鋒であるという誇りを強くお持ちですから、井伊家の武勲の歴史を汚すことを何よりも恥とされ、相州警衛に関しても決して他藩に後れを取ってはならないと日ごろからおっしゃっておられます。この度預かり所となりました相模湾の領地に幕府の許可を得て、台場を建設され船着き場も新たに設けられ警備の強化を行っておられます」

「そうか、そうか」

三郎左衛門は嬉しそうに何度もうなずきながら盃を口に運んだ。

「今年あたり、メリケン国から艦隊が押し寄せるとの噂が飛び交っておりまして、水戸様が海防参与になられるという話もありますが、水戸様は異国船を打ち払えとの強いご意見をお持ちの方ということで、水戸様の起用には賛否両論あるようです。父上は水戸様のことをよくご存じでありましょう？　本当のところはどのようなお方なのですか？」

三郎左衛門は腕を組み目をつむるとしばらく何か考えるように黙っていた。やがて、正座して徳三郎を見た。

「徳三郎、私も大分年を取って、最近は長時間書類に目を通していると疲れがでて目がかすんでくるようになった。そろそろ殿にお願いして隠退させていただかなければならないと時々思うようになった。ついてはこれまで私が江戸で得たさまざまな知識についてお前に知らせておいた方がよいだろう。しかし話は長くなるから、お前の彦根滞在中に追々語って聞かせようと思う。今日は旅の疲れもあろうからゆっくり休むがよい」

食事の膳が運ばれてきて、母や俊も加わり座はにぎやかになった。俊は好奇心むき出しの様子で江戸の生活のあれこれについて質問し、徳三郎は膝の上の準造をあやしながらそれに答えた。

それから半月ほどたった日、朝食を終えて徳三郎は自室で読書をしていた。先ほどから父が縁側で爪を切っているらしい音が聞こえている。父は町奉行・寺社奉行兼帯の上に筋奉行を兼ねているので毎日忙しそうで、あれ以来まだゆっくりと話をする機会はなかった。それでも今日は一日休みがとれたらしい。徳三郎も昨日宿直の仕事が終わったところで、今日は非番である。「パチン」という爪を切る小気味よい音が、徳三郎にも聞こえていた。その時

「義父《ちち》上、肩をお揉みしましょうか？」という俊の声が聞こえた。

「おう、やってもらおうか」

と父の声がそれに応じて聞こえ、やがて父の肩を揉みながら子供たちの話、野菜や魚の値段、近所の噂話、天秤棒を担いで売りに来る蜆《しじみ》売りの声の面白さなど、とりとめのない話をしている俊の声が聞こえてきた。その合間に時折、父の「ほう」とか「うむ」とかの相槌を打つ声がした。日ごろ奉行として肩肘張った仕事をしている父は家でもあまり笑うことがなかったが、俊の世間話になると上機嫌で時折大声で笑い出すこともあった。父はもっぱら聞き役で俊が一方的に話していた。実際彼女は陽気で話し好きでもあったが、話上手でもあり、時には蜆売りの声音までまねて見せるのだった。徳三郎と俊の間には準造に続いて娘満千代が生まれていた。江戸から徳三郎と共に彦根に戻ってきていた熊吉は、少し肉付きもよくなってかつてのぎらぎらした

目つきもすっかり穏やかなものになり、彦根ではもっぱら子供たちの子守に専念していた。準造も「じい、じい」と呼んでなついていた。今も満千代を背に準造の手を引いて散歩に出かけているようだった。

過日、父が水戸家についての話をしてくれることになっていたのを思い出した徳三郎は、よい機会と思い読書を切り上げて、父のそばに行った。

「ありがとう。だいぶ楽になった。俊、今日は徳三郎と話がある。長くなるかもしれぬので、昼時になったらここに茶づけでも運んでくれぬか」

徳三郎を見ると、父は待っていたかのように言った。

「かしこまりました。その前にお茶を入れ替えてまいりましょう」

俊はそう言って台所に入ると間もなく大ぶりの茶わんに茶をたっぷりと入れて戻ってくると二人の間に盆を置いた。カブとキュウリのぬか漬けも添えられている。二人は茶をすすりながらしばらく庭を眺めて座っていた。

「水戸様について知りたいということであったな」

「ぜひお教えください」

「これから話すことはあくまでもわしの意見にすぎない。水戸徳川家の御家来衆から直接伺った話もあるが、その他さまざまな方から聞いた話も多い。噂話というのはとかく誇張されがちであるし話し手の都合のよいように歪められたものもある。したがって他家についての批評めいた話は十分用心しなければならない。無用な他言は慎むことじゃ。ただこれからの世の中なかなか難しくなるやもしれぬので、その時取るべき道を過たぬように、判断の材料にしてもらえればよいと思っておる」

父の話し方にはどこか含みがあり、預言めいたところもあるように感じられ、徳三郎は緊張してうなずいた。

「御三家とは言いながら、水戸家は尾張家や紀伊家とはまた違った難しいお家柄でな。尾張家六十二万石、紀伊家五十五万石に対して水戸家は三十五万石。ほぼ井伊家と同じ程であるのはお前もようわかっておろう。尾張徳川家の半分ほどしかない。その上定府と定められており、藩主は常時江戸にいなければならないから、これまで歴代の藩主の中には国元の水戸に行ったことのない方もおられるという。これが江戸藩邸と国元との間に派閥を作りやすい環境になっておる」

「水戸の御家中では、江戸詰めの方は家族連れで江戸にお住まいで、国元に戻されるのを嫌がると聞いたことがあります」

「そのとおりじゃ。わが藩では、江戸長詰めのものもおるが、基本的には国元詰めと江戸詰めとは交代制だ。しかし水戸では家臣たちは定府組と国元組に分かれて固定されているということじゃ。国元に戻されるのを左遷と考える風潮もあるらしい。その上、ご家老をはじめとしてご重職の多くが江戸詰めで知行も高い方が多いと聞いておる。筆頭家老の中山様は二万五千石で大名と変わらぬ権勢を誇っておられるとのことである」

「わが藩の木俣様は一万石で、庵原様、長野様が五千石、西郷様が三千五百石。中老の岡本様は九百石と聞いておりますが」

「わが藩では筆頭家老の木俣様が国家老のお立場で、江戸で重要なお役目がない限りは国元に居られるのが普通じゃった。一昨年木俣様が一年間の相州詰めを命じられたのは異例のことで、それだけ相模湾警衛が重要だということもあるが、先代の所業に対する罰の意味も含まれていたのではないかと、私などはひそかに思っておる。これによって直弼様の藩主としての御威光が藩内に十分示された」

「つまり、彦根藩の藩士にとって江戸詰めはあくまでも江戸出張だということですね」

「そのとおりだ。あくまでも彦根が本拠地なのだ。わしは江戸では表御用人を務めさせていただいたが、国元に戻ると筋奉行とか藏奉行の御役目を仰せつかり、国元ではもっと御身分の高いお家柄の方が用人職におつきになる。ところが、水戸藩では反対で、江戸詰めの方が重要視されるというお国柄なのだ」

三郎左衛門はお茶をすすり、ぬか漬けの蕪《かぶ》を口に入れた。

「こういうお国柄の中で斉昭《なりあき》様が家督を継がれたわけだ。そして大改革を行おうとされた」

徳川斉昭が家督を継いだのが文政十二年（一八二九年）。その一年後に三郎左衛門は江戸中屋敷留守居になっているので、彦根藩の江戸駐在外交官として水戸藩の改革には十分な関心をもって見守っていたのである。

「斉昭様が家督を継いで水戸藩主となられたいきさつは、わが殿直弼様の場合と似たところがある。水戸の七代藩主治紀《はるとし》様には男子が四人おられ斉昭様はその三人目であった。長男の斉脩《なりのぶ》様が御世継ぎとなり、他のお二人は他家へ養子に出され斉昭様のみが残されていた。一生部屋住みで終わるかもしれない状況だったが、斉脩様が家督を継ぎ八代目藩主となられると、斉昭様は兄の養子となられた。その結果斉脩様がお亡くなりになると、斉昭様が九代目の藩主となられたのだ」

しかし、すんなりと家督の継承が決まったわけではない。兄で養父の斉脩は斉昭を正式の後継ぎと発表しないうちに死んでしまった。このため家老の中山をはじめとする重臣たちは将軍家斉の子を養子に迎えて後継ぎにしようとした。斉昭は彰考館の学者たち、会沢正志斎や藤田東湖らの薫陶を受けて水戸藩の改革の必要性を口にしていたので、これを快く思っていない江戸の重臣たちは自分たちの自由になる将軍の公子を養子に迎えて藩政をほしいままにしようとしたのである。これを知った国元では国家老の山野辺を擁して数十人が江戸に上り陳情を繰り返して反対した。その後斉脩の遺書が見つかりその遺志に従ってようやく斉昭の藩主就任が決まった。この時将軍公子の藩主就任に反対して陳情を繰り返し、斉昭の藩主就任に貢献した藩士たちはおおむね軽輩の士で、会沢正志斎は一五〇石、藤田東湖二〇〇石、藤田と共に水戸の二田と呼ばれた戸田忠大夫は二〇〇石であった。

斉昭は藩主となると矢継ぎ早に改革を実行していった。固定されていた藩士の江戸城詰めをやめ、江戸城詰めであった藩士たち百人以上を国元に戻した。そのために水戸城の西に新たな町を作りそこにそれらの藩士を収容する住宅を作った。また斉昭擁立に貢献のあった国家老の山野辺を江戸に呼び執政とし、藤田らを郡奉行《こおりぶぎょう》に任じた。彦根藩における筋奉行である。その後順次彼らを抜擢して要職につけた。戸田は側用人、参政に、藤田は江戸通事、御用調役、さらには側用人へ、武田耕雲斎も参政となって改革派の中心人物が藩の政治の中枢を占めるようになっていった。


「斉昭様が抜擢した改革派の人々は彰考館出身の学者たちと彼らの薫陶を受けた者たちが主流だが、学者というのは本質を論じ原理を大切にする。理論的に正しければ、その理論を現実に当てはめて実行しようとする。いきおいその行動は原理主義的で急進的なものとなる。それが最も端的に表れたのが寺社分離政策だった」

彰考館は水戸第二代藩主光圀が始めた修史編纂事業を行う学問所であったが、この修史編纂事業はその後綿々と受け継がれ、「大日本史」と名付けられてほぼ完成される時期に入っていた。「大日本史」の基本的な思想は、日本は万世一系の天皇の統治する国家であり、その時々に幕府（鎌倉幕府、足利幕府、徳川幕府）が天皇に委任されて政治を行ってきたのであって、天皇家あっての幕府であるというものである。この思想が後に水戸学として幕末・維新の志士たちの拠って立つ思想となり、天皇親政の国家を作ろうとする運動の思想的拠り所となるのであるが、徳川御三家の一員である水戸家の人々はまさかこの思想が徳川家の支配を覆し天皇親政とすべきとの考えにつながるとは当初は夢想もしなかった。ところがこの思想が全国に広がり、水戸藩の志士たちは討幕を画する各藩の志士（特に薩摩・長州）たちにもてはやされ利用され、やがて捨てられて悲惨な結末を迎えることになるのだが、それはこれよりしばらくのちのことになる。

「寺社分離」政策とは、本来天皇は日本古来の宗教である神道の最高の祭司であり法王である。その天皇を頂点とする神国日本において、「神仏習合」のように神道と仏教という二つの宗教が混淆するあり方は間違っており、原理的には成り立たない。特に寺院と神社が同じ境内に立ち、さらに異国からもたらされた宗教である仏教の僧侶が日本古来の宗教である神道の神職の上位に置かれるようなあり方は許されるものではないとされた。そこで斉昭と改革派は神道と仏教の分離を推し進めたが、その過程でいくつかの寺を取り壊したり、寺僧を追放したりした。薬王院、常福寺、久昌寺、願入寺など歴史ある大寺などもそれに含まれたが、さらに水戸東照宮もその対象となった。水戸東照宮は東照大権現家康を祀る神社であるはずなのに、別当がおかれ、境内には寺坊が建ち、神職は僧侶の下風におかれていた。斉昭はこの弊を正そうとした。また斉昭は寺鐘を没収しこれを溶かして海防のための大砲を作ったりした。この改革に対しては寛永寺などの有力な仏教寺院から猛抗議が起こり、幕府や将軍家大奥などへの寺側からの陳情が相次いだ。

「斉昭様がなされた改革には全領検地、弘道館建設など優れたものも多かったのだが、改革の進め方があまりにも急激で容赦ないものだった。そのため『烈公』とあだ名されたりしたが、結局寺院の取り壊しなどの厳しい措置が幕府を心配させ、さらに幕府の許可なく大規模な軍事演習などを行ったことから、幕府の命で隠退させられ謹慎処分を課せられたのじゃ」

斉昭は弘化一年（一八四四年）五月、藩主に就任して十五年で強制的に隠退させられ、謹慎処分に処せられた。家督は長男の徳川慶篤《よしあつ》が嗣《つ》ぐことになったが、慶篤はまだ十三歳だったので、藩政は再び門閥派の人々の手に移った。斉昭の側近藤田、戸田らも蟄居等の処罰を受け、軽い罰で済んだものも藩の主だった役目を取り上げられ、代わりに門閥派の人々が藩の重職に返り咲いた。斉昭の過激な改革を嫌ったこれら門閥派の人々が幕府などに陳情して斉昭の失脚へと導いたのである。

これに対して改革派の人々は斉昭の謹慎解除を求めて運動を始めた。彼らは許可なく江戸に向かい、斉昭の赦免を求めて水戸の江戸藩邸だけでなく幕府の要人たちを訪ね歩いた。これらの人々には武士ばかりではなく、斉昭十五年間の治世の間に各地につくられた郷校で学んだ郷士や農民たち、さらに神職のものも含まれ、その数は一説には五千人にも及んだという。この江戸詣は水戸では「南上」と呼ばれ、斉昭が家督を継ぐ時の運動に続いて二度目の「南上」ということになる。その陳情は斉昭本人も心配するほどの激しさだった。結局斉昭の謹慎は弘化三年十一月に許されたが、藩政への口出しは許されない状況だったので、さらに彼らは斉昭の藩政復帰を求めて三度目の「南上」を行った。その結果、嘉永二年（一八四九年）三月には斉昭の藩政関与が認められ、若き藩主慶篤の後見人となったのである。結果として三度に及ぶ「南上」は成功したことになる。彼ら改革派の士民は粘り強い努力が藩政だけでなく幕政をも変えることができる、と信じるに至ったであろう。

「そろそろお昼になさいませぬか」

という声がして、母と俊が茶づけの用意をした盆を運んできた。二人は大ぶりの茶碗で立て続けに三杯茶づけを流し込んだ。

「何やら難しげなお話をなさっておられるようですね」

と母は、父子が茶づけをかき込んでいる様子を見ながら言った。しかし、彼女はその話の内容に関心がある様子はなく、むしろ父子が仲良く話し込んでいること自体を好ましく思っている様子だった。これまでこれほどの長時間、父子が話し合っているのを見たことがなかったからである。二人が茶づけの道具を片づけて去っていくと、徳三郎は父に話の続きを促すかのように言った。

「近頃、攘夷《じょうい》という言葉が盛んに言われ始めておりますね。何か水戸辺りから言われ始めたと聞いておりますが」

「うむ、攘夷という言葉自体はとりわけ新しい言葉ではないが、最近日本近海に異国船が出没するようになってから、これらの船を打ち払うかどうかという議論が起こり、そこからこの言葉が改めて異国に対する攘夷論として言われ始めたようじゃな。これも、水戸の尊王論と結びついて水戸辺りから言われ始めたものらしい」

水戸は長い海岸線をもつ藩なので、その近海を通る異国船がしばしば目撃されていた。ある時、イギリスの捕鯨船の乗組員が水と食料を求めて大津浜に上陸してきたことがあり、彼らを捕えて会沢正志斎が尋問をしたことがあった。その頃から水戸では異国船に対する海防の必要を強く意識するようになったのである。

神の国である日本が夷狄《いてき》によって汚されてはならないとする考えが尊王思想と結びついて「尊王攘夷論」が形成されていった。これが水戸学として次第に人々に知られるようになり、近郊の諸藩からは言うまでもなく遠くは九州、中国地方からも水戸を訪れて水戸の思想を学ぼうとするものが現れた。例えば九州久留米藩の神官真木和泉や長州の吉田松陰などもそうである。この頃の旅は徒歩で何十日もかけて江戸・水戸にやってきて、また徒歩で帰るのだから、水戸からの帰途、知人・門人さまざまな人々の家を泊まり歩くことになる。その節に彼らから話を聞いた人々がさらに別の人に話すという形で、彼らが水戸から受けた思想が多くの土地に伝播し水戸の「尊王攘夷論」は広がっていった。しかしほとんどの人がまだ異国船をじかに見たこともなくその脅威を実際にはわかっていない。日本に近づこうとする夷狄は打ち払い成敗してしまえばよいという安易な攘夷論が容易に形成されていく環境にあったと言える。尊王攘夷論が猛威をふるうようになるのはペリー来航以後であるが、この時期すでに知られつつあり、特に水戸の斉昭は攘夷論者として知られていた。

「あれはたしか弘化三年の閏五月のことじゃった。メリケン国からビッドルとかいう使節が巨大な軍船に乗って浦賀にやってきた。その頃践祚《せんそ》されたばかりの天子様（孝明天皇）は大変心配されて幕府に御沙汰書を下され、神州に瑕《きず》がつかぬよう適切な措置を取ることを幕府に求めてこられたのじゃ」

水戸の徳川斉昭の姉は関白鷹司政道に嫁いでおり、斉昭から鷹司関白への書簡を通じて、孝明天皇も異国船来航の事情を聞いており、外国からの侵略の可能性に対して非常に心配していたのである。朝廷の奥深い御簾《みす》の中で廷臣からもたらされる情報だけに接している環境にあり、また天皇に奏聞《そうもん》する廷臣たちも実情には疎く、漏れ聞く風聞だけで膨れ上がった妄想的な情報を天皇に伝えるので、西洋人は「毛唐《けとう》」と呼ばれ、不気味な怪物として伝えられ、若き天皇は毛唐に恐怖していた。天皇が攘夷論者となっていくのは無理もない状況であった。この天皇の御沙汰書に対して、時の老中首座阿部正弘は外国船の来航状況を詳しく報告したのだが、これが前例となり幕府はそのつど幕府の対外政策に関して朝廷に報告するようになる。これは幕府と朝廷との関係において今までに例のないことであった。

徳川家康は朝廷から「征夷大将軍」に任じられて幕府をひらいたとはいえ、これは形式的なことであって、実力によって政治の頂点に立ったのである。そして「禁中並公家諸法度」を発して朝廷および公家のあり方を規定した。つまり天皇および公家のあり方を実力者である武家の棟梁が規定した。朝廷は形式的な権威者として残されたが、実質幕府の統轄下におかれたのである。さらにその後出された「公武法制応勅十八箇条」で朝廷が政治に関与することが禁じられ、朝廷が政治向きのことに介入・口出ししないことと定められたのである。この規定は以後二百年以上にわたって守られてきたが、この時に初めて破られたことになる。

さらに、阿部正弘は外国船の来航が頻繁になるにつれ、江戸だけでなく海に接する諸藩の海防の必要性を痛感し、水戸の徳川斉昭、越前の松平慶永《よしなが》（春嶽）、薩摩の島津斉彬《なりあきら》、宇和島の伊達宗城《むねなり》、土佐の山内容堂らの意見を聞き海防の策を練ろうとした。これまでは外様大名に対しては一方的に命令を出すだけで、彼らの意見を幕府が聴取するということがなかったのに、幕府の政策を外様大名と協議して定めようとしたことも、長い幕府の伝統を破る結果となった。水戸の斉昭は御三家、越前松平は親藩であるが、御三家・親藩はこれまで幕府の政治に口出しすることを禁じられていた。大老を別にすると老中は十万石以下の大名が就くことになっており、大きな勢力をもつ大名は幕府の政治から遠ざけられていたが、このように「勢力」と「権力」とを分離させたことによって、大勢力を持つ大名の謀反や反乱の芽を摘み、徳川幕府は二百年以上にわたって安定した政権を維持してきたのだった。しかし、阿部幕閣がこのように御三家・親藩・外様の意見を聞いて政策を立てようとし、朝廷の意向に配慮するようになったことは尊王論を思想的背景として諸大名が京都の朝廷を巻き込み、幕府の政治に介入し始めるきっかけとなった。

「天子様の台所も経済的に苦しいと伺っておりますが」
「そうらしいな。大納言とか中納言とかの官位をお持ちのお公家様でも、我らよりも貧しい方がおられると聞いておる」

朝廷の収入は十万石程度だった。朝廷に仕える官人たちは上から下まで入れると八百人ほどいたが、この十万石で彼らの生活費を含めて朝廷の権威と格式を維持するさまざまな費用を捻出しなければならなかった。さらに上野輪王寺に関わる費用一万三千石もこの中から出さなければならなかった。大臣・大納言などの官位を持ち堂上と言われる高級公家ですら三百石前後のものが多く、なかには百石代の堂上公家もいた。これ以外の六百人以上もいる中下層の公家や官人たちになると、経済的な厳しさは非常なものだった。屋敷をとばく場として貸して生計を維持している公家もいたという。幕府は武士たちが許可なく朝廷・公家に接することを禁じていたが、幕府の統制が緩み始めると、ここに諸藩のつけいる隙が生じ、盛んに献金を行って貧しい公家を扇動して朝廷を操るようになってくる。

それが具体的に表れてくるのはこれからしばらく後のことであったが、徳三郎は父がおぼろげな不安を抱いているのを感じていた。それが何に対する不安なのか父にも説明できないが、将来何かとんでもないことが起こりそうな予感にひそかにおののいている、そんな印象を受けていた。二人の話は夕食前まで続いたが、

「今日はこの辺にしておこう。まだ話したりないような気がするが、またの機会もあろう」

と父は言って話を切り上げた。その夜徳三郎は床についてもなかなか寝つかれず父との話を反芻していた。

四　忍び寄る影

その頃江戸では大騒ぎが起こっていたが、徳三郎がそれについて知ったのは、その半月後であった。江戸藩邸からの報告を受け、重臣たちが緊急に招集されその後藩士たちに伝えられた。その報告によると、

嘉永六年（一八五三年）六月三日暮れ六つ時、午後の漁に出ていた漁船が沖合に巨大な四隻の異国船を見つけ、三崎の代官所に届け出た。三崎代官所は早舟を出して浦賀代官所に連絡し、浦賀代官所から相模湾警衛の四藩に連絡がきた。しかしマリナー号の時と違い、この時の四隻は速度を緩めることなく江戸湾に侵入してきたので、停船させるための漁船を出す時期が遅れてしまい、漁船群が金田湾・野比浜から出船しようとする時にはもう目の前を通過している時であった。これらの異国船はかつてマリナー号が停泊した千代崎沖を過ぎてようやく速度を緩め、浦賀代官所前の沖合を通

過して鴨居沖で停船した。ペリー率いるアメリカ艦隊だった。旗艦のサスケハナ号は全長四十間（約七十八メートル）、二千四百五十頓《トン》の外輪蒸気船で、船の横腹に巨大な水車を付けそれを蒸気の力で回転させて推進するというこれまで日本人の誰も見たことのない異様な形をした巨船だった。ミシシッピー号はさらにそれより大きい蒸気船で、三千二百三十頓、他の二隻は帆船である。与力の中島三郎介らが通詞の堀達之助を連れて旗艦のサスケハナ号に乗り移り、退去するよう交渉したが、アメリカ側は強硬で、フィルモア大統領の国書を手渡すまでは断じて日本を去ることはないと突っぱねた。国書の内容はあくまでも日本と通商を行いたいという趣旨で、その返答を受領するために来年また訪れるから、ひとまず国書を受け取れ、と強硬に談じてくる。結局、国書を受け取るかどうかは幕府首脳の了解を得なければならないから三日の猶予を欲しいと要請して与力たちは船を降りた。急報を受けた幕府は現状で戦端を開いても、勝てるかどうかわからない。むしろ国書を受け取って、ひとまず米艦を去らせてから今後の方策を検討するしかないと決心して、久里浜でそれを受け取ることにした、という。彦根藩は多数の藩兵を送り応接所周辺を警備した。国書受取の儀式はわずか二十分ほどで終わった。報告書はそのように伝えていた。

この報告の二週間後、井伊直弼に危急の折であるから江戸に戻ってくるようにとの幕府からの要請が届いた。ペリーが去ってひとまずほっとしたものの、来年、ペリーが再びやってくる時のために、日本の方針を定めておかなければならない。米国の要請を拒否して打ち払いを強行するとすれば、軍備を急がなければならないが一年ではほとんど間に合いそうにもない。時の老中首座阿部正弘はペリーがもたらしたアメリカ大統領の国書を翻訳させてその写しを回覧させて、諸藩の大名たちの意見を求めた。特に溜間詰めの大名には老中たちとの協議に参加することを要請したのである。

この要請があったのが、直弼が彦根に戻ってまだ二カ月もたっていない時である。大名の参勤となれば今日要請を受けて明日出発というようなことはできない。準備に相当な日数が必要である。それでも大急ぎで準備して七月十三日出発となったが、その直前、江戸藩邸から将軍家慶《いえよし》の死去の知らせが届いた。それと同時に国書の写しも届けられた。徳三郎も殿の御供をして江戸に戻らなければならない。出発の日、父は「殿をしっかりとお守りするように」としつこいほど繰り返した。

直弼は中川録郎を江戸に同道させることにした。中川は藩校弘道館で儒学を教授する学者であるが、海外事情にも関心を持ち研究していて藩内きっての海外通だったからである。参勤の途中の宿泊所では毎晩のように中川が殿の部屋を訪れるのを近侍する徳三郎は見かけた。中川は幕府への返事の文案の起草を命じられ、その内容を相談するために協議していたのである。江戸に到着すると直ちに中川は文案の起草に取り掛かり、それを殿に見せて手直しをし、江戸藩邸の重臣たちに最終案を示して彼らの意見を求めた。その内容はもはや世界の情勢から鎖国政策の維持は不可能であり、それならば、海外に雄飛して貿易を盛んにし国を富ませ、大艦を建造し軍備を整えるべきとする富国強兵策が骨子となっていた。この時幕府に意見書を提出した諸大名の中で唯一井伊直弼の意見だけが開国案だったという。

十一月十四日、幕府は江戸湾口の三浦半島と房総半島を警衛している四藩に対して警衛地の変更を命じた。彦根藩は羽田・大森、川越藩、会津藩、忍藩はそれぞれ内海の第一台場、第二台場、第三台場へと持ち場が変更された。これまでの彦根藩の持ち場は長州藩に、川越藩の持ち場は熊本藩に、房総は柳川藩、備前藩に引き継がれることになった。江戸湾内への異国船の侵入を警戒しての内湾警備強化であったが、相模と房総の警備が外様の大藩に委ねられたのである。徳川家の領地である江戸の防衛を外様藩に任せたことになる。彦根藩では警衛地が江戸藩邸に近いところに変更になったので、負担もいく分減り喜んでいたが、引き継ぎにはまだ時間がかかるので、しばらく相州警衛が続くことになっていた。

徳三郎もホッとして皆と喜んでいたが、そんな時彼のもとに彦根にいる妻の俊から手紙が届いた。父三郎左衛門が十一月九日に死亡したとの連絡だった。彼はその手紙を持って藩邸を出て江戸城の堀端にしばらくたたずんだ。江戸への出発前に父と長い話をしたことを思い出していた。父は自分の得た知識をすべて息子に伝えようとでもしていたのだろうか。自分の死が近いことを予感していたのかもしれない。そうとわかっていたらもっと父との時間をもつべきだった。遠く彦根に思いをはせながら彼は手紙を幾度となく読み返した。かといって、彼は彦根に戻ることはできない。たとえ許されてもそれはできないと思っていた。父と最後に別れる際に「殿をしっかりお守りするように」とくどいほど父が繰り返していたことも思い出され、彼は江戸にとどまるつもりだった。というのも、ペリーの再来航が近付いておりその時に藩は少しでも多くの人員を必要としていたからである。彼はその旨母と俊に手紙で書き送り、自分は世田谷豪徳寺に赴き、父の冥福を祈って経を上げてもらい、一日静かにお堂にこもって過ごした。

その年の十二月晦日、徳三郎は小姓役を免ぜられ、家督を継ぐお許しが出た。田中家は代々当主は三郎左衛門を名乗ることになっていたが、自分はまだ三郎左衛門を名乗るにはふさわしくないと遠慮して、左門のままの名乗りを残した。父の武役である鉄砲足軽三十人組の組頭は大久保権内が引き継ぎ、町奉行・寺社奉行は細江次郎右衛門がその役を引き継いだ。徳三郎（左門）はしばらく無役となった。

年が明けた嘉永七年一月十六日、江戸市民大騒ぎの中をペリーが七隻の艦隊を引き連れて再来航した。七隻の艦隊が近づいてくるのを最初に見つけたのは彦根藩だった。長州藩との引き継ぎが完了していないので、相模警衛の任についていたのは彦根藩だった。彦根藩は幕府からの要請で三浦実好が部隊を率いて久里浜方面に急行した。しかし、ペリー艦隊は静止の声を振り切って前回の鴨居沖を越えさらに江戸湾の奥に進みようやく小柴沖で錨を下したのだった。

ペリーは前年の開国を要求するフィルモア大統領の親書に対する返答を受け取ることを強硬に主張した。幕府は林大学頭《だいがくのかみ》を正使として応接所を久里浜とするので浦賀まで船を戻すように交渉したが、ペリーは艦隊を戻すことを頑として受け付けない。停泊地より江戸に近い場所で返書を受け取ると主張して応接所をどこにするかという間題だけでこの一カ月ほどを空費していた。

そんなある日、徳三郎は松居助内と羽田に出かけた。彦根藩の警衛地となる予定の場所を実見したいと申し出て藩の許可を得たものだった。徳三郎の祖父は松居助内家から田中家に養子に来たので二人はまたいとこ同士だったが、助内は祖父の実家である松居家の末っ子だった。二人の兄が次々と亡くなり、残った男子は彼ひとりということになり、一昨年父が死亡したために十六歳で家督を継ぐことになった。徳三郎より七歳年下の助内は小さい時から、徳三郎を「兄《あに》さん」と呼び何かと彼を頼りにしていた。この時十八歳でまだ独身だった。

二人は、といってもそれぞれに若党一人と中間一人を伴っているので、総勢六人ということになるが、多摩川まで行きそこから海沿いに羽田・大森を通って帰ってくるつもりだった。若党としては父に仕えた宮下準之助を引き継ぎ、年取った芳蔵は熊吉と共に彦根に残して留守家族の世話をさせることにしていた。中間には芳蔵の遠縁の惣吉を呼び寄せていた。

一行が多摩川の河口に近づくと、どこから湧いて出てきたのかと思われるほどの数の人々が川の方に向かって駈けていた。中には武士の姿もあった。何事かと彼らもその後を追って川端まで来ると、土手には大勢の人々が群がって一方向を見つめている。時々どっと笑い声も起こった。近付いて皆が見ている方向を眺めてみると、多摩川河口周辺をボートで測量して回っているアメリカ兵たちがいた。彼らは時折測量の手を休めて岸辺を見ている。土手の上では人々がてんでに叫んでいたが、中には手招きしたり団子のようなものを頭上に掲げて取りに来るように呼びかけているものもいた。着物の前をはだけて挑発している女郎らしき女の群れもいた。徳三郎たちがしばらく眺めていると、アメリカ兵たちはボートを岸に寄せて上陸してきた。見物人たちはわっと逃げ出し、徳三郎は思わず刀に手をかけて身構えた。幕府は友好的に接するように通達を出していたが、彼らが土手を乗り越えてきて乱暴狼藉を働いた場合は斬るしかないと思ったのである。アメリカ兵たちは話しかけてみようとでもしたのだろうか、人々が逃げ出すのを見て拍子抜けしたようにまたボートに戻って、海の方へ去っていった。

徳三郎たちはボートの後を追って海の方に向かった。羽田の海岸に着くと、はるか右方の沖合に九隻の船が舳先を岸に向けて整然と並んで停泊しているのが見えた。助内が持参した遠眼鏡を取り出した。その内の三隻は煙突から薄い煙を出しているのが見える。周りには小舟が幾隻も浮かんでいるのがみえた。

「あれが蒸気船ですか」

「大きいのう」

「わが方の船がまるで豆粒のようですね」

「もそっと近くによってよく見ようじゃないか」

二人は急きょ予定を変更して、今来た道を戻り六郷の渡し場から対岸に移った。神奈川宿に着くころには日が暮れてしまったので、そこの安宿に泊まり翌日夜明け前から歩きだした。宿で作ってもらった握り飯を食べながら横浜村の近くを通り、ようやく小柴にたどりついた。目の前に忽然と現れた巨大な艦隊を前に彼らは唖然として言葉もなく立ちつくした。後から艦隊に合流した二隻の輸送船もそこに並んでいる。気を取り直して二人は矢立を取り出しそれぞれの船を写生し始めた。写生すると船の細かい部分もよく観察でき、砲門の数もよくわかる。彼らはその絵を持って江戸に戻り直弼に報告した。

ペリーは時折艦船を羽田沖から品川沖の江戸湾奥まで侵入させ、初代アメリカ大統領ワシントンの誕生祝いと称して祝砲を打つなど威嚇的な示威行為を行った。結局幕府が折れ、横浜村を応接地とすることにしてペリーの同意を取り付け、三月三日横浜で日米和親条約が締結された。日本は下田と箱館の二港を開港することに同意したのである。

和親条約を締結することに決する会議はそれより数日前の二月二十八日に江戸城西湖間で阿部正弘をはじめとする老中と、井伊直弼ら溜詰大名及び海防参与となった水戸の斉昭らで行われた。ここで斉昭らは強硬に打ち払いを主張したが、交易を許すことは致し方ないとする井伊直弼と激論となったという。出席者の中で、斉昭を除いて、現段階で打ち払いが可能と考えているものはいなかった。結局直弼の意見を支持するものが多く、斉昭の意見は退けられたという。この話を聞いた徳三郎は、ひとまず危機が回避されたことにほっとしたが、同時に今後殿が水戸藩に恨まれることになるのではないか、という心配も起こった。

ペリーが去って一段落したと思う間もなく、今度は御所が火事になったとの知らせが届いた。この期に幕府は彦根藩に江戸湾警衛を免じて京都守護を命じた。御所炎上の十日後、四月十六日のことであった。京都守護は世子時代から望んでいた事だったので、直弼は大いに満足し、その一カ月後には就封のため彦根に戻った。

徳三郎は殿の御供をして彦根に戻ると、家族と共に龍譚寺にある父の墓に詣でて長い祈りをささげた。

九月、ロシア艦隊が大坂湾に侵入するという事件が起き、直弼は一番隊を京都に、二番隊を大津に急発させたが、御所では異人たちが京都にまで押し寄せるのではないかと大騒ぎとなり、いざという時は天皇を奈良か彦根に避難させる案が出ていた。十月、直弼は京都近郊の山城国淀堤にある鷹場を巡見するという名目で鷹場を経由して京都に入った。天皇が彦根に動座されるとすれば大津から船で彦根に向かうことになる。そういう場合のことを想定して京都警衛の方針を立てなければならない。また彦根藩士を駐屯させるための駐屯地をどこにするかの問題もあった。彦根藩の京都屋敷は三条河原町にあったが、ここでは手狭なのでその地続きの三本木の土地を下げ渡すよう幕府に交渉していたが、結局鞍馬口にある土地しか与えられなかった。そこに新たな陣屋を建設するために家老の三浦内膳が普請責任者として京に派遣された。

十一月二十七日、年号が安政に変わった。安政一年は十二月だけの一カ月となった。安政二年八月に直弼は家老の木俣清左衛門を供に参勤のため江戸に向かった。徳三郎も江戸詰めを命じられその一行に加わった。この時直弼は自ら戒名を作りそれを天寧寺と清涼寺に預けて出発したという。家定が将軍の座について間もなく、早くも次期将軍に関する継嗣問題が起こっていた。現将軍が病弱で、精神的にも不安定だという噂が流れていたからである。越前の松平慶永や薩摩の島津斉彬などが水戸斉昭の七男で一橋家を継いでいる一橋慶喜を後継者とするべくひそかに老中に働きかけていた。慶喜が将軍となれば過激な斉昭が将軍の父として権勢を振るうのではないかとの恐れもあった。そういう中にあって、直弼は何事か決するところがあったのであろう。

江戸に着いてほぼ一カ月後（十月二日）、藩邸の長屋で床に就いたばかりの四つ時（夜十時）、ウトウトしかけた徳三郎は遠くでゴオーという地鳴りが聞こえたと思う間もなく、ドーンと下から突き上げられて飛び起きた。その途端に大きな横揺れがあった。立ち上がることができずに両手をついて四つん這いの状態で体を支えていたが、それでもかろうじて手を伸ばして枕元の刀をつかんでいた。揺れは十数秒続いただろうか、立ちあがろうとした刹那、また再び揺れが来た。今度は前よりも長く揺れが続いた。

ようやく揺れがおさまったので、彼は寝間着のまま刀だけを持って外に飛び出した。

「地震だ！」

「大きいぞ！」

「殿は大丈夫か！」

口々に叫びながら、他の藩士たちも飛び出してきた。皆、寝間着のままである。

また揺れが来た。長屋から出てきたばかりの侍たちがよろよろと歩いて出てくると崩れるように庭に倒れこむ。藩邸の前庭で片膝ついた状態で徳三郎は揺れが過ぎるのを待った。屋根から瓦がばらばらと落ちてくる。藩士たちの住む長屋は桧皮葺《ひわだぶき》だったが、殿の住まわれるお屋敷は本瓦葺きである。揺れがおさまるのを待って徳三郎はお屋敷の玄関に向けて走り出した。その時、直弼が小姓に刀をもたせて玄関口に出てきた。直弼も寝間着のままであった。

「殿！」

「ご無事でしたか！」

藩士たちの声が方々から聞こえ、道をあけて庭の中央に直弼を導いた。直弼は崩れた門の方をじっと眺めてその場に立っていた。その先には江戸城が見えるはずである。我に返ったように直弼が言った。

「城に行く。用意せよ」

「はっ」

と答えて小納戸役と小姓たちが屋敷の中に入って行った。

「上様のご様子が心配じゃ。そちも供をせよ。供はいつもの倍にせい」と殿は、傍らの家老の木俣清左衛門に言った。

「与左衛門、そちは屋敷を守れ」

と殿は、もう一人の家老横田与左衛門に言った。その場で殿のお供をする警護の武士が指名された。徳三郎もその中にいた。直弼は庭で衣服を改めたが、他のお供を言いつけられた藩士はてんでに自分の居室に戻り衣服を改めて殿の出発を待った。

殿とご家老だけが騎乗し他は徒歩で桜田門に向けて夜道を走った。途中また揺れが来たが彼らは構わず走った。その時西の丸の横手にある大名屋敷の辺りで夜空が赤く染まっているのが見えた。桜田門を抜けると西の丸下の大名屋敷のあちこちから火の手が上がっているのがはっきりとわかった。特に松平肥後守容保の屋敷からは真っ赤な炎が立ち上っており、さらにその先の空も赤く染まっていた。火の粉が舞い落ちる中を彼らは突っ走って坂下門に達すると、供の者はその外側に待機させられた。殿はご家老だけを連れて、中に入って行った。後で聞くと、上様は吹上御庭に無事避難され、そこで続々と詰め寄せる譜代大名たちの挨拶を受けたという。中には袴を着ける余裕もなく駆けつけたものもおり、阿部正弘は脇差だけ、堀田正睦《まさよし》は太刀だけという混乱ぶりだったという。もっとも将軍家定自身が寝間着姿のままで震えていたという状態だったから、誰もそれを咎めるものなどいなかった。

長い夜が明けたころには、混乱した城内も落ち着きを取り戻し警備体制も立てなおされ上様も本丸内の居室に戻られた。まだ時折余震の揺れがあったが、ひとまず安心ということで駆けつけた大名たちもそれぞれ引き上げた。

江戸城は本丸も西の丸もまた吹上御庭も硬い岩盤の武蔵野台地の上に立っており、地震の被害は少なかった。彦根藩邸のある一帯もまたそうだった。しかし、城の東側から南側一帯は、家康が江戸に入城した当時はまだ海だった地域で、その後埋め立てられた場所である。揺れがひどく被害はそれに応じて大きかった。西の丸下や大名小路一帯は、かつては日比谷入り江と言われた埋め立て地で、町人の住居の多い下町もまたそうである。したがってその一帯の被害が大きく、ほとんどが壊滅状態だった。九千坪もあった大手門際の酒井雅楽守の屋敷も全焼し跡かたもなくなった。小川町周辺はこの時の火事で焼け野原となってしまった。水戸藩邸のあった小石川もかつては谷間にある低湿地帯を埋め立てたものだったので、被害が大きく、倒壊した屋敷の下敷きになった藩士が多かった。この時斉昭の両腕ともいうべき藤田東湖と戸田忠大夫が崩れ落ちた屋敷の下敷きとなり圧死したという。

それから約一週間後の十月八日、老中首座阿部正弘は激務に疲れ果て、老中の辞任を申し出た。しかし将軍に慰留されて老中としてはとどまることになったが、新たに佐倉藩主堀田正睦を老中に加え首座の地位を彼に譲ったという。江戸の町はあちこちで壊れた家々の再建がはじまり、いたるところからつち音が聞こえた。材木の値段も大工の手間賃も高騰していた。彦根藩では下野《しもつけ》にある佐野領から大工を呼び、崩れた門や塀の修理を行った。

その年の暮れ、徳三郎は母衣《ほろ》役となった。母衣役とは戦場で背中に赤や黄色の帆のような布をつけ、領主の傍にいて指令を伝えに行ったりする伝令役である。しかし平時にあっては特に決まった仕事があるわけではない。名誉職のようなものであったが、彦根藩では小納戸や奉行などの藩の主要な役目は母衣役や物頭役のものが務めたので、幹部予備軍に編入されたと考えてもよいだろう。彦根藩には母衣役二十五名前後、物頭《ものがしら》は三十七人いて、母衣役と物頭を兼ねるものもいた。物頭は弓足軽・鉄砲足軽を三十人から五十人預かる、戦時における部隊長である。

年の瀬も迫ったある日、徳三郎は松居助内と連れだって江戸の町を散策に出かけた。地震後の復興ぶりを見てみたいと思ったのである。助内は武術や馬術に関しては、武士としての平均的な技量にとどまっていたが、学問、特に算術に秀でており、若いながら江戸詰めの賄い方助役として彦根藩の江戸下屋敷の出納の責任を任されていた。

二人はそれぞれの中間を供に屋敷を出ると、日比谷の大名小路《だいみょうこうじ》を通り、日本橋を抜け上野の寛永寺まで行ってみるつもりであった。大名小路一帯の道は忙しげに屋敷を出入りする職人や商人たちでごった返していた。どの屋敷もまだ再建途上にあり、肩に道具箱を担いだ大工や左官屋たちが行き来し、大きな荷物を積んだ大八車が勢いよく駆け抜けて行った。威勢の良い江戸っ子の職人たちの声に交じって、各大名の地元から呼び寄せられた職人たちの地方の言葉が入り交じって聞こえた。そういう職人たちを対象にした蕎麦や饅頭を売る屋台があちこちに出張っている。大名小路を抜けて内堀を半周すると、二人は浅草橋門に向かいそこから外堀を抜けて上野に向かった。町人たちの住む下町には掘立小屋が立ち並び、中には安普請ながら家らしき姿もところどころ立ち上がっていて、さまざまな店がもう商売を始めている。上野に近づくと参拝者たち目当ての茶店もちらほら姿を現していた。ほとんどが掘立小屋にヨシズをたてかけただけの粗末なものだったが、店先の縁台に腰掛けて団子や饅頭を食べている客や甘酒をすすっている客の姿がみえた。そのような店の一つから、年の頃十三、四と思われる娘が水桶を下げて出てくると、道に柄杓で水をまき始めた。そこをちょうど通りかかった助内の雪駄にまいた水の一部がはねてかかった。

「おっと」

と言って助内は飛び退《すさ》ったが、娘の方は青くなって

「お許しくださいませ」

と叫びながら、あわててその場に水桶と柄杓を投げ出し、土下座して額を地面に擦り付けた。あわてて落とした水桶がひっくり返ってその娘の膝を水浸しにしたが、娘はそれにも気付かぬ態で助内の足元ににじり寄り、袖で助内の雪駄を拭きながら

「お許しくださりませ。お許しを」

とブルブル震えながら、呟いていた。その両手は赤く膨れ上がり、指の関節には痛々しいあかぎれのあとがあった。

「もうよい気にするな」

と助内はそれを止めようとして、娘の手を取ろうとすると、娘は飛び退って真っ青になって震えながらさらに地面に顔を擦り付け、手打ちにでもされると思ったのだろうか、なかば悲鳴のような声で、

「どうかお許しを」

と繰り返した。助内の方は途方に暮れた顔を徳三郎の方に向けて助けを求めた。

「もうよい、何もせんから、安心するがよい」と、徳三郎も声をかけた。

「そうだ、兄《あに》さん、ここで団子でも食べて行きませんか」助内は娘を安心させるつもりなのか、そう言った。

「うん、それもよかろう。団子を二人分持ってきてくれ」

徳三郎がそう言うと、娘は泥と涙でぐしゃぐしゃになった顔を上げて、けげんそうな表情を浮かべながら

「へえ」と答え、おずおずと立ち上がった。

「お許しいただけるので……」

「許すも許さないもない。ちょっとしずくがかかっただけだ。そんなに大仰に驚かなくてもよい。さあ、団子を持ってきておくれ」

「へえ、ただいま」

娘は暫く安心したのか、泥だらけの手を前かけで拭きながら、何度も頭を下げて店の中に入って行った。

徳三郎と助内は縁台に腰を下ろしながら、互いに顔を見合わせた。

「無礼打ちが武士に許されているとはいえ、こんなことで町民がおびえているとは、驚きました」

助内が呟くように言った。

「うむ、旗本の二、三男で荒れた連中が乱暴を働いているという話は聞いたことがあるが、最近この辺でもそういう乱暴狼藉があったのかもしれないな」

やがて娘が盆に団子とお茶を載せて戻ってきた。

「娘さん、名は何と言うのだね」

「こう、と申しますだ」

多分どこかの山奥から身売りされて江戸につれて来られた娘であろう。まだなまりの抜けない言葉でそう言った。

「拙者は彦根藩の松居助内と申す。よろしくな」と助内が言うと、

「へえ、彦根藩の松居助内様」

武士が茶店の下女に向かって名を名乗るなどということに驚いて、娘はどう対応してよいかわからぬままに、彼の名前を何度も口の中で呟きながら、店の中に戻って行った。二人は団子を食べ終えて店を出た。しばらく無言で歩いていたが助内がぼつんと呟いた。

「おこうか。お幸と書くのでしょうかね。幸薄き娘の名がお幸とは……」


安政三年（一八五六年）五月十六日、徳三郎は就封のために彦根に戻る井伊直弼の供をして彦根に戻った。助内は江戸に残った。

その二カ月後、タウンゼント・ハリスがアメリカの全権領事として下田に到着したという知らせが届いた。日米和親条約で領事を置くことができる一条があり、さっそ

くアメリカ側はこれを実行してきたのであったが、その場しのぎのために結んだ条約にあまり関心のなかった日本側は突然の領事の訪問に狼狽して、その対処に苦しんだ。ハリスは下田玉泉寺を領事館とすると、アメリカ大統領の国書を将軍に手渡すために江戸に赴くことを繰り返し主張し、幕府はその対応に苦慮していた。ハリスはこの時期秘書兼オランダ語通訳のヒュースケンを伴っていたとはいえ、いわば単身で乗り込んできただけにしたたかな外交官で、大統領の国書を直接将軍に手渡しに江戸に行くこと、江戸に米国領事館を置くこと、そして何よりも日米間に通商条約を結ぶことを執拗に主張した。新しく老中首座となった堀田正睦は「蘭癖《らんぺき》」とあだ名される程の西洋通の殿様で、藩校で西洋式医学を教えさせ、兵制を西洋式に改めるなどの改革を実践していたから本音は開国に反対ではなかった。彼は勘定奉行川路聖謨《としあきら》・目付岩瀬忠震《ただなり》をハリスとの交渉に当たらせた。

彦根に戻った直弼は京都守護のための砲術調練を行わせたり、農村地方の巡見に出かけたり、隣国小浜藩が越前から琵琶湖に通じる運河を掘削しようとする計画に対して、彦根藩の経済への打撃が大きいとして反対運動をするなど忙しい日を送っていた。その間一橋慶喜を将軍継嗣にしようと運動している島津斉彬は阿部正弘の応援を得て養女の篤姫を家定将軍の正室として送り込み、大奥から将軍を説得させようとしていた。篤姫の輿入れはその年の十一月に行われた。その半年後、阿部正弘は三十九歳の若さで死亡する。阿部正弘は首座の地位を堀田正睦に譲ったとはいえ、実質的な実力者として老中に残っていたが、阿部の後ろ盾を失った攘夷主義者の海防参与、水戸斉昭はその後間もなく罷免された。そういう知らせが矢継ぎ早に江戸藩邸から彦根にもたらされた。

阿部正弘の死後、幕閣を主導した堀田正睦の下で主としてハリスとの交渉に当たったのは下田奉行で川路聖謨の弟井上直清と目付の岩瀬忠震だった。彼らは自分たちに全権が委任されているので、大統領の国書は自分たちに手渡してほしいと主張し、一方ハリスは一国の元首の親書は直接元首に手渡すのが国際的約束事であるから、自分が江戸に赴き将軍に直接手渡すと主張し、このやり取りだけで一年が経過している。その間に交渉役の井上や岩瀬の意見は次第にハリスの主張を認める方向に変わって行った。オランダのカピタン（商館長）には五年ごとに出府させているのだから、アメリカだけではなく他国の駐日外交官も江戸に呼び将軍・老中が会った方がよい。手厚くもてなせば彼らの日本に対する感情も好転して交渉がうまくいくだろう。その上外国に関する情報も大いに収集できる。逆にそれを認めないと軍艦を江戸湾深く侵入させるだろうが、彼らの威嚇に屈してはかえって悪い結果になる。この際ハリスの言うとおり江戸に招き、将軍みずから会った方がよい、という彼らの主張を老中首座堀田は認め、彼は他の老中を説得して、安政四年十二月二十一日、将軍とハリスとの会見が実現した。

それより四カ月前となる八月、徳三郎は藩校である弘道館の物主兼書物奉行の役を仰せつかった。弘道館物主というのは県立大学の事務長のような役目であり、書物奉行は図書館長の役目である。学長に当たる総裁は家老職を務める家柄のものがあたり、学部長とでもいった役割の稽古奉行には中老クラスのものがなった。

直弼はその数日後参勤のために江戸に向かったが、徳三郎は彦根にとどまって弘道館の事務を管掌することになった。徳三郎は参勤に向かう殿を見送ったが、これが彼が直弼を見た最後となった。

五　青天の霹靂

安政五年（一八五八）の年が明け、徳三郎は三十六歳となっていた。彼が藩主不在の彦根に残ったのは小姓として江戸に召し出された天保十一年（一八四〇）以来初めてであった。領内は特に大きな事件もなく安定していたが、彼は落ち着かなかった。これまで常に藩主と共に行動していたので、藩主が今何に取り組んでいるか、何を考えているか、何を悩んでいるか、藩主がおかれている状況がどういうものか、というようなことについては、わかっていた。いや、わかっていたというのは言い過ぎだろう。半分もわかっていなかったかもしれないが、それはそれでわかったようなつもりになって安心しておれたのである。しかし、江戸から遠く離れていると、直弼の声、しわぶき、あるいはゆったりと歩く足音、吐息や笑い声、そういった生きた生身の藩主の息吹が伝わってこない。月次報告の薄っぺらな知識だけでは切実感が乏しくて、隔靴掻痒《かっかそうよう》の感がぬぐえなかった。物足りないというだけでなく、彼は言い知れぬ不安を感じていたのである。

堀田正睦が老中首座となって将軍がアメリカ領事ハリスを謁見して以来、日本を取り巻く情勢は大きな転換点に差し掛かっていた。二百数十年続いた鎖国をやめ、諸外国と交流・通商を行う動きが徐々に見え始めていたが、その一方で、その反動として夷狄によって神国日本が侵されてはならないとする攘夷論を口にする人々の声が次第にかまびすしくなっていた。単純な攘夷論というだけならさほど気にすることはなかった。徳三郎とても、今さら外国と交流する必要など感じたことはないし、だいたい異国船はおろか異国人の影すら見かけることのない彦根にいると、そんなことは絵空事かおとぎ話の世界のようで現実味が乏しい。日本の近海が異国人に荒らされる恐れがあるならさっさと打ち払ってしまえばよい。多くの人がそのような安易な攘夷論を抱くようになることは容易に理解できた。ただ、彼自身はペリーの艦隊を目の前で見ているから、それがそんな簡単なことではないこともわかっていた。

しかし、いま彼を不安にしているのは、異国人に対する問題ではなかった。攘夷を口にしながら朝廷を巻き込み、朝廷を利用しながら幕府にゆさぶりをかけている人々だった。しかもその中心に御三家の一つで幕府を支えるべき水戸藩が、自分たちではそれと気付かずにおだてられて活動しているのが気がかりだった。もっとも徳三郎はその不安の原因が具体的にどういうことであるかについて理路整然と説明できるほどわかっていたわけではない　ただ尊王攘夷論を唱える水戸の斉昭が、開国論者ということになっているわが殿井伊直弼と抜き差しならぬ対立を深めることになるのではないかという漠然とした不安がぬぐえなかった。

直弼が大老の職を拝命したとの知らせが彦根にもたらされたのはそんな時だった。藩内はその知らせで沸き返っていたが、徳三郎には喜びよりも不安の方が大きかった。

「殿はあえて火中の栗を拾われた」

との思いが強かった。できることなら辞退していただきたかった。というのは、これまで彼が得た江戸と京都の情報を総合すると、直弼が大老に押された背景が次のようなものだったからである。

将軍の謁見を許されて江戸城に上がり、アメリカ大統領の国書を提出したアメリカ領事タウンゼント・ハリスは、その後江戸にとどまり両国の間に日米通商条約を結ぶことを執拗に主張していた。老中首座堀田正睦は下田奉行井上直清と目付岩瀬忠震に命じてハリスとの折衝に当たらせていたが、合計十数回に及ぶ会談の結果、ついに日米通商条約を締結する覚悟をする。これは二百数十年続いた鎖国政策を破棄し開国するという一大政策転換である。責任者として命が狙われるほどの反対が起ることが予想された。そこでその方針を発表する前に天皇の勅許を得ておけば、攘夷論者たちの非難を封じることができると考えた堀田は、自ら京都に赴き天皇の承認を得ようとした。ハリスには一カ月以内に調印できると伝えて、彼は京都に赴いた。これまで朝廷が幕府の方針に反対したことはなかったので、老中首座の彼が直接赴く以上容易に勅許が得られるものと思っていたのである。

ところが朝廷側は幕府の方針を認めるかどうかでもめにもめた。まず孝明天皇が大の夷人嫌いで、通商条約を締結すればやがて大坂湾にまで夷人が船を乗りつけて来て、さらには京都にまでも彼らが入り込んでくるのではないかと想像するだけでも、身の毛もよだつような恐怖を感じていた。堀田老中が京都に来るのが通商条約の承認を得るためだと伝わっていたので、天皇は廷臣たちに幕府の関係者と個人的に会うことを禁止した。口下手な堀田は随員として弁の立つ川路聖謨と岩瀬忠震を伴っていたが、彼らの身分では天皇はもとより高位の公家に会う資格がないということもあって、堀田が説明する場に同席できないうえに、個人的に中・下層の公家に会って説得を試みようとしても、面会が禁じられていた。結局この二人はわざわざ京都に行ったのに何の役にも立たなかった。

それでも当初は太閤の鷹司正通、関白の九条尚忠及び武家伝奏らは幕府の方針を受け入れる姿勢であった。九条関白の作った最初の勅答案は

「なんとも御返答の遊ばされ方これなく、このうえは関東において、御勘考あるべき様、御頼み遊ばされ候事」

というもので、対策は幕府に任せる、というものであった。ところがこの勅答案に対して中下層の廷臣たちが前代未聞の行動に出た。八十八人の公家が集団で関白邸に押し掛け、この勅答案に反対であることを告げたのである。さらに五十七人の非蔵人《くろうど》も同様の行動に出た。通常は関白が案を作り天皇に見せて了解を得られればこれが正式の勅書となったが、今回は天皇がこの案を参議以上の廷臣に見せて了解を得るようにと主張し、それが彼らから中下層の廷臣たちに伝わったのである。彼らは「群議」

を尊重し、「万人は天皇のもとに平等」と口々に主張したという。この集団提訴を受けて結局勅答は

「御三家以下諸侯の意見を聴取したうえで再度奉書を提出するように」

というものに代わった。幕府の方針が事実上却下されたのである。これまた前代未聞のことであった。堀田正睦はなすすべもなくすごすごと江戸に戻ってきた。堀田が江戸に戻ってきたのが四月二十日、その三日後の二十三日に井伊直弼は将軍家定に呼ばれ、大老に就任するように要請され、堀田は数日後に罷免された。

これまで幕府の方針は諸藩にはそれを命じ、朝廷には事後報告をするだけでよかった。ところが、堀田の前任者である阿部正弘は異国対策について外様藩を含めた有力大名の意見を聴取するという前例を作り、今はまた堀田正睦が幕府の方針決定の前に朝廷の事前承認を取り付けるという前例を作ってしまった。

幕府の政策決定が難しく複雑になった。

こういう中での大老就任である。

「殿はあえて火中の栗を拾われた」
と徳三郎が思ったのも無理からぬことであった。

直弼は大老となってからは、職務に専念するために彦根に戻ってくることはできなかったが、随伴の藩士たちの多くは一年ごとに交代して彦根に戻っていたし、京都守護のために京に派遣されている部隊も半年ごとに交代していたので、彼らが彦根に戻ってくるたびに徳三郎は誰彼となくつかまえては、話を聞くことに多くの時間を割くようになっていた。事情がわかったからと言って彼ができることは何もなかった。彼は藩政に直接携わる立場にいなかったし、殿に進言できる立場にもなかった。その分何とも知れない不安だけが残った。昔、父と謎めいた話をしたことを思い出した。

その時父は、一枚の紙を取り出し、そこに円を描き円の中に「知」という文字を書いた。そして円の周辺を黒く塗りつぶし
「これが『未知』の世界じゃ」といった。
「よいか徳三郎。この『知』の世界が広がる、つまり円が大きくなると、どうなる?」
徳三郎は父の質問の意図がわからず、ポカンとして答えられなかった。

「よいか『知』が増えるということは、この円が大きくなるということじゃ。円が大きくなるということはその円周が広がるということじゃな。つまり知の世界である円が大きくなればなるほど、『知』の円が『未知』と接する領域が増えるということになるな。知識が増えるとよいかといえば、そうとも言えない。未知の世界は無限だ。知れば知るほどその無限の未知の世界との接点が増えてきて、ますます知らないことが増えてくるものじゃ。人は知れば知るほど無知になる、ともいえるし、知れば知るほど不安になる、ともいえるな」

たしかこんな話だった。その時は理屈として理解はしたが、特にそのことが徳三郎の心に響くほどの感情で納得したのではなかった。しかし今、知れば知るほどますます不安になり、その不安を解消するためにもっともっと知らなければならないと焦るような思いをしていると、父の言っていたことが少し理解できたような気がした。江戸にいる殿のお側にお仕えすることのできない今は、この不安が殿と自分を結ぶ接点のようにすら思えていた。

そんなある日、彼は大津の三井寺に向かう参道を大津蔵屋敷奉行の武笠七郎右衛門と歩いていた。用事があって蔵屋敷に出向いたのであったが、今日はその用事も終わり、三井寺に散策に出かけたのだった。武笠とは互いの家も近く、幼児のころから一緒に遊び、長じては弘道館で机を並べて学んだ仲であった。

「ハリスは怒っていたらしいな」

「そりゃあそうだろう。筆頭老中が約束したことが守られなかったのだからな」

「しかし、殿もつらいところだな。堀田老中が天皇の勅令が出るものとあてにして、軽々しく約束してしまった調印期日だ。国と国との約束を反故にするわけにもいかないから、再度延期を申し入れて、その間に何とか解決の道を見つけだそうとしておられるのだろう」

「勅令では条約調印に関しては御三家以下諸侯の賛同を得よ、ということらしいが、それはまず無理というものだろうな」

井伊直弼は大老に就任すると、堀田正睦がハリスに約束した条約調印の期日をさらに延期するように求めていた。

「殿はどうされるおつもりだろう」

「何とか水戸様の承諾を取り付けたいと思っておられるのだろうな。そうすれば、他の諸侯の説得はそれほど難しいことではないだろう。とはいえ、同時に水戸様の同意など簡単には得られないことはご承知だろう。何らかの決心をされるまでの時間稼ぎということではないかな」

「殿がどちらに決心されると思う？　アメリカの要求を蹴るのか、それとも勅令を無視されるのか」

「問題をさらに難しくしているのは朝廷がこの問題を将軍継嗣問題と絡めていることだ」

「将軍後継と言っても徳川家の世継ぎ問題だから、朝廷や他の諸藩が口をはさむべき問題ではない」

「それはそのとおりだが、徳川家の世継ぎ問題は同時に日本の次の将軍を誰にするかという問題と同じことだ。単に徳川家という一個の家の世継ぎ問題にはならないという論法だろうな。何しろ家定様は、病弱でお世継ぎが生まれる様子もないし、その上、少々おつむの具合がよろしくないという評判だ」

武笠は万一人に聞かれてはまずいことを口にしたことに気付き、思わず周りを見回した。幸いに、この日の参詣者は少なく、近くを歩いているものはいなかった。しかし、用心のために声を潜めて彼は言葉を続けた。

「今鎖国を続けるか、それとも開国して他国と通商関係を結ぶかという、大事な判断をしなければならない時期に、このような方が将軍では心もとない。優れた英明な方を後継者にして、将軍の補助をしてもらわなければならない、と考えるのもわからないではない。たまたま一橋家に慶喜様という英明との誉れ高い方がおられたものだから、ご親藩で前将軍のいとこであらせられる越前藩の松平春嶽様が次期将軍に慶喜様をと言い出されたらしい。これに時の老中筆頭の阿部様が賛成され、薩摩の島津斉彬様などが後押ししているらしい」

「しかしわれらが殿直弼様は、紀州家の慶福《よしとみ》様を推しておられるということだが」

「そうなんだ。慶福様は現将軍のいとこに当たられる方だから、血縁上もっとも近い関係にあらせられる。まず常識としては慶福様が最強の後継者ということになるな」

「ならば、それで決まりではないか」

「ところが、問題は慶福様はまだ幼くて将軍の補佐をできる段階ではないということだ。たしか家定様が将軍になられた時にはまだ七歳、一方慶喜様はその時十七歳だったという」

「慶喜様はたしか水戸の斉昭様のお子様だったな。そうなると口うるさい斉昭様が将軍の父として政治に口出しすることになるだろうな」

「殿が慶福様を推されるのもそのことと関係あるかもしれない。それに大奥も慶喜様には大反対らしい。親父様の斉昭様が日ごろから大奥の華美を厳しく非難されているから、慶喜様が将軍になられたら、斉昭様が何を言ってくるかわからないと心配しているようだ」

参道の先に急こう配の階段が見えてきた。その時寺の鐘が鳴った。午の時を告げる鐘だった。二人はしばらく鐘の音に耳を傾けながら、黙って歩いた。「せっかくの鐘の音だが、真昼間では近江八景の三井の晩鐘というわけにはいかないな」

「琵琶湖が夜の闇に溶け込み、しだいにかすんで見えなくなりつつある時刻に湖を眺めながら聞く鐘の音は、さすがに何とも言えないしみじみとした余韻を残すように感じられることがあるな。やはり晩鐘でないといかんな」

二人はしばらく無言で階段を上った。広い境内にようやく到達したが、話を続けるために二人は人々が集まるお堂や寺鐘の周辺を避けて広い境内のふちに沿って歩いた。

「で、さっきの続きだが、朝廷がなぜ将軍後継問題に口を挟むことになるのだ?」と徳三郎が聞いた。彼もこの問題についてはおおむね知ってはいたが、武笠の方が京都に近い大津に駐在しているだけにより情報が豊富そうだった。

「要するに金だよ。朝廷も公家たちも皆貧しいからな。慶喜派の越前、薩摩、水戸などが盛んに公家たちに献金しながら、異国からの脅威をあおり、開国に反対させ、さらにこういう異国の脅威にさらされている時期に優れた人物を将軍の後継者と定めて将軍を補佐させるべきだと説いているわけだ。家定様についてもあることないこと吹聴して不安がらせているのではないだろうか」

朝廷をはじめ公家たちは皆貧しかった。幕府もそうであったが、諸藩もまた朝廷を動かそうとする時は、金品を送って入説《にゅうぜい》したのである。和親条約の勅許問題の時に中下層の公家たちが集団提訴を行った背景には一橋派である諸藩の公家に対する賄賂を伴った入説の効果もあったのである。

「要するに、一橋派は夷人嫌いの天子様とそれを取り巻く公家たちを扇動して開国反対と将軍後継者に慶喜様を推薦するように働きかけている、ということだな」

「そして彼らの運動が功を奏して、開国への勅許を求めた堀田老中に対して『御三家以下諸侯の意見を聴取したうえで再度奉書を提出せよ』という勅答が戻ってきた、ということは、事実上は朝廷が開国を認めないと答えたに等しいし、さらに将軍後継を決めるうえで一橋派の意見を十分に聞くように、と仰せられたに等しい」

「ということは、朝廷のご意向を尊重する限り、アメリカとの条約調印は不可能ということになるうえに、次期将軍として慶喜様をお世継ぎに決めなければならないことになるな。条約調印を白紙に戻すとなれば、アメリカはどう出ると思う？」

「朝廷のご意向は攘夷ということだから、異国船を打ち払えということになり、単に条約調印が白紙に戻るだけでなく、米英仏などの諸外国と戦になる可能性もある。そうなればどうなる？　お前はアメリカの軍艦を見たのだろう？　勝てると思うか？」

「難しいな。いや現時点では無理と言ってもいい。それに、異国船打ち払いなど実際にやったら、それこそ奴らの思うつぼだ。彼らはそれを待っているといってもいい。

圧倒的な火器の威力を用いて、この国に攻め入り、彼らの植民地にしようと機会をうかがっているくらいだからな」

「大老として、殿は朝廷のご意向を無視してアメリカと調印するか、それとも朝廷のご意向に従って、攘夷を決行するか、という選択を迫られているわけだ」

「えらいときに殿は大老職をお引き受けになられたものだ。一体殿はどうなさるおつもりだろう。だいたい、これまで幕府は朝廷のご意向など忖度することなく政治を行ってきた。それなのに、徳川家の有力な一員である水戸家が中心となって、朝廷のご意向をうかがうようにことを運んでいる。まずいよ。じつにまずい」

　二人がやきもきしてもどうなるものでもなかった。彼らは殿がどういう決断をされるのか、心配しながら見守るしかなかった。


　井伊直弼が大老に就任してまだ二カ月もたっていない六月十三日、アメリカの軍艦ミシシッピーとポーハタン二隻が下田に入港し、イギリス・フランス連合軍が清国を破り天津条約を締結した、という情報をもたらした。その条約で、清国はいくつもの港を開港させられ、国内を外国人が自由に旅行することを許さざるを得なくなったという。さらに両国は次に日本に艦隊数十隻を率いて通商条約の交渉に来る用意をしているという。ハリスは早速これを井上・岩瀬に伝え、イギリスなどが軍事力を前面に押し立てて交渉にやってきて、その結果清国のように屈辱的な条約調印をするようなことになる前に、アメリカと穏健な条約を結んでおけば、他国もそれにならわざるを得ないと主張して、条約締結を迫ってきた。できることなら天皇の勅許を得て穏便な形で米国との条約締結に持っていきたいと願っていた井伊直弼も、これ以上の引き延ばしは日本にとって得策ではないと判断し

「調印を拒絶して兵端を開き、諸外国に敗れて国体を辱めるのと、勅許を待たずに調印して国体を辱めないのといずれを重しとするか。今は海防も軍備も十分ではない。しばらくは外国の要求を取捨して害のない方を選ぶべきだ。勅許を待たずに調印した重罪は甘んじて受ける覚悟」

と決断したということだった。六月十九日、調印式が行われ、日米通商条約が締結された。この時彦根藩は藩兵を送り周辺警護に努めた。井伊直弼は宿継奉書でこの旨朝廷に報告したが、堀田正睦が受けた勅書では三家以下諸侯の衆議を経たうえで再度

朝廷の認可を受けることになっていたので、勅書に従わなかったことになる。このために「違勅調印」として直弼は非難されることになった。

六月二十四日、徳川斉昭、水戸藩主の徳川慶篤、尾張藩主の徳川慶熙、さらに松平慶永は登城が許されない日であるにもかかわらず、押して登城して直弼に面会を求め抗議した。朝廷は宿次奉書による事後報告に激怒して、孝明天皇は譲位するとまで言い出したが、その後御三家・大老の内一人が京に説明に来ることを命ずる朝議が決定されて、ようやく譲位を思いとどまったという。

これを知って

「たいへんなことになった」

と徳三郎は震え上がった。殿が大老に就任したことを手放しで喜んでいた藩内の人々も今は心配し藩内に緊張が走った。

「殿が天皇のご意思に逆らって調印された」

藩内の尊皇派の人々も非難の声を上げ始めた。朝廷はもとより朝廷に取り入って尊王攘夷を叫ぶ人々の非難の声が彦根にまで聞こえてくるようになった。

これに対する大老井伊直弼の断固たる行動は思いもよらぬものだった。

まず大老は六月二十五日に、将軍継嗣を紀州慶福とすることを発表し、その一週間後に押掛登城をした斉昭らを謹慎処分にした。さらに、御三家・大老のうち一人が朝廷に事情の説明に来るようにとの朝廷の要請を蹴って、大老ではなく老中の間部《まなべ》證勝《あきかつ》を派遣することにしたのである。

徳三郎は井伊直弼の断固たる行動に驚き、かつ今後への影響に不安を覚えながらも

「殿は、以前の強い幕府を取り戻そうと決断なさったのだ」

と思った。

これまで幕府は朝廷に対して幕府の決定に口をはさむことを許さなかった。ましてや徳川家内部の問題である将軍継嗣にまで口をはさむことは許さなかった。井伊直弼

は阿部正弘や堀田正睦らが従来の幕府と朝廷との関係を変更して朝廷の意見を慮《おもんばか》るようになったのを、元に戻そうとしたのだった。また将軍と老中による幕府の決定にはたとえ御三家・御三卿・御親門であれ従わなければならないとなっていた従来の立場を改めてはっきりさせたのである。

「殿は決して朝廷を軽視したりなおざりになさったわけではない。朝廷を抱き込み、おのが都合のために朝廷を利用しようとしている輩《やから》に、断固とした幕府の姿勢を示されたのだ」

と徳三郎は理解したが、それと同時に、今後起こるであろうそれに対する反動を心配した。ところが、その後の直弼のとった行動は、徳三郎の想像をさらに超えた厳しいものだった。

井伊直弼は朝廷に事後説明を行うために老中の間部詮勝を派遣することにしたが、将軍家定が将軍継嗣の発表の翌日に死去し、その葬儀のために間部の上京は大幅に遅れることになった。水戸藩は謹慎処分を受けた四人の処分を取り消す天皇の命令を得ようとして、薩摩藩と連携して運動を開始し、薩摩の島津斉彬は三千の藩兵を京に送ることを約束した。しかしその直後島津斉彬は急死し（七月十六日）、その約束は果たされなかった。それでも彼らの運動は続けられ、遂に朝廷は幕府に対して許可なく調印を行ったことを責め

「斉昭らに対する謹慎処分についてその理由を説明するように」
「三家及び諸藩は幕府と協力して攘夷を遂行するように」

という趣旨の勅書を下すことになった。この勅書は幕府にばかりでなく水戸藩にもひそかに下され、水戸藩の勅書にはこの勅書を諸藩に廻達するようにとの副書が添えられた。勅書が幕府以外の藩に下された前例はなく、さらにひそかに水戸に下されたこの勅書には関白の裁可がなかったので、正式のものではなかった。安政五年（一八五八年）が干支《えと》による戊午《ぼご》の年に当たることから、これは「戊午の密勅」と呼ばれた。九条関白には井伊家の長野義言から九条家家臣の島田左近を通じて入説が行われ

ていたので、関白はこの勅書を水戸に下す朝議に欠席していたのである。密勅は鵜飼幸吉の手でひそかに江戸の水戸屋敷に運ばれた。

長野義言からの密書でこのことを知った直弼は、諸藩への廻達を禁止し、勅書を返還するよう強く水戸藩に迫った。水戸藩では天皇から下賜《かし》された勅書を返還することはできないと抵抗し、藩内は大騒ぎとなり、藩士ばかりでなく神官・町民たちが大挙して江戸に抗議に向かおうとした。

そういう中、前将軍の葬儀のため上京が遅れていた間部老中が京都に向けて出発した。間部は京に入ると本来の目的である朝廷への説明を後回しにして、密勅に関与した諸士の逮捕を始めた。間部が入京したのは九月十七日であったが、それ以前（五日）に京都所司代が別件で捕えた近藤茂左衛門という人物が所有していた書類から密勅降下に関する志士と公家の連携工作が明るみに出て、その線で梅田雲浜を捕えていた。直弼の腹心長野義言は上京中の間部を近江の醒ヶ井で迎え、京の情勢を伝えるとともに、関係者の逮捕の必要性を訴えた。間部は京に入ると直ちに鵜飼吉左衛門・幸吉父子を逮捕した。鵜飼吉左衛門が水戸藩家老安東帯刀《たてわき》、薩摩藩の日下部《くさかべ》伊佐治らに送った密書が見つかり、それによって直弼はじめ直弼と同腹の老中たちを抹殺する「除奸」の計画があることがわかった上に、薩摩の西郷吉之助が語ったという薩長土の三藩の兵で間部を襲い、彦根を襲撃するという計画まで述べられていたのである。具体的な計画があったわけではなく、会談の席上勢いに任せて口走った内容であったが、志士の逮捕を決意させるに十分な証拠であった。

やがて、大覚寺門跡、三条家、有栖川家、鷹司家、青蓮院宮《しょうれんいんみや》家、近衛家、一条家、久我家など堂上家の家臣が次々と逮捕拘禁されるに及んで、公家たちは震え上がった。こういう措置を取った上で間部證勝は関白、武家伝奏に条約調印のやむなきに至ったことを説明し、さらに書状をもって弁疏《べんそ》を行った。結局朝廷は折れて、九条関白から

「条約調印の事情は御氷解あらせられ、鎖国の措置は武備の整うまでしばらくご猶予あらせられる」

との勅書を得たのである。

京都で逮捕拘禁されたものは江戸に送られて吟味を受け、江戸においても関係者が逮捕され吟味を受けた。最終的には、太閤鷹司正通、右大臣鷹司輔熙《すけひろ》、左大臣近衛忠熙《ただひろ》、内大臣三条実万《さねつむ》らは「辞官落飾《じかんらくしょく》」（落飾とは仏門に入ること）、青蓮院宮、一条忠香《ただたか》、一条斉敬《なりゆき》、近衛忠房、久我建通《たけみち》、中山忠能《ただやす》、正親町三条実愛《おおぎまちさんじょうさねなる》らの公家は「慎《つつしみ》」、鷹司家家士小林良典、三国大学、青蓮院宮家家士伊丹蔵人らは「追放」、武士では水戸の徳川斉昭、尾張の徳川慶勝、松平慶永は「急度慎《きっとつつしみ》」、水戸藩家老安島帯刀は「切腹」、水戸藩右筆頭取茅根《ちね》伊予之介は「死罪」、鵜飼吉左衛門、橋本左内、頼三樹三郎、吉田松陰も「死罪」、鵜飼幸吉は「獄門」に処せられた。大老井伊直弼は評定所が提出した処分案を見てさらに処分を重くしたという。西郷と月照は京を脱出し薩摩まで逃げたが、そこで両者は入水自殺を図り、西郷だけが生き残った。外様大名の山内容堂や伊達宗城らに対しても「謹慎処分」がなされた。

「殿も思い切ったことをなさったものだ。公家たちは皆震え上がっている。京中、ひっくり返るような大騒ぎだ」

と武笠七郎右衛門が言った。武笠は大津から京に出向き、藩邸で数日過ごして京の情勢を観察したうえで、先日彦根に戻ってきたところだった。徳三郎は藩校の仕事を終えた帰路、彼の家に立ち寄って話し込んでいたのである。

「俺も驚いたよ。いや驚いたというより、今は心配している。この反動がどう出るか、それが気になる。このままで世の中が落ち着いてくれるとよいのだが。京の諸藩邸の様子はどうなんだ。剣呑な噂など流れていないか」と徳三郎は心配そうに武笠に尋ねた。

「今のところ特段の動きはないようだ。下手に動いたら藩自体がどのような目にあわされるかわからないと、どの藩もおとなしくしているようだ」

「水戸藩の動きはどうだ」

「京都の藩邸はひっそりとしていて、何の動きもないようだ。むしろ江戸の藩邸や国元の水戸でどんな騒動になっているのか。貴公の方にそちらの情報は入っていないのか」

「江戸藩邸の方でもいろいろ情報を集めてはいるのだろうが、まだそちらの情報は彦根にまで届いていないのだ」

「それにしても思い切ったご処置をなさったものだ」

武笠がまた同じ言葉を重ねて嘆息した。

「もとはといえば、阿部様、堀田様と先のご老中が朝廷のご意向を忖度したり、外様の意見を聞いたりと、前例のないことをなさったことが、幕府の権威を揺るがせるような結果を招いたことに起因するのではないかな。殿は朝廷を崇敬するという点では決して水戸の斉昭様に劣ることはないが、徳川家の譜代筆頭としての井伊家の立場をなによりも誇りとしておられる。政治が江戸と京都で二元化して両者の意見が齟齬をきたすようでは混乱を招くことになる。二百年来政治は江戸の幕府が行うことになっている。その秩序を取り戻そうとなさった。そのことを改めて世に知らしめるために断固としたご処置をおとりになったのだろうな。そんなふうに私は思っている」

と、徳三郎は自分なりの解釈を述べた。

「貴公の言うとおりだろう。御三家の一つである水戸徳川家は副将軍と呼ばれたりするほどのお立場であるにもかかわらず、今回のように外様大名たちと組んで朝廷を動かし、幕府の方針に反対するようなことは、幕府の内部崩壊を意味するもので断じて許してはならない、とお考えになったのだろう。こういうことが二度と起こらないようにするためにも、この際この運動に積極的にかかわったものを厳しく取り締まらなければならないと思われたのだろう。だから水戸藩に対するご処置もとりわけ厳しかった」

徳三郎が武笠邸を辞した時には日も暮れて、雲一つない東の空には月が冴え冴えとした光を投げかけていた。木枯らしが足元を掃くように過ぎていく。冷たく光る月明かりの中に天守閣が孤独に、しかし屹然と立っていた。徳三郎はその威容を眺めながらしばらく堀端にたたずんでいた。

安政七年の年が明けた。一月十三日に日米通商条約の批准のために、日本の使節団がアメリカに向けて出港し、その随行船として咸臨丸が船出した。日本の改革に向けての夜明けともいうべきこの記念すべき出来事は、江戸藩邸からの報告書ではたったの一行で触れられているに過ぎなかった。報告書は水戸藩の動向について多く割かれていて、薩摩藩の密使が水戸に入り込んだこと、水戸藩過激派の人々が頻繁に会合をもっていることなどが伝えられていた。また関東取締出役から天狗党と呼ばれている水戸の過激派の一味が井伊直弼を登城の途中で襲撃する計画を話し合っている模様との探索書が届けられたとの報告もあった。江戸藩邸にいる重臣たちは登城の際の供周りの人数を倍加するように進言しているが、殿は大老自ら幕府の決まりを破ってはならないと、その進言に耳を貸すことはなかったという。登城の人数は「武家諸法度」によって定められていた。

三月八日、徳三郎がいつもどおり弘道館で書類に目を通していると、連打する太鼓の響きが聞こえてきた。何事かと彼が耳を澄ましていると、使いのものが駆け込んできて緊急の呼び出しを告げた。彼はとるものもとりあえず本丸の大広間に駆けつけた。政務は表屋敷内で行うのが普通であり、本丸の大広間で評定が行われるのは戦評定《いくさひょうじょう》である。一大事発生ということは明らかであった。中には、槍を抱えて来ているものもあった。広間には足軽を除く全藩士が集められていた。中央に家老職のものたちが並んで悲痛な表情を浮かべている。全員何事かと固唾をのんで見守っていると、筆頭家老の木俣が口を開いた。

「殿が……」

と言って木俣は一瞬絶句した。

「えっ」

という表情を浮かべて全員が体を浮かした。

「殿がお亡くなりになられた」

大広間はシーンと静まり返って、木俣の次の言葉を待った。

「登城の途中、水戸藩浪士たちの襲撃に遭われ、命を落とされたとのことである」

とたんに、大広間は騒然となった。それぞれが口々に何か叫びながら立ちあがっていた。しばらく収集のつかない混乱が起こった。最前列の端に座っていた徳三郎はその騒ぎの中で呆然《ぼうぜん》としていた。

「殿が亡くなられた。殿が水戸浪士に討たれた」

その言葉が胸の中で繰り返し響いていた。口々に叫ぶ人々の声がどこか遠くでこだましているのが聞こえていたが、それはどこか夢の中のようで、現実感がなかった。

「静まれ！　しずまれ！」という誰かの声がした。

「まずは、詳しい話を伺おうではないか」

という声がそれに続いた。

「そうだ」
「そうだ」
という声がそれにこたえてあちこちで上がり、急に座席は静まり返った。

一同が聞いた事件の顚末は以下のようなものだった。

三月三日、江戸城桜田門までの道の両側には武鑑を手にした人々が雪の降りしきる中、大名行列を見ようと三々五々集まっていた。井伊直弼の行列の先頭が桜田門前の内堀に架かる橋に近づいた時、一人の男が訴状を手に行列の先頭に向かって走り出た。供頭の日下部三郎右衛門が何事かとその男に近づくと、突然その男が刀を抜き切りかかってきた。彦根藩の一行は雪のために刀に柄袋をつけていたために、直ちに刀を抜くことができない。日下部は鞘ごと刀を抜いて防戦したが、深手を負って倒れた。その時一発の短銃音がしたかと思うと、それを合図に見物人の中から十数人の水戸浪士たちが行列に向かって切り込んできた。直弼の乗った駕籠を担いでいた小者たちは駕籠を置いて逃げ出した。襲撃とわかったにもかかわらず直弼が駕籠から出てくる様子がない。水戸藩士の一人が襲撃合図のために撃った短銃の一発が直弼の腰を貫通し動けなくなっていたのである。雨合羽を着て柄袋をつけた彦根藩士たちは、不意の襲撃にあわてて防戦一方となり、切りたてられ中には逃げ出すものもいた。その中で駕籠脇にいた沢村軍六、中西忠左衛門らは必死に駕籠を守ったが倒された。瀕死の井伊直弼は二人の浪士に駕籠から引き出され、その場で首を討たれたという。

彦根藩士は士分のものだけでも二十六人。籠の側にいた剣客としても名高い中西忠左衛門は二刀で数人を相手に戦って闘死した。供侍の中で供頭の日下部は深手を負って後に死亡、沢村軍六、中西忠左衛門、加藤九郎太、永田太郎兵衛はその場で死亡、小河原も直弼の首を取り戻そうとして切り殺された。この他重傷で後に死亡したのは岩崎徳之進と越石源次郎の二人であったから井伊直弼が駕籠から引きずり出された時点で、完全に戦闘能力を失っていたものは八人程度であった。他に士分のもので手傷を負ったもの十人程度、七人は無傷であったという。

一方襲撃者側では戦闘中に倒れたのは中西忠左衛門に切り殺された一人だけで、その後重傷のため自刃したものが四名だったという。

家老木俣の説明が終わると、座は一斉に騒ぎ出した。

「無念じゃ！」

「警護のものたちは何をしとったのだ！」

「殿が討たれたのに、まだ二十人近く生き残っているではないか！」

「下手人たちをとっ捕《つか》まえてなます切りにしてやる！」

「そうだ、下手人たちだけではない。水戸の御老公が背後にいるに違いない。水戸の屋敷に討ち入りじゃ」

口々に叫ぶものたちの怒号を前にして、家老たちは青い顔をしてただ座りこんでいるだけだった。戦国時代の乱世のなかで成り上がってきた昔の家老と違って、家老家に生まれたというだけで家老職についている彼らには、十分な識見も判断力も、また肝の据わった決断力も持ち合わせていないものが多く、前例のない事態が起こるととっさの判断がつかないのだった。

その時、後ろの方から加藤十兵衛がつかつかと前に進み出てきて、家老たちの前に立ちはだかった。

「ご家老、どうなさるおつもりじゃ。このまま嘆いてばかりいても仕方あるまい。戦の準備をしてくだされ。張本人は水戸の斉昭じゃ。水戸藩と戦じゃ。何もなさらぬというなら、わしは一人でも江戸に行くぞ。水戸藩の屋敷に討ち入って殿の恨みを晴らしてやる」

彼が大声で怒鳴るのを聞いて数人のものが彼の側に駈け寄って口々に言った。

「加藤、わしも行くぞ」

「江戸に行こう」

「お許しがないなら脱藩してでも行こうじゃないか」

全員が立ち上がっていた。正面に座っている家老たちの前に人垣ができていた。家老たちは青い顔をして互いの顔を見合せながら黙っていた。

その時、大広間の入り口付近がざわめき、叫び声が聞こえた。

「飛脚だ。江戸からの飛脚が来たぞ」

「なに、飛脚だと？　よし、通せ、江戸からの新しい知らせだろう」

家老木俣は救われたように声を上げた。

「皆席に戻れ。まずは江戸からの報告を聞こうではないか」

と誰かが叫び、皆自分の席に戻って座った。

木俣が声を上げて、江戸家老岡本半介からの手紙を読み始めた。それによると、彦根藩江戸屋敷では、激高した藩士たちが水戸藩邸を襲って、徳川斉昭の首を取るのだと集まっていた。そこへ老中の使いが訪れて

「今回の不慮の出来事については、御家来衆の末々までご心痛であろう。乱暴者は御大法に則って必ずや厳しく詮議する。万一御家来衆が騒ぎ立てると、天下動乱にも及びかねないから、堪え難きを忍んで自重してほしい」

と申し入れた。彦根藩が水戸藩と争いになれば、喧嘩両成敗ということで両家を取りつぶしにしなければならないと必死に彼らをなだめ、大老井伊直弼は登城の途中暴漢に襲われ負傷したが、藩邸に戻り療養中であると届けるよう説得した。井伊直弼はまだ世継ぎを誰にするか定めていなかったので、このままでは無嗣断絶となり井伊家の取りつぶしに発展するかもしれなかった。負傷療養中ということにして、その間に急いで世子を定め、藩主交代を届け出ることが先決であると言われ、江戸家老岡本はこれを受け入れ、井伊直弼名で次のような届け出を出した。

今朝登城懸ケ、外桜田御門外、松平大隅守門前与上杉弾正大弼辻番迄之間ニ而、狼藉者鉄炮打掛、凡弐拾人余り抜連、駕を目懸ケ切込候ニ付、供方之者共防戦致し、狼藉者壱人討留、其余手疵深手為負候ニ付、悉く逃去申候、尤供頭初、手負之者何人御座候、此段御届申達候

以上

三月三日

井伊掃部頭

［付箋］

「拙者儀、捕押方等指揮致し候処、怪我致候ニ付、一ト先帰宅致候」

今朝登城の折に外桜田門外、松平大隅守の門前より上杉弾正大弼《だんじょうだいすけ》の辻番までの間に狼藉者が鉄炮を打ち掛け、およそ二十人ばかり剣を抜きつれ、駕籠を目がけ切り込んできました。私の供の者たちが防戦し、狼藉者一人討ち取り、それ以外は手傷や深手を負って悉く《ことごと》逃げ去りました。但し、わが方も供頭はじめ手負いのもの何人か出まし

た。このことお届け申し上げます。

以上

三月三日

井伊掃部頭

［付箋］

「なお、拙者は、曲者の取り押さえを指揮しておりましたところ、少々負傷いたしましたので、ひとまず帰宅いたしました」

これを受け、翌日四日には将軍家から見舞いの品が届けられた。若年寄酒井右京亮、側役薬師寺元真《やくしじもとざね》が上使となり、

「其方容体如何有之候哉（その方の容態如何であるか）」

という将軍の見舞いの言葉を伝え、氷砂糖一壺と鮮魚一折が届けられた。

という内容の報告であった。今は直弼の長男愛麻呂《よしまろ》の家督相続を優先させるべきではないか。そのために藩士たちに自重するよう説得してほしい、と江戸家老岡本半介

は述べていた。

お家断絶、という可能性に初めて気付いた藩士たちの大半は一時の激昂から覚め、冷静になろうと努めたが、加藤十兵衛や下坂文蔵たち一部のものは、

「殿が殺されたのだ。お家の安泰などどうでも好いわ。徳川斉昭を討って、井伊家もろとも滅びてやる。ご家老たちが止めるのなら、脱藩してでも江戸に行くぞ」

といきまいていた。

その時武笠七郎右衛門が立ち上がって言った。

「ご家老、加藤たちを江戸に送ってやってはどうでしょう。今は江戸藩邸も多くの人手を必要としているでしょうから。但し、江戸に着いても勝手な行動は慎んで、岡本様の下知のもとで、彦根藩一丸となって行動するようにお命じになればよろしい。彼らもじっとしておれないでしょうから」

徳三郎も武笠の意見に賛成した。やがて多くのものがその意見に賛同の意志を伝え始めたので、ようやく評定は方向を見出し始めた。

結局その日は、翌日に加藤十兵衛ら十三人をひとまず江戸に送り出し、さらに翌々日には下坂文蔵ら六十五人を送ることにし、その後は愛麻呂君の家督相続の件が落ち

着くまで様子を見ることに決めて評定は終わった。

その後も江戸藩邸からの飛脚による報告が相次いで届き、それによると、江戸では三月十二日愛麻呂を直弼の世子と定めて幕府に届け出た。三月十八日、幕府は、彦根藩士が続々江戸に向かっているという知らせを受けて、彦根藩に対して参勤交代に関わらない藩士の江戸行きを禁じた。

三月二十八日に井伊直弼危篤と発表し、幕府は翌日直弼の大老職を免ずる旨発表し、三月三十日に井伊直弼の死亡が公表された。幕府は四月二十八日に愛麻呂（直憲）の家督相続を認め、合わせて京都守護の役目を続けるように命じた、ということだった。

直憲の家督相続が決まってほっとしている時に、徳三郎にとっては頭の痛い問題が起こった。徳三郎を兄のように慕っていた松居助内が逐電《ちくでん》したという知らせだった。大老暗殺騒ぎのために、しばらくは誰もそのことに気付かなかったが、江戸藩邸では最近になって彼がいなくなっていることに気付いたらしい。直弼暗殺の直後のことなので、彼が水戸浪士の手引きをしたのではないかと一時大騒ぎになったが、やがて、それとは関係ないということがわかった。とはいえ、脱藩は重罪である。松居家は断絶となった。親戚の一員として徳三郎にもお咎めがあるのではないかと心配したが、それには至らなかった。

この頃（五月六日）、咸臨丸がアメリカより戻ってきた。井伊直弼の手で行われた「日米修好通商条約」の批准のために使節団が派遣され、その随行船として派遣されたものだが、日本の海外飛躍のための第一歩とも記念されるべきこの壮途を命じたのが井伊直弼であることは、直弼暗殺の騒動のために忘れられていた。批准のための使節団は米鑑ポーハタン号で向かうことになったが、使節団は日本の船で行くべきだと主張する勝海舟の提案を一部受け入れ、咸臨丸を随行船としてアメリカに向かわせることになったのである。行きは同乗したブラウン以下のアメリカ人士官の助けを借りることになったが、帰りは日本人だけで操船したのである。これは当然壮途・凱旋として祝福されるべきことであったが、直弼暗殺事件のために、全く目立たないことで終わってしまった。

八月十五日、水戸城内で蟄居中の徳川斉昭が心筋梗塞で急死した。主君の無念を晴らすために斉昭の首を取るのだと水戸討ち入りを主張して江戸藩邸に詰めていた彦根藩の藩士たちはこれで目的を失って、次第に冷静となり、今後は新藩主直憲を支えていくという方向に向かうことになった。

六　揺らぐ葦

文久一年（一八六一年）の八月、朝廷の御門警備のために京都に派遣されていた徳三郎は、久しぶりに石ヶ埼の我が家に戻ってきた。

「俊」

風呂を浴びて浴衣に着替えた徳三郎が言った。

「明日からまた出かけなければならぬ。しばらくは戻ってこられぬだろう。和宮様の江戸下向のために領内の宿場の整備をしなければならぬ。その普請奉行を仰せつかった。熊吉を連れていく。しばらくは彼に身の回りの世話をしてもらうつもりだ。着替え等を用意しておいてくれ」

「熊吉に京までの旅は無理ではございませんか」

「いや、京ではない。鳥居本に宿を借りることにした。彼をそこに置いておくことにする」

「鳥居本なら近くでございますから、結構でございますが。それならあなた様も時々はお戻りになれましょうに」

「いや、おそらくそれは無理だろう。何しろ東海道をお通りになる予定が突然中山道に変更になったのだ。準備の時間が足りない。何しろ二万人以上の行列になると予想されているのだ。今ある宿舎だけではとても足りない。随員や警備の武士、荷物を運搬する人足たちの泊る場所を用意せねばならない。果たして間に合うかどうかもわからぬほどだ」

天皇家から将軍家茂の正室をお迎えして、ぎくしゃくしてきた朝廷と幕府との関係を改善しようという公武合体が実現しようとしていた。和宮の京都出発は十一月と予定されており、三カ月ほどしか残されていなかった。


「それにしても急なことですね。間に合うのですか？」

「間に合うかどうかではなく、間に合わせねばならない」

「ご婚礼のお話は昨年に決まっていたものでしょう？　どうしてもっと早くから準備に取り掛かることができなかったのですか？」

「それがばかげた話なのさ。はじめは東海道を通られることになっていた。ところが、誰が言い出したのか知らぬが、途中薩埵《さった》峠を越えなければならない。『薩埵《さった》』が『去った』と語呂が通じるところから、縁起でもないという話になって急きょ中山道に変更になったのだ」

「ご宿泊の場所はどちらになるのですか？」

「愛知川と柏原の二か所だが、鳥居本宿でも休憩をおとりになる。それでその三か所の整備をしなければならない」

「三か所も！　それはたいへん」

「そこで、わしは鳥居本に部屋を借りることにした。赤玉神教丸を知っておろう」

「その胃腸薬なら実家《さと》の父もよく使っておりましたよ」

「その薬種店の離れをしばらく使わせてもらうことに話をつけてきた。ここなら柏原にも愛知川にもほぼ等距離だからな」

「熊吉には精のつく食事を用意するように言っておきましょう。こちらからも時々何かおいしいものを作ってお届けいたします。お体には十分お気をつけくださいませ」

翌日から徳三郎は目の回るような忙しい日々を過ごすことになった。愛知川宿、柏原宿に出向き、仮建と呼ばれる宿舎の建設場所の選定、建物の設計など関係部署の藩役人や大工の棟梁などの工事関係者と連日の打ち合わせをし、工事が始まると現場に泊まり込んで工事の監督を行い、さらには京都に行き朝廷関係者に部屋の調度をどのようなものにするか問い合わせてまた工事現場に戻って指図するなどの忙しい日々を送った。また、これだけの人数の需要にこたえるためには新たに井戸をいくつか掘らなければならなかった。連日連夜の突貫工事が続いた。

この時徳三郎は同時に鉄砲足軽三十人を指揮する組頭を命じられ、和宮の通行路の警備を命ぜられたので、鉄砲組の調練をはじめ領内の和宮行路の不審者の捜索と警備も行わなければならなかった。

和宮の一行が彦根藩領を無事通過すると、彼は久しぶりに自宅に戻り、その後一週間はまさに川柳にあるような「朝寝して宵寝するまで昼寝して時々起きて居眠りをする」といった日々を送った。

和宮と将軍家茂との婚儀が執り行われ、公武合体が成立したことで、朝廷の発言権が強いものになり、これに比例して幕府の力が弱体化した。和宮に随伴して江戸に来た中山忠能・岩倉具視らはこの時天皇の宸翰（天皇の自筆文書）を幕府に手渡した。その内容は、

一　攘夷を実行すること
一　幕府と朝廷が一体となって治世に務めること、そのためには重要案件はすべて朝廷の許可を求めること
一　大赦を行って安政の大獄で処分されたものを許すこと

という内容であった。すでに条約を取り交わしている段階で攘夷は不可能であるので、これに対して幕府は確たる返事はできなかったが、大赦は直ちに行われた。これによって謹慎処分を受けていた松平春嶽、一橋慶喜、山内容堂、伊達宗徳らは自由となり、また政治向きの発言ができるようになった。

六月、島津久光が薩摩藩兵千人を引き連れて京に入った。久光の狙いは公武合体がなったいま、朝廷からさらに使者を遣わして、幕政改革を迫ろうとするもので、その

使者の警護をかってでようというものであった。島津久光は勅使大原重徳《しげのり》の護衛という名目で江戸に向かった。江戸城で勅使の大原は

一　将軍が京都に来て攘夷の実行に関して朝廷と話し合うこと

一　五大老を設置してその五人による合議で政治を執り行うこと

その五大老には島津（薩摩）、毛利（長州）、山内（土佐）、前田（金沢）、伊達（宇和島）を任命すること

一　一橋慶喜を将軍後見職とし、松平春嶽（慶永）を政治総裁とすること

の三点を要求した。将軍が京都に出向いて政策の実行について話し合うということは実質的に朝廷が政治の中心となることを意味する。外様藩の五人を大老にするということは、これまで徳川家の家臣である老中が将軍の意向を伺いつつ行ってきた幕藩体制の在り方を否定するものであり、さらに幕府が行った安政大獄の処分者を将軍後見職・政治総裁にすることは幕府の方針を百八十度転換させることになる。時の老中が難色を示すのは当然だった。しかし、薩摩藩兵千名の武力を背景に強硬に主張する勅使大原の決死の要求に、公武合体を推進してきた手前、老中も朝廷の意向を無視することもできなくて、一橋慶喜を将軍後見職に、松平春嶽を政治総裁職にすることだ

け は認めた。

一橋慶喜・松平春嶽が政権の頂点の座についたという知らせに、彦根藩には動揺が走った。直弼が暗殺された直後は、この暗殺事件の黒幕は徳川斉昭であり、水戸藩に討ち入るべしと息巻いていた藩士たちも、斉昭が心臓病で死亡してしまい、その矛先を向ける相手を失った一方、幕府も表向き直弼の死を病死として、愛麻呂（直憲）の家督相続を認めたことから、一時激昂していた藩士の気持ちも鎮静化に向かいつつあった。そういう矢先に安政の大獄の一環として謹慎を命じられていた直弼の政敵である二人が政権の頂点についたのであるから、遠からずして彦根藩に対する何らかの報復が行われるのではないかと危惧されたのである。

折しも就封のため彦根に戻っていた藩主直憲はまだ十五歳で家老たちが実質的な後見を行っていたが、家老筆頭の木俣も次席の庵原も心配するばかりで特に何の対策も打ち出せないでいた。大老暗殺の時に江戸家老として江戸に滞在していた岡本半介はその後直憲の相続を認めさせようと幕府と折衝していたが、無事それが認められ、やがて直憲の就封に随伴して彦根に戻っていた。若い藩主は彼の相続のために奔走してくれた岡本半介を頼りにしており、何かと彼に相談し彼の意見に従っていた。

一橋慶喜が将軍後見職についたという知らせが届くと、彦根藩は武笠七郎右衛門を南筋奉行に、田中三郎左衛門（徳三郎）を北筋奉行に任命した。京都からの侵入口に当たる南筋、北陸方面からの侵入口北国街道を管轄する北筋の警備を強化するためであった。水戸派の将軍後見職と政治総裁の就任で、亡き井伊直弼は安政の大獄を指揮した大悪人という立場に逆転し、尊攘主義の浪士たちが彦根領内に入り込み、藩士たちに危害を加える可能性を心配したからである。

この時、徳三郎の長男で十六歳になる準造は小姓を命じられ、若き殿の側に仕えることになった。これまで徳三郎は左門と名乗っていたが、代々田中家家長の名乗りである三郎左衛門を名乗ることにし、準造には左門を名乗らせることにした。

一橋慶喜が将軍後見職に任じられたのが七月九日、松平春嶽が政治総裁に任じられたのが七月十二日であったが、早くもその十日後には、かつて安政の大獄の際に長野義言と共に志士摘発に辣腕をふるった九条家家士の島田左近が尊攘志士に暗殺される事件が起こった。そのことを江戸にいる攘夷派の仲間に報せる密使が警戒中の南筋奉行武笠七郎右衛門配下のものによって捕えられ、奉行武笠に伝えられた。

その翌日の夜、北筋奉行田中三郎左衛門（徳三郎）、中筋奉行杉原守信、南筋奉行武笠七郎右衛門、直憲が藩主となる前に付け人であった直憲側近の今村忠右衛門、杉原惣左衛門、今村八郎右衛門らがひそかに中老岡本半介の屋敷に集まって会合が持たれた。岡本半介はその会合の翌日の夜、三郎左衛門、武笠七郎右衛門、今村忠右衛門を伴って、藩主に面会を申し入れた。

その夜はたまたま三郎左衛門の長男準造も小姓として宿直の番で、岡本らの応対に出てきて一行に告げた。

「殿はすでにご就寝でございます。明朝改めてお出ましください。殿には明日一番にお伝えしておきます」

「いや、今日中に殿にお伝えしなければならないことがあるのじゃ。今日中に殿のご裁断を頂きたい。殿には申し訳ないが、どうしても会っていただかなければならぬ。お起こし願いたい」

「では、殿のご意向を承って参りますので、暫時こちらでお待ちください」

準造はそう述べて、直憲の寝所に向かった。ほどなくして彼は戻ってきて言った。

「殿がお会いになられるそうです。こちらへ」

直憲は起き上がって蒲団の上に座ったまま彼らを待っていた。岡本半介は言った。

「殿にはお寝みのところを誠に申し訳ございませんが、緊急重大な知らせが届きました。早急に対処しなければならないと思いまして、殿のご裁断を頂くべく、押して登城してまいりました」

「うむ、わかった。して、その緊急重要な知らせとはなんだ」

「島田左近の名をごぞんじでしょうか」

「知っている。亡き父上の懐刀と言われた長野義言と協力して反乱分子を摘発することに活躍したものだったな」

「さようにございます。その島田が一昨日暗殺されました。水戸派の一味と思われます。ご承知のように前殿直弼様によって罪を問われて謹慎処分を受けていた一橋慶喜様らがこの度、朝廷のご意向により赦されて、さらに慶喜様が将軍後見職、松平春嶽様が政治総裁になられました。これによって彦根藩の立場は逆転いたしました。今や直弼様は悪者という立場におかれ、今後いかなる処置が彦根藩に降りかかるか知れぬ状況に至ったと思わなければなりませぬ。お父上直弼様は亡くなられましたが、その憎しみの相手が殿の方に向かわないとも限りません。島田の暗殺はその方向を指しているものとも思われます。次は必ずや長野義言が狙われましょうが、それとは別に公の立場からは、彦根藩主であられる殿に対して何らかの手が打たれる可能性があります。十万石の減知という噂もすでに流れています。いや、減知だけで済めばまだしも、殿御自身に対する謹慎処分やあるいはそれ以上の重い処置もありうるかもしれません」

隣室に宿直として控えていた準造たち小姓の耳にも岡本の声は聞こえてきた。彼らも緊張して耳をそばだてていた。

「この時に及んで我らは何らの手を打つことなく、漠然と座して待っているだけではなりますまい。昨夜我ら一同話し合いまして、我らの方から先手を打つべきだとの結論をもつに至りました。そのことに対して殿のご賛同を得たく今夜参上仕った次第でありもす」

「どのような方策があるというのだ」

直憲はそう言って一同の顔を見まわした。三郎左衛門も武笠も今村も皆沈鬱な表情を浮かべて下を向いていた。岡本半介は決意を浮かべた表情で膝を少しにじり寄せて言った。

「長野義言と宇津木六之丞を捕えて我らの手で処刑することです」

「ばかな、彼らは亡き父上のために働いた忠義の士ではないか。そんなことできるわけがないではないか」

「その忠義ゆえに彼らを我らの手で切らなければなりませぬ」

「ならぬ。私はいやだ」

「殿、私どもとて、このような提案を喜んで申し上げているのではございません。されど、早晩幕府は長野と宇津木両名を吟味のために引き渡すように言って参りましょう。亡き殿直弼様への報復として遅かれ早かれ彼ら両名が水戸派のために処刑されるのは必至だと思われます。もはや老中たちにはそれを止めるだけの力もございません。さらにその後、水戸派の手は殿の上にも及びましょう。殿に対して謹慎・蟄居の処分が下される恐れもあります」

「父上のなされたことを否定するくらいなら、私は蟄居でも謹慎でも受け入れよう」

付人として愛麻呂時代の直憲の教育にかかわってきた今村忠右衛門が苦渋の表情を浮かべて言った。

「殿、お気持ちはよくわかっております。なれど、殿お一人の問題ではございません。殿の両肩には家臣とその家族の将来がかかっております。十万石の減知となるだけでも、厳しい暮らしを覚悟しなければなりませぬ。万一にも、お家取りつぶしにでもなれば、彼らを路頭に迷わせることに相成ります。『泣いて馬謖《ばしょく》を斬る』のたとえもありますように、ここは耐えがたきを耐え、忍びがたきを忍んででも、この処置をとらざるを得ないのではないでしょうか」


その後話し合いは一刻（二時間）に及んだ。この話し合いの二日後、七月二十六日、長野主膳義言は捕えられ、翌日吟味もないままに討ち首になった。長野はこの時のあることを覚悟していたのであろう。直弼の死後直弼の位牌を常に懐に入れて行動していたが、この時何の弁明もせず従容として討たれたという。続けて同日、筆頭家老木俣清左衛門、次席家老庵原助右衛門には隠居謹慎が命じられた。

案の定、間もなく幕府老中から長野を捕えて吟味せよとの達しがあったが、彦根藩はすでに長野を処刑したことを伝えた。彦根藩は一歩先んじて行動したことになるが、それでも、翌月閏八月には、幕府から彦根藩の領地十万石分を取り上げる減知の命令が出た。岡本半介は江戸に出向き幕府に交渉したが、十万石減知処分を変えることはできなかった。井伊直弼の両腕として長野とともに活躍した公用人宇津木六之丞も江戸で拘束され、彦根に送られて十月には打ち首となった。

また、この頃会津藩主松平容保《かたもり》が新たに設けられた京都守護職に任じられ、井伊家が家門の誇りとしていた京都守護の役目も取り上げられた。

十月十七日、三郎左衛門は岡本半介から至急来るようにとの連絡を受けた。彼が岡本邸に着くとそこには

南筋奉行　武笠七郎右衛門
目付　　　高野吉五郎
目付　　　高瀬喜介
餌割方　　中村繁太郎（不能斎）

内目付　　石黒伝右衛門
馳走奉行　日下部内記

が集まっていた。やがて岡本半介が一通の書状を手に部屋に入ってくると、一同にその手紙を回覧させ、意見を聞いた。

それは多賀神社の祠官車戸造酒《くるまどみき》からのもので、長州藩の密使が彦根藩の重役と会って話し合いたいと言っているがどうするか、という問い合わせであった。

一同が回覧し終わるのを待って岡本半介が言った。

「どうする？　長州密使と会うか？　諸君の意見を聞かせてもらいたい」目付の高瀬喜助が言った。

「最近長州は朝廷に食い込んで、数人の有力公家の抱き込みに成功したようです。彼らをそそのかして朝廷から条約破棄・夷人打ち払いを幕府に要望させているようです」

「本気でそんなことが可能だと思っているのだろうか。攘夷！　攘夷！　と叫んで、朝廷から幕府に出来もしないことを要求させ、幕府を苦しめ、幕府の権威を失墜させようというのが本音ではあるまいか」

と武笠が言った。

「しかし」と石黒伝右衛門が言った。

「亡き殿直弼様は東照権現家康様以来の強い幕府を目指され、幕府復権のために尽くされながら道半ばにお倒れになったのに、幕府のわが藩に対する態度は冷たい。十万石減知の内示まで出され、京都守護の御役目まで取り上げられた。こんな仕打ちを受けながらまだ幕府に忠誠を尽くさなければならないのか。直弼様も尊崇せられておられた朝廷の御意向を第一に考えなければならないのではないか」

「公武合体は直弼様が提唱されていたことである。今はこの線でわが藩の藩論を一致させておかなければなるまい。長州の主張は直弼様が行われた米国との条約を破棄させ攘夷を決行させようということであるから、亡き殿の御意思と反するものではないか」

と日下部内記が言った。

「長州の密使と会ったということが幕府に知れたら、幕府に痛くもない腹をさぐられることになるのではないか」

「かまうものか。その時ははっきりと朝廷寄りの立場を打ち出せばよい」

さまざまな意見が飛び交ったが、その間三郎左衛門はひたすら聞き役に回って意見を述べなかった。

「田中、お前の意見はどうなんだ」

と武笠がきいた。

「うむ。私は長い間亡き殿の御小姓を務めさせていただいた。直弼様は天朝を尊崇される一方で、徳川譜代の筆頭としての家柄をなによりも大切にされていた。朝廷と幕府が仲良く同じ方向を向いてことに当たることを望んでおられたからこそ、公武合体をお勧めになったのだが、しかし朝廷か幕府かという二者択一を取るしかないとすれば、幕府をお取りになっただろう。ご本心の願いとしては攘夷だが、現段階で攘夷が不可能ということもよく知っておられた。したがって、攘夷を迫られる朝廷の御意向を無視しても、条約を締結せざるを得なかった。そのために水戸浪士の手にかかってお倒れになったが、彼らの背後には薩摩や長州がいたことは明らかである。そういう意味では、長州は亡き殿の敵である」

「そうだ！　そのとおり」

と武笠が応じた。三郎左衛門は軽く手を上げて武笠を制すると続けた。

「長州は憎い。しかし、私一個の憎しみなどは、今は重要な問題ではない。今我々がなすべきことは、直憲様をお守りすること、井伊家の存続が第一だ。私はこの一事だけを中心に考えようとしてきた」

「それは皆同じだ。だからどうなんだ、貴公の意見は」

「つまり、直憲様をお守りするという立場からは、朝廷につくか幕府につくか、長州を敵とするかしないかという問題に結論を出すのはまだ早いということだ。直憲様を苦境に追い込むことのないようにするには、いざという時に取るべき道を誤らぬように事態を注視することだ。そのためには、長州とは手を組めないとはっきり断言する必要はない」

「要するに、今回は長州密使の意見を聞こうということだな」

「そういうことだ。長州がどういう立場で、何をしようとしているのか、この機会に探っておくこともまた重要だ、と私は思う」

「田中、わしもお主の考えに賛成じゃ。一応その密使とやらに応接することにしよう」

と岡本半介が応じた。

「ところで、誰が彼らに会うかじゃが……」

「私が会いましょう」

と目付の高野と内目付の石黒がほぼ同時に声を上げた。

「まて、わしに考えがある」

こう言って岡本半介は渋谷騮太郎、河上吉太郎、外村省吾、北川徳之助の名を上げた。

「彼らを士分に取り立てて、他所向応接掛《よそむけおうせつがかり》という役につけることにしよう。一応藩としても公式の役柄にして、藩として公に対応している印象を与えることにしておこう」

渋谷は町医者、他の三人は足軽で、四人とも詩人でもある岡本半介の門人であった。この時は、三郎左衛門はまだ知らなかったが、岡本半介は、尊攘派の学者梁川星巌《やながわせいがん》、頼三喜三郎《らいみきさぶろう》らと交流があり、その影響でこの四人は京を中心として活躍していた薩長らの尊攘派の人々と交流をもっていたのである。

その夜、岡本半介は藩主直憲公に謁して、藩主の許可を得た。渋谷ら四人は翌日渋谷の屋敷に集まって長州藩密使と談合し、互いに旧怨を捨て国家のために尽くそうと誓い合ったという。この時彦根藩にやってきた長州の密使越智斧太郎は伊藤博文、堀新太郎は井上馨（聞多）の変名だった。彦根藩が総力を挙げて京都に討ち入ることがあれば、手薄な外様藩の在京藩兵だけでは勝ち目はないし、彦根藩が天皇を奉じて彦根遷座を決行すれば、朝廷を擁して攘夷を行おうとする諸藩の計画はとん挫するだろう、と尊攘志士たちは心配していたという。この時期在京諸藩の志士たちは彦根藩の出方を注視していたのである。ところが、彦根藩が長野義言を捕えて処刑し、二家老を隠退させ謹慎処分にしたとの噂を聞きつけ、彦根藩の真意がどこにあるか探ろうとしてきたのだった。

七　叢雲

文久三年（一八六三年）三月、三郎左衛門は京都にいた。

「田中、新しくできた『とり仙』という店を知ってるか？　しゃも鍋がうまいそうだ。どうだ、行ってみないか」

武笠七郎右衛門が言った。政治の場は完全に京都に移っていた。二人は、京都の情勢を探るために、数日前から京都藩邸に滞在していたのである。

「うむ、たまにはうまいものでも食うか」

三郎左衛門もこれに応じて、二人は夕暮れ時の市内に繰り出した。「とり仙」は四条大橋の近くにあった。一階の広間には七、八卓の食卓が並んでいて間に簡単な屛風の仕切りがおかれている。二人は二階の座敷を使うことにした。六畳ほどの部屋がいくつか並んでいて、集団の客の場合はふすまを取り払って大部屋にすることができる。今日は幸いにそういう客はいないようだった。階段口の部屋に入ると二人はさっそく酒としゃも鍋を注文した。

「松平様もいやいやお引き受けなさったらしいな」座るなり、武笠が言った。

「そりゃそうだ。この時期の京都詰めなど誰も願い下げだろう。引き受け手がなくて困ったという話だ」


朝廷から攘夷決行のために将軍が上京して天皇と相談するようにとの再三の要求を受けていた幕府は、この際将軍が幕府の精鋭部隊を伴って上京し、尊攘派を威圧してやろうとの目論見もあって、遂にこの要求をのみ、将軍の上京が決定した。この決定を受けて、一月京都守護職に任じられた松平容保が会津の精鋭を連れて京都に着き黒谷の金戒光明寺に本陣をおいていた。


「慶喜様も二条城に入られたらしいな」

「いよいよ上様がお出ましになられる環境が整ったということか。これで情勢は少しは落ち着くだろうか」

「どうだろう。上様は大坂城にご滞在になられるだろうから、京都の治安は会津勢次第だな」

「新選組とかいう浪人たちの組織が松平様の配下に入って市中取り締まりを行うということだが、見かけたことはあるか？」

「いや、まだ見かけたことはないが、乱暴な連中だと聞いている。反幕的な言動を見つけたら、問答無用で切り殺すという話だ」

「まあ、かなり尾ひれのついた噂だろうが、これほど京が殺伐とした状況にあるのはこれまで聞いたことがないな」

隣室に数人の客が入った様子だった。二人は声を潜めて話をした。

「聞いたか？　上様が入京されたら、帝《みかど》がこの機会に賀茂神社への攘夷祈願を行う予定だという話だ。もちろん長州の入れ知恵さ。将軍に天皇の輿《こし》の後を歩かせて、将軍は天皇の家臣に過ぎないということを見せつけるという演出らしい」

「長州もえげつないことを考えるな。意図があからさまじゃないか」

「しっ！　気をつけろ。うっかり話を聞かれるとそのあとなにがあるかわからないからな」

と武笠が隣室を目でさしながら言った。

「あの村山たか女の息子の多田帯刀が殺されたそうだな」

「彼女も橋に生き晒しにされたそうだ」

「直弼様に対する報復ということか」


二人はそんな話を声を潜めて続けながら鍋を突っついていたが、おかげでせっかくのしゃも鍋の味もよくわからぬままに店を出ることになった。あたりはすっかり暗くなっていた。武笠が連れてきていた中間が提灯をかざしながら二人の前を歩いていた。四条大橋を渡っていると、対岸に何やら人が群れているのが見える。いくつもの龕灯《がんどう》や提灯が揺れているのがみえた。

「なんだろう。行ってみるか」

二人が近づくと物見高い見物人たちの輪の中に、二人の死体が横たわっていた。死体の傍には龕灯をもった武士たちが数人いた。彼らの羽織の背には「誠」の字が染め抜かれていた。

「これはどういうことだ」

と三郎左衛門は隣にいた法被を着た大工の棟梁のような男に小声で聞いた。

「大老井伊直弼の手下で、尊攘志士たちをとらえることに活躍した同心たちらしいということですわ」

驚いた三郎左衛門は武笠に合図を送り二人はそっとその場を離れようとした。すると、死体を検分していた武士の一人が声をかけた。

「お待ちなされ。御用の筋をもってお尋ね申す。お二方はどちらの藩の方ですかな?」

「われらは通りすがりのものだが、何かご不信でも?」

「いや、特にそういうことではないが、この二人についてご存じよりのことでもありますか?」

「全く知らぬ顔です。人だかりがしておったので、何事かとのぞいておっただけです。ところでこのものたちは何者なのですか?」

「いや、ご存じなければよろしい」

二人が立ち去ろうとすると、その武士はまた声をかけた。

「その提灯の紋所は丸に橘。井伊家の紋ではござらぬか?」

「さよう。われらは井伊家のものですが」

「拙者は新選組の藤堂平助と申す。井伊家の方ならばお気をつけなされ。これらの二人はかって井伊様ご下知のもとで尊攘志士どもを捕らえることに活躍した同心どもです。尊攘過激派の浪士たちが仲間の復讐に血道をあげておりますからな。彦根藩と知れるといつなんどき命を狙われるかしれませぬぞ。夜の外出は十分にお気を付けくださるように。その提灯も消しておいたほうが良いかもしれませぬな」

二人は藤堂の忠告に従って、提灯の火を消して歩いた。左右に気を配りつつ真っ暗な夜道を歩きながら、武笠が言った。

「田中、お前これまで人を切ったことがあるか」

「ない。お前はどうだ」

「もちろん俺もない。しかしいつかはこれを使わなければならない時があるかもしれぬな」

武笠は刀の柄をたたきながら言った。

三月、将軍が入京すると、将軍はさっそく賀茂神社への天皇の攘夷祈願の参拝に参加させられ、さらに将軍自筆の文書で攘夷期限を明記することを求められた。やむを得ず、幕府は四月二十日

「攘夷期限の事、来る五月十日相違なく拒絶決行仕り候間、奏聞に及び候。猶、列藩へも布告いたすべく候事」

と届け出て、諸藩に外国船の打ち払いを命じた。幕府は苦し紛れにこのような布告を行ったが、どの藩も外国船打ち払いなどできはしないことを知っていたからである。実際どの藩も行動に出ることはなかった。ところが長州だけはこれを実行したのである。

五月十日、長州は折しも関門海峡を通過中のアメリカ商船を砲撃した。さらに五月二十三日にはフランス船を、二十六日にはオランダ船までを砲撃したのである。各船とも被害を受けほうほうのていで逃げ出したが、アメリカは六月一日に軍艦ワイオミング号で報復攻撃を行い、長州艦船二隻を撃沈し、さらにその四日後、フランス東洋艦隊が下関の三か所の砲台に猛烈な艦砲射撃を行い、フランス兵が上陸して砲台を破壊して引き揚げた。長州の完敗であった。

一方薩摩藩も七月、イギリス海軍と実際に戦火を交えたが、これは幕府の命令を実行したということではなく、先に島津久光が勅使大原重徳を護衛して江戸に赴いた帰路、生麦で行列を横切ったイギリス人を切り殺すという事件が発生し、イギリスはこれに対して賠償を要求していたが、なかなか好ましい返答が得られなかったために、ついにしびれを切らして、七隻からなる艦隊を組織して鹿児島湾に侵入してきたのである。薩摩の大砲は旗艦ユーリアラス号に命中し艦長と副長が即死したが、イギリス海軍の猛烈な艦砲射撃の前に薩摩の砲台は最終的に沈黙させられ、市内も火の海となった。イギリスは薩摩の意外な力に驚いたが、薩摩もイギリス海軍の実力を肌身に感じたのであった。薩摩はこの後イギリスとの和睦を行い幕府から借用して賠償金を支払ったばかりでなく、イギリスから軍艦や武器を購入するなどの実質的な通商関係をもつことになった。開国やむなしとしていた幕府は、薩摩や長州の働きかけで動いた朝廷の圧力から、不承不承攘夷決行を約束したのだが、攘夷を働きかけていた当の薩摩にはしごを外された形になった。

幕府が五月十日を攘夷決行の日と定めたことから、異国船の反撃が予想され、彦根藩はその警備のために大坂摂津の海岸線の守備を命じられた。これを受け、五月十一日藩主直憲自らが大坂に赴いた。政治は二極化あるいは三極化していた。将軍が大坂城に滞在している一方で、京の朝廷からさまざまな政治的発言がなされ、朝廷の意向を尊重する将軍後見職の一橋慶喜が京の二条城にいて将軍にさまざまな助言をするという状況になっていた。政治は、長州公卿の影響下にある朝廷と、長州を信用していないが尊王派である将軍後見職の慶喜、それに大坂城に滞在する幕府の将軍・老中との三者の間で、揺れ動いていた。どの藩も一体どの方針に従えばよいか迷っていた。そのため彦根藩では、岡本半介が京都の藩邸に滞在し二条城に滞在する将軍後見職一橋慶喜の発・行動を注視する一方で、田中三郎左衛門は藩主を守護する三番隊小野田一郎隊の組頭を兼ねながら、藩王の側近として大坂に滞在して、藩の取るべき道を模索していた。このところ若き藩主直憲は三郎左衛門を頼りとすることが多くなり、彼は藩主の相談役として次第に重きをなしていた。

彦根藩の中も揺れ動いていた。岡本半介に命じられ他所向応接掛に任じられた町医者だった渋谷騮太郎（この頃は谷鉄平と名前を変えていた）らは長州の影響を強く受けており、その一方で彼らを任用した中老の岡本半介はこのころ一橋慶喜に急接近して彼を支持していたが、慶喜は長州を信用していないばかりでなく、朝廷を自藩のために利用しているとして長州を警戒していた。このために、半介と他所向応接掛との間もぎくしゃくしてきて、微妙な溝ができ始めていた。さらに彦根藩には水戸出身の一橋慶喜を彦根藩を逆境に追いやった張本人として警戒し嫌うものが多かった。一方三郎左衛門はただひたすら井伊家のため、藩主直憲のためにはどの道を取るべきかのみに心を砕いていた。井伊直憲は将軍家茂に親しみを覚えていた。彼はこの年十七歳になっていたが、将軍家茂は十九歳で、年齢が近いばかりでなく、家茂は直憲の父井伊直弼が彼の将軍職継承に貢献してくれたことを忘れていないばかりでなく、彼の不幸な死とその後の彦根藩が受けた立場に同情的であった。そのために彼は直憲にやさしく上洛の際にはその途上で彦根城に宿泊したばかりでなく、その後の天皇との謁見の際の参内にも井伊直憲を随伴させたのだった。井伊直憲はそういうこともあって水戸出身の一橋慶喜に対しては警戒心を抱く一方で、将軍家茂には強い親しみの情を感じていた。本来こういう時こそ藩主を補佐して藩の取るべき道を助言すべき家老たちは、中老の岡本半介を除くと、識見・判断力を欠き、各軍隊の司令官である侍大将として働いてはいたが、藩政治は中堅幹部たちに任せていた。

大坂の藩邸は小野田小一郎隊四百五十人が宿泊するには手狭でほとんどが周辺の宿や商家あるいは寺に分宿していた。藩主直憲は大坂城内にあてがわれた部屋に滞在していたが、三郎左衛門は藩邸に寝泊まりして大坂城の直憲の元に通っていた。彦根藩の役割はいざという時のための駐屯で、日常の大坂城警護は幕府直属の部隊が行っており、今のところ彦根藩が出動しなければならないような出来事は何も起こっていなかったので、待機というだけで退屈な日々が過ぎていた。

そんなある日、三郎左衛門は大坂城からの帰りに、天満宮を訪れてみる気になった。天満宮は大坂城とは淀川を挟んでその対岸にあり、彼はこれまでそちらの方角に入ったことがなかった。川を渡ってしばらく行くと、やがて一町ほど先に天満宮の鳥居が見え始めた。その時、道路の左手に「淡海屋」というのれんがかかった店が目に飛び込んできた。「淡海」とは「近江」ということであるからそれが彼の気を引いたのである。

「はて、何の店だろう」

と彼は思わずその前で立ち止まり、店内を覗き込んだ。呉服商らしいのだが店半分に舶来品の遠眼鏡や置時計、砂糖や金平糖、綿糸や毛織物、見たこともない反り返った形の短刀、それに葡萄酒などが陳列されていた。

「いらっしゃいまし」

と中から番頭と思しき人物が出てきて声をかけたが、その関東訛りの声に三郎左衛門はさらに驚いた。

「面白いものがあるな。ちょっと見てもよいかな」

「どうぞどうぞ、ごゆっくりご覧くださいまし」

三郎左衛門は誘われるままに店内に入り、舶来の品々を眺めた。遠眼鏡は父から譲り受けたものがあったが、その他の品々は初めて見るものばかりだった。彼は反り返った奇妙な形の短刀を手に取ってみた。鞘には色とりどりのまばゆい宝石がちりばめられ、かなり高価な品に見えた。

「それは土耳古とか申す国のお殿様が所有されていたものだそうでございます」

「トルコ、そんな国があるのか……」

そういいながら、彼は短刀を鞘から抜いてみた。その時
「五助、五助」

と呼びながら中から店の主人らしき人物が出てきた。客のいることに気付いた主人は客向けの愛想笑いを急いで作ると
「いらっしゃいま……」

と言いかけて、突然凍り付いたようにその場に固まってしまった。

「あ、あ、あに……」

その男は中途で言葉を飲み込んだままその場にへたへたと座り込んでしまった。

三郎左衛門は抜き身の短刀を手にしたまま、主人を見て、

「おまえは……」

と言って絶句し、店の主人を睨みつけた。実際は二、三秒の短い時間だったかもしれないが、彼にはかなりの時間、時間が止まったように思えた。ふと我に返った三郎左衛門は、その場に平蜘蛛のように這いつくばって頭を垂れている店の主人に、押し殺した声をかけた。

「助内ではないか」

「も、申し訳ございません」

主人は顔も上げずに悲鳴のような声を上げた。番頭の五助は何が何やらわからぬ体

で茫然とその場に立ち尽くしていた。三郎左衛門は何か言いかけたが、いつ客が入ってくるかわからない店先にいることに気付いて、

「助内、奥に通るぞ」

といって、店の奥に入っていった。慌てて立ち上がった主人は彼を奥の座敷に案内し、彼を上座に着けると、その前に平伏して

「申し訳ありません」

とふたたび詫びた。主人は松居助内だった。彦根藩が松居助内の失踪を知ったのは井伊直弼暗殺事件のほぼ一カ月を過ぎたころだった。桜田事件のごたごたの中でしばらくは誰も気付かなかったのである。しかし、彼が失踪したのが、井伊直弼が水戸浪士に討たれたころだということが知れると、一時は彼が水戸浪士を手引きしたのかと疑うものも出た。やがて彼の失踪と水戸浪士とは関係ないことがわかったが、当主の失踪のため松居家は家禄を取り上げられ、お家取り潰しとなっていた。

「話を聞こう」

三郎左衛門の声には詰問の調子が滲んでいた。助内は訥々《とつとつ》と語り始めた。

四年前の安政七年三月三日、早朝から雪が降っていた。松居助内はこの日、下屋敷に出かける用事があった。下屋敷界隈の農家では屋敷の便所の汲み取りの許可を得ていて、それを畑の肥料として利用していたが、その見返りに畑の野菜の一部を納めていたのである。大根と菜っ葉類が届けられたとの連絡があり、彼は彦根藩江戸屋敷の出納責任者としてそれらを点検し、帳簿に記入しておく必要があった。とはいえ、それほど急ぎの用事ではなく、下屋敷は上屋敷から歩いて小一時間もあれば十分に行ける距離であったが、どういうわけか、その日は早々と目が覚めたので、少し早いとは思ったが、出掛けることにしたのである。

その日は大老井伊直弼の登城の日でもあり、供をするものや殿の支度を手伝うものたちが忙しげに準備をしていて、屋敷内はあわただしい雰囲気に包まれていた。助内が外出しようと門に近づくと、門番の一人が、声をかけてきた。

「松居様、こんな投げ文がございました。いかがいたしましょうか」水戸藩士や浪人たちが、大老を暗殺しようとしているとの噂が絶えず、彦根藩でも密偵を多く放ち情報を集めており、時々彼らから投げ文の形で情報がもたらされることがあった。そういう投げ文は、封を切らずに直接直弼のもとに届けることになっていた。

「わかった。私の方からお届けしておこう」

助内はそれを門番から受け取って小姓頭のもとに持って行くと、小姓頭は助内を直弼のもとに伴った。直弼は小姓たちの手を借りて登城の装束を身にまとっている最中であった。

「また投げ文があったようにございます」

助内は直弼にそう言いながら、それを小姓の一人に手渡した。小姓がそれを直弼にささげると、直弼は立ったまま黙って読んだ。読み終えると直弼は一瞬思案するように宙をにらんだが、何も言わずにその文を書見台の上に置いた。その場に平伏していた助内は、上目遣いに殿の様子を見ていたが、

「ご苦労だった」

と直弼はそう言っただけだった。

殿のもとを離れた助内は改めて門に向かい、門番に声をかけて外に出た。彼は直弼が投げ文を読み終えた後で、宙を見据えて一瞬思案した様子が、何となく心に引っかかっていた。気が付くと彼の足は殿の登城口である桜田門の方に向いていた。下屋敷はその反対の方角である。

　桜田門の周辺には登城する大名行列を見ようとする人々がたむろしていて、中には武鑑を手にした武士や町人たちも何人かいた。武鑑にはそれぞれの大名の藩の所在地や石高や家紋などが書かれてあり、家紋を手がかりにどの大名の行列かを知ることができる。大名の参勤に伴って初めて江戸を訪れた地方の武士たち、また江戸見物の町人たちには、大名行列を見物する際の必携の案内書だった。そういう見物人たちを当て込んだ屋台もいくつか出ていた。助内は桜田門脇の上杉家上屋敷を通り過ぎたところで立ち止まり桜田門の方を向いた。そこからは十町ほど先に井伊家上屋敷の門が見える。彼はここで殿の行列が無事桜田門を通過するのを見届けてから、下屋敷に向かおうと思ったのである。

　大老の行列が屋敷を出発するまでにまだ小半時はある。助内はあたりを見回していると、上杉家の屋敷の塀際に折しも一台の蕎麦の屋台が店を開けようとしているところだった。彼はそこに近づき声をかけた。

「一杯もらおうか」

「へい、これから火を入れますので、少々時間がかかりますが」

「構わん。時間は十分にある」

そういって助内はその屋台の脇に立ち、井伊家屋敷の方を向いた。ここならば行列に加わっている藩士たちに見られることはない。

小雪がちらほらと舞っていて、足元から凍えるような寒さが上ってきた。彼は小刻みに足踏みしながら、蕎麦が出来上がるのを待った。

ほどなくひと組の大名行列が桜田門に近づいてきた。その先頭が桜田門に近づくとそれが家紋から尾張公の一行だということがわかった。その最後尾が門の中に吸い込まれて間もなく、外桜田の井伊邸の門が大きく八の字に開かれ、大老井伊直弼の一行が姿を現した。供は士分のもの二十六人、ほかに小者を入れて総勢六十七人ということはわかっていた。やがて行列の先頭を行く藤田と二宮の顔をはっきりと認められる程に一行は近付いてきた。

その時、見物人の中から一人の男が飛び出して何か大声に叫びながら、行列の前に飛び出して来て訴状のようなものを振りながら片膝をついた。行列の中ほどから供頭の日下部三郎右衛門が小走りにその男に近づいていくのが見えた。するとその男は突然立ち上がり刀を抜くと日下部に切りつけた。日下部は予想もしない襲撃のために刀を抜く間もなく倒された。さらに一発の短銃音がした。するとそれを合図のように左右の見物人の中から十数人が抜刀して行列に走り寄るのが見えた。

「あっ」

助内は声を上げたまま、その場に凍りついた。助太刀に駆けつけなければならないと思ったが、その気持ちとは裏腹に足が一歩も前に出ようとしなかった。彼は震えていた。それは寒さのせいばかりではなかった。

その後はまるで紙芝居の絵を一枚一枚めくるような非現実的な光景が展開された。その一枚には井伊直弼が駕籠から引きずり出されて首を討たれるシーンが鮮明に残されていた。気が付くとその絵を宙に眺めながら、彼は歩いていた。

彼はどこをどう歩いたかまったく記憶になかったが、ただやみくもに歩き続けた。その間、「私はもう武士ではない。井伊家の侍である資格はない」という言葉だけが胸の内で繰り返されていた。気が付くと彼の足は上野の寛永寺の参道に向かっていた。ほとんど無意識に彼は参道に立ち並ぶ一軒の茶店の縁台に腰を下ろしていた。

「あっ、松居助内様」

注文を聞きに中から出てきた娘がびっくりした声をあげて彼の脇に立っていた。粗末な着物を身にまとい薄汚れた前かけをした娘の盆をもつあかぎれの手が彼の目に入った。

「お幸」

これまで思い出しもしなかった娘の名前が突然浮かんだ。

「お幸か、たしかお幸といったな」

彼はうつろな声で呟いていた。

「松居様、お顔の色が……お身体がお悪いのではございませんか？」

「いや……」

「どうなさったのですか。なにか」

「どういうことはない」

「でも……」

娘の不安そうな顔が彼の顔を覗き込んでいた。十歳近くも年下の娘の真剣に彼の身を案じている心配そうな目がなぜか彼には母を思い出させた。助内はこの不幸な娘の姿を見た時に、唐突に自分のみじめな姿をすっかりさらけ出したい気持ちに襲われた。

「もうだめだ。おしまいだ」

彼は思わず呟いていた。

娘はその声を聞くと、膝をつき彼の顔を下から覗き込みながら身を震わせた。

「死にたい」

彼は我知らず呟いていていた。そしてそう呟いた時に初めて彼は自分が何をしなければならないか、さ迷い歩きながら心の奥に漠然と感じていたことが何であったのかということに気付いた。思わずその思いが口をついて出た。

「そうだ、死ななければならないのだ」

「なにをおっしゃるのです！　どうなさったのですか？」

娘が強い声で言った。

「なりませぬ。そんなことは！」

思わず娘の声が大きくなった。その時店の中から娘を呼ぶ主人のいらいらした声が聞こえた。娘は助内の耳に顔を近づけ
「日の暮れるまで、あそこの神社のお堂の中に隠れていてくださいまし。必ず私が参

ります」

そう言って娘は近くにある古ぼけた人気のない神社を指差した。

「いいですね。お約束ですよ」

娘の必死なすがりつくような目を見ながら助内は思わず首を縦に振っていた。


それから小半時（とはのちにお幸が語ったことだが）、お幸は抜け出す機会をうかがいながら、食器を洗ったり、掃除をしたり、時たま訪れる客に茶と団子を運んだりしながら、先ほどの短いやり取りを反芻していた。おかしな会話だった。助内が「死にたい、死ななければならぬ」と言った言葉に対して、何の事情もわからぬままに、神社のお堂に隠れているように言ったが、なぜ隠れていなければならないのか、彼女は何一つわかってはいなかった。それなのに、助内の憔卒しきった表情と「死なねければならぬ」と呟いた言葉に、彼が侍としてしてはならない過ちを犯してしまったに違いない、何かとんでもない、切迫した事情が生じたに違いないと直感したのだった。

安政の大地震があってからしばらくして松居助内が連れの武士と共にこの茶店の前を通りかかったのだったが、あれからもう四年半の月日が経っていた。その時まだ十三歳だった薄幸の身の上の少女は、自分とはかけ離れた世界に住む武士にかけられたやさしい言葉をいまだに忘れないでいた。というよりは、それは彼女にとっては現実の世界で起こったことではなく、おとぎ話の、物語の世界になっていた。毎晩疲れた体を粗末な布団に横たえながら、その虚構の世界に浸りながら寝入るのが彼女の習慣になっていた。と言っても茶店の団子売りの娘と三百石の侍の世界はあまりにかけ離れていて、虚構の世界とはいえ、空想を生み出す材料があまりにも乏しく、その物語には豊かな筋の発展が起こる余地がなかった。彼女にはその侍が再びこの茶店を訪れ、彼と二言三言、言葉を交わすという程度の光景しか思い描くことができなくて、そういう光景の周辺を堂々巡りしながら眠りにつくのが常だった。ところが突然今日その夢が現実のものとなった。しかし、その夢の王子様は堂々とした武士ではなく、打ちひしがれ憔悴しきった姿で現れ、「死にたい」という言葉を口にしたのだった。彼はもはや手の届かない遠い夢の世界の人物ではなく、打ちのめされ死にどころを求めてさまよい歩くみじめな人間として彼女の前に再登場したのだった。それは彼女が手を伸ばしても触れることができる現実の生身の人間としての登場だった。苦境にいる彼を助けなければならない、彼女にも手助けできることがあるかもしれない、そういう直感が彼女を揺り動かしあのような言葉を彼女に吐露させたのだった。
一方松居助内も神社の境内にたたずみ、これまで思い出しもしなかった茶店の小娘に再会したとはいえ、会って数分もしないうちに彼女の言葉に動かされてそれに従って彼女を待っている自分の姿に当惑していた。彼は年下の娘に母親のように甘えたい、すがりつきたいという衝動にかられてしまって、我知らずその言葉に従ってしまったのだった。とはいえその時、「甘えたい、すがりつきたい」というような感情を彼が自覚していたのではない。後で振り返ってみてその時の衝動をそのように分析することができた、ということだった。

日暮れてから、お幸が団子の残りや握り飯を懐に神社に忍んできた。そのまま二人はお堂に隠れて一晩を過ごし、さまざまなことを語り合った。夜も明けきらぬうちに二人はそこを抜け出し江戸から逃げ出した。中山道は彦根藩の人々が江戸と彦根との間を行き来する時の常道だったので、八王子に抜けて甲州街道に向かった。助内は髷を切り手拭いで頬かむりをし、八王子の古道具屋で刀を売り路銀とし、さらに古着屋で着ている衣服を売り町人の姿になった。二人は当てもなく甲州街道をひたすら歩き続けた。日が暮れると、できるだけ目立たないみすぼらしげな旅籠《はたご》を見つけて泊った。やがて信州に入り諏訪湖に出て、そこから杖突峠を越えて高遠を通り天竜川沿いの伊那の町に出た。二人は天竜川にかかる橋のたもとにある一軒の蕎麦屋に入った。囲炉裏の傍ですでに一人の男が蕎麦を前に銚子を傾けながら、蕎麦屋の主人と陽気に喋っていた。

「塩尻まで蚕紙を買い付けに行って来たのじゃがの。これからが大忙しじゃ。春先にこの卵が孵《かえ》って蚕《かいこ》になると、桑の葉を猛烈に食い始めるのじゃ。そのバリバリ、むしゃむしゃという音といったら眠れぬほどにうるさくてのう。昼も夜も食い続けるからあとからあとから桑の葉を取って来にゃならん。まあ、その忙しいことといったら……そうじゃ、あんた、誰か手伝ってくれるものを知らんかのう。給金はあんまり高う払えんが、飯だけはたらふく食べさせるが、どうじゃろうのう」

蕎麦をすすっていた助内とお幸の二人はその話を聞きながら顔を見合わせた。ここまで逃げてきたが、これからの行くあてもなく、懐も寂しくなってきていた。口には出さなかったがお互い心細くなっていたのである。同じ思いで、二人は思わず顔を見合せたのだった。

やがてその陽気な男は蚕紙の人った荷物を肩に担いで店を出た。二人も急いで勘定を済ませてその男のあとを追った。その男は天竜川沿いの土手をすたすたと下流に向かって歩いていた。助内は急ぎ足で彼に近づくと声をかけた。

「もし……」

と声をかけたものの彼はその後どう続けたらよいのかわからなかった。数日前ならば

「そこの町人」

とでも呼んでいたかもしれないが、今は彼自身が町人なのである。彼は自分の今の姿を省みて次の言葉を失っていた。そこへ追いついてきたお幸が助け船を出した。

「旦那さん、今日はいいお天気でございますね」

「のどかないい陽気ですな」

その気のいい男は足をゆるめながら二人の顔を見た。

「お二人はたしか先ほどの蕎麦屋に居られましたな。なんぞ御用でも？」

「そうでございます。私ども江戸から旅をしてきたものでございますが、蕎麦屋さんで、お蚕の話をしておられたのを聞きまして……」

「ほう、蚕に興味がおありで」

「いえ、お蚕さんのことについては何の知識もないのでございますが、世話をする手伝いをお探しと伺いましたものですから……」

「ほう、お手伝いをしていただけますか。それはありがたい」

彼は二人をそれほどあやしむ様子もなく、手伝いが見つかったことを喜んでいるようだった。


こうして彼らは赤穂村の養蚕農家に拾われてそこに住み込み一生懸命に働いた。農家の主人は彼らのまじめな働きぶりにおおいに満足していたが、紡ぎ出した生糸を出荷する時に助内が作ってやった出納帳に感心して、生糸を買い付けに来る仲買人との交渉を一切彼に任せるようになった。

こうして一年半ほどが過ぎた。横浜にやってきた異国の商人たちが盛んに日本の良質の生糸を買い集めているという話が信州にも聞こえてきた。その情報を耳にした助内は、主人の許しを得て、生糸を背負って横浜に行ってみた。

開港となった横浜には異国人居住区に定められた一郭に早くも商館が建ち始めてお

り、多くの日本の商人がそこに出入りしていた。中には生糸の商売で一財産を稼ぎ出した日本人の商人もいた。

ヨーロッパではその頃蚕の病気が蔓延して生糸産業が大打撃を受けており、生糸を外国から緊急に輸入する必要に迫られていたので、異国の商人たちは競って日本の生糸を買い求めていたのである。幸兵衛と名乗っていた助内の生糸もすぐさまに良い値で売れた。信州に戻った幸兵衛は主人の生糸だけでなく、近隣の養蚕農家から生糸を集めてまた横浜に取って返したが、これもまた、たちまちのうちに売り切れた。いつの間にか幸兵衛は仲買人の仕事の方が主になり、天竜川沿いの養蚕農家を訪ね歩いては生糸を買い集めて横浜で売るようになった。やがて、彼は主人の許しを得て独立し、生糸商人として横浜に商家を構えるまでになった。もちろん妻となったお幸も一緒である。独立して間もなく、外国の商人たちが健康で良質の蚕の卵をほしがっていることを知った。幸兵衛は信州だけでなく、上州や飛騨その他の地域をめぐって、良質の蚕紙を集めて外国商人にそれを売った。蚕紙とは蚕の卵が産み付けられている紙のことである。これは大当たりだった。まだ、誰も異国人への蚕紙の販売に手を染めていなかったので、彼はたちまちのうちに一財産を儲けるまでになった。そして今では蚕紙はもちろん絹織物から輸入雑貨まで扱う貿易商人となった。横浜の外国人商人たちはそのころ兵庫開港の噂を盛んにしており、彼は先行投資のつもりで、関西にも足場を作っておくことにしたのだった。

助内の長い話が終わった。話し終えると、助内は三郎左衛門の怒声が落ちるのを待っているかのように下を向いていた。三郎左衛門も腕を組んで助内を見つめながらしばらく口を利かなかった。助内が語った予想外の出来事の連続に言うべき言葉を失っていたのである。

助内が失踪して、一時は彼が水戸浪士を手引きして井伊直弼の暗殺の手助けをしたのではないかとの嫌疑がかけられた時は、三郎左衛門も親戚の一人として何らかの処罰を受けるであろうと覚悟をしたほどであった。失踪した息子のために世間から白眼視され肩身の狭い思いをしている助内の母親のために、領内のはずれにある農家に頼み込んでその離れに住まわせ、なんとか暮らしていけるように世話してきたのであったが、そういう心配をさせてきた助内を怒鳴りつけるぐらいのことはするつもりであった。

ところが話はいきなり藩主が暗殺される場面を目撃しながら逃げ出してしまうところから始まった。武士としてあるまじき卑怯な行為に彼は難詰して、たとえ親戚であろうと、詰め腹を切らせて罪を償わせなければならないと思った。彼は立ち上がって刀を抜こうとする衝動をかろうじて抑えた。「話を聞こう」といったからには、最後まで彼に話させてからでも遅くはないと、己を抑えて、話を聞き続けたのだった。

しかし助内の話が終わるころには、三郎左衛門の心には微妙ながら思いがけない動揺が起こっていた。その動揺が何なのかわからず、彼は戸惑っていた。彼がその動揺が起こった理由をもう少し整理できたのはこれよりずっと後のことだったが、彼はその時助内の話の中に「個」あるいは「個人」という意識の萌芽を感じていたのである。

三郎左衛門は武士であり藩士である。藩主である井伊家という「家」と切り離した一人の人間としての自分を意識したことはなかった。彼は井伊家の手足となって多少なりとは役に立っているという意識はあった。しかし切り離された手や足が単独で存在することができないように、「家」から切り離された一人の人間としての自分の存在を想像することができなかった。

ところが、助内は刀を捨て髷を切って武士であることをやめてはじめて、一個の人間として、すなわち「個人」として生きることができたのだ。彼は手や足のような部分ではなく、彼自身が自由で独立した一個の「存在」である。世の中にはそういう生き方があるのだ、という発見が彼を動揺させた。彼の前にみじめに頭を垂れている商人姿の男が自分にはとてもまねできないことをやってのけた人間のようにも思えてきて、三郎左衛門は自分の心の変化に驚いていた。

ようやく彼は口を開いた。

「助内、いや幸兵衛。松居助内は死んだ。お前がまだ武士だったら、私はお前をたっ切らなければならない。主君が討たれるのを見て逃げ出した武士を見逃すわけにはいかない。しかし松居助内という武士はこの世にはもう存在しない。わたしの目の前にいるのは淡海屋幸兵衛という商人だ」

三郎左衛門はほとんど自分が支離滅裂なことを言っていると思いながら、自分を兄のように慕っていた人間を討たないで済ませるための口実をでまかせに口にしながら、刀を手に取り立ち上がった。

「幸兵衛、達者に暮らせ。松居助内のおふくろ様は古内村に住んでいる。一度訪ねていくがよい」

そういって三郎左衛門は淡海屋を後にした。


それから半月ほどたったある日、三郎左衛門が大坂城から藩邸に戻ろうと城門を出たところで、後ろから準造が声をかけてきた。

「父上、藩邸にお戻りですか。私もご一緒させていただきます」

準造は昨晩当直で、これから明日にかけて非番になるところだった。二人はしばらく無言で歩いた。やがて準造が口を開いた。

「父上、これから先、いったい世の中どうなっていくのでしょうか。真っ暗闇の中にいてどちらに向かえばよいのか見当もつかない。ここのところそんな思いばかりしています」

「お前ばかりではない、私も同じ思いでいる」

「父上もよくご承知のように、殿も自分の将来はどうなるのか、井伊家はどうなるのかと心配し悩んでおられますが、何かお役に立てないかと気をもみながら、何もできないのが悔しくてなりませぬ。未来を見通す目がないとしても、せめて鷹や鳶の目をもって上から今の世の中の様子を一望できたら、と七郎次とよく話しているのですよ」

七郎次とは三郎左衛門の親友武笠七郎右衛門の長男武笠七郎次のことである。準造と七郎次は幼友達で今は小姓仲間でもあった。

三郎左衛門は親として何か適切な助言でもしてやれないかと思ったが、彼自身が五里霧中の状態であることを認めないではおれなかった。その時「田中様」という声がした。みると大八車を引いている丁稚を連れた商人が前方で深々と頭を下げていた。

「おう、五助ではないか。幸兵衛は達者か？」

「はい、今は横浜に戻っておりますが、元気に飛び回っております。秋にはこちらに戻ってくるようなことを申しておりました」

「そうか、元気にやっているようで何よりだ」

「これから土佐の殿様のもとへ葡萄酒をお届けに参るところでございます」

「なに、土佐の山内容堂様は葡萄酒をたしなまれるのか」

三郎左衛門は大八車に積まれた二箱の木箱に目をやりながら言った。

「はい、そのようにうかがっております。時折ご注文を頂いておりまして、今日は二ダースお届けするところでございます」

「なんだ、その二ダースというのは」

「はい、異国の言葉で一ダースというのは十二個という意味だそうです」

「ほう、お前は異国の言葉も使えるのか」

「いいえ、商売のために必要なほんの二言か三言だけでございます」

「ほかにはどんな言葉を知っている？」

「はあ、タンキュウ、とか、プリーズ、とか、ワン、ツー、スリーぐらいでございます。タンキュウというのは『ありがとうございます』、プリーズは『どうぞお願いいたします』、ワン、ツー、スリーは『一、二、三』という意味だそうでございます」

「ほほう、商人は物知りだのう。土佐藩邸以外にも出入りしているところはあるのか」

「はい、商売人でございますから、お声がかかればどこへでも参ります。薩摩でも長州藩でも」

「なるほどな」

「あの、田中様」

あたりをちょっと警戒するように見渡してから、五助が二人の側に近づき、

「奈良に妙な動きがあるようです。十津川村に土佐や久留米の浪人たちがさかんに出入りしており、武器を買いこんでいるようです。その資金は長州から出ているようで、彼らは何か企んでいるのかもしれません」

と小声で伝えた。

五助が去ってから、三郎左衛門は、準造に五助と幸兵衛について彼らが何者か教えた。

「準造、このことは他言してはならない。よいな。しかし、商人と知り合いになっておくのもよいかもしれぬ。彼らはいたるところに出入りしているから、そこからさまざまな情報を得ているものと思われる」

それから数日が過ぎた。このところ大坂城も二条城もまた朝廷もあまり目立った動きがなく事態は少し落ち着いてきているように思えた。将軍家茂も江戸に戻ることになったので、彦根藩も摂海湾警衛に木俣隊を残し、朝廷の守衛に河手隊を残して、残りは彦根に引き上げることにした。

彦根に戻ってほぼ一ヵ月がたった八月十三日、天皇の「大和行幸」の詔が出された。天皇が神武天皇陵と春日神社に詣でて攘夷を宣言するということだった。その予定が発表されてから一週間もたたぬうちに、京都守護職松平容保の使者が近江を訪れて、朝廷警護の増援を要請してきた。

「どういうことだ。何の説明もなしに兵を出せ、というのか？　朝廷を牛耳っている攘夷派に利用されるというだけではないのか？　理由も目的もわからず兵を出して、万一死者でも出たらどうする。遺族に対しても申し訳ないだけでなく、藩としても物笑いになるだけではないか」

直憲が三郎左衛門に聞いた。

「殿のおっしゃるとおりでございます。よほど秘密にしておかなければならない事態が起こっているものと想像されますが、彦根藩が何でもかんでもいいなりに行動する藩だと思われてはたまったものではありません。しかし、万一朝廷に何か重大な事態が発生しているとしたら、手遅れになってはいけませんので、明朝にひとまず小野田様の隊を派遣してくださいまし。私はこれから殿の使者として松平様の本陣に赴き、理由を問いただしてまいりましょう。納得できぬことであれば、兵を引き上げることにいたします」

こう言って三郎左衛門はその日のうちに京都に向けて急いだ。

会津藩が本陣をおいている黒谷の金戒光明寺では、用人の大原六太夫が応対に出てくると、三郎左衛門を奥の一室に案内し、人払いをすると声を潜めて

「帝が神武天皇陵と春日神社に詣でられて攘夷の宣言をするということになっていることはご存じでしょうな。ところが計画にはそのあとがありまして、攘夷宣言の後、帝はそのまま大和に一時的に遷宮し、そこから帝ご自身が攘夷軍の先頭に立って進軍するということになっているのです。もちろん帝はそんなことをお望みではありません。長州と長州派の公家たちに押し切られてしぶしぶ承諾されたのです。しかし時がたつにつれて、帝はご自分がそのような企てに賛成したことを後悔なさるようになり、関白にその悩みを打ち明けられました。関白は我が殿と薩摩の西郷殿を呼び、どうしたらよいか相談されたのです。そこで、殿と西郷殿とが相談されて会津藩と薩摩藩とで協力して長州を御所から追い出すことにしたというわけです。当日まで長州藩には絶対に知られてはなりませんので、極秘中の極秘ということで、使いのものにも内容は伏せておりました。どうかその点ご了承くださり、ご協力くださいますようお

願いいたします」

「そういうことならば、ご協力することにやぶさかではありませんが、薩摩は長州と同じように攘夷派でしょう。信用してよろしいのですか」

「さよう。その点はいささか気にならないではありません。ただ、薩摩というのはなかなか複雑でございますよ。このまま長州に朝廷を乗っ取られることになるのではないか満なのでございましてな。彼らは長州が突出して朝廷に食い込んでいる現状に不と警戒しておりましてな。主導権をとるために今回は長州追い出しに賛成しているというわけです。我が殿もそのことはわかっておられるのですが、帝のお悩みを解決し、長州に好き勝手をやらさぬために、今度ばかりは薩摩と手を組もうとお考えになったわけです」

「して、ほかにはどの藩がこの計画に加わるのですか」

「協力をお願いしているのは貴藩のほかには淀藩だけです」

「わかりました。よくぞ教えてくださいました。そういうことならわが藩も喜んでご協力させていただきます」

三郎左衛門はこれが極秘の計画であることに納得して藩邸に戻った。

彦根の増援部隊が到着して朝廷の御門の警備に就くと、その翌日八月十八日この計画に協力を承諾した中川宮が深夜参内し天皇に拝謁してその計画を打ち明け、これに続いて京都守護職の松平容保と京都所司代の稲葉正邦（淀藩主）が参内し、これに伴って会津藩と淀藩の藩兵がひそかに九門内に入って警備についた。夜明けとともに、長州追放の詔が発せられて、長州藩の堺町御門の警備の任が解かれ、長州は朝廷から締め出された。長州藩兵はやむなく国元に戻ることになり、三条実愛以下七人の長州派の過激派公家も長州藩士と共に山口へと逃亡した。いわゆる「七卿落ち」である。「大和行幸」はその日のうちに中止が発表された。

一方、天皇の大和行幸計画に呼応して、天皇の攘夷戦の先鋒になろうとした土佐藩と久留米藩の浪士たちが、長州派の前侍従中山忠光を大将に迎え入れて大和に入り、幕府天領を攻撃し、奈良の吉野郡十津川村の郷士を仲間に引き入れて千人規模の集団となっていた。この「天誅組」と呼ばれた集団の中心は土佐藩浪士十八人と久留米藩浪士八人を含む三十八人であった。ところが十八日に長州が朝廷から追い出され、「大和行幸」が中止となるにつれて、逆族となっていたのである。幕府は彦根藩をはじめ紀州藩など四藩に彼らの掃討を命じ、彦根藩では長野業賢隊（一番手）、貫名筑後隊（二番手）、三浦実好隊（三番手）を投入し、鎮圧に向かった。各地で激戦が行われ彦根藩士四名も戦死したが、九月二十五日には完全に鎮圧した。

三郎左衛門は淡海屋の番頭五助が知らせてくれた情報が的確であったことを知ったのである。商人が世間の事情に非常に明るいことを改めて気付かされた思いだった。

八　いくさ

この頃になると彦根藩にとっては、江戸藩邸からの情報よりも京都藩邸からのそれが重要になっていた。京都藩邸から三日と間を開けずに矢継ぎ早に知らせが届いた。

長州が朝廷から追い出されると、薩摩の島津久光が文久三年（一八六三年）十月、総勢一万五千人の軍勢をひきつれて京に乗り込んできた。さらに松平春嶽、宇和島の伊達宗徳、土佐の山内容堂も入京。続けて、十一月二十六日一橋慶喜も勅命によって上京。朝廷は彼らに京都守護職の松平容保を加えた六人からなる「参与会議」による合議制で世を動かすことを期待した。十二月には将軍家茂も海路を取って大坂城に入った。

朝廷の要請によって始まった「参与会議」は、始まるとともに終わった。最初の議題が攘夷決行に伴う「横浜鎖港」と「長州処分」問題であった。幕府は公武合体を推進してきた建前から、朝廷が強く要求する「攘夷決行」を無視することができなくて、しぶしぶ「攘夷決行」を宣言したものの、諸外国と通商条約を締結した手前、横浜を鎖港するなどは今になってできるものではない。薩摩は薩英戦争以来開国論に転じていたし、山内容堂も伊達宗徳も横浜開港という現状を維持する立場であり、松平春嶽も松平容保も幕府の人間であるから、この会議では横浜鎖港など無理であるという結論に容易に落ち着くはずであったが、江戸にいる老中たちから、先に開国をして条約を結んだにもかかわらず、朝廷の意向を重んじて攘夷へと方向転換したばかりであり、ここでさらに開国へと逆転するのでは幕府の方針が二転三転して物笑いになるという意見が慶喜のもとに届けられていた。五月十日を攘夷決行の日と決定した時の責任者である一橋慶喜は、攘夷の姿勢を崩すわけにはいかなくて、この会議で横浜鎖港論を支持した。このためこの議題は一向に結論が出ずにわずか二カ月で参与会議は分解してしまった。松平春嶽、山内容堂、伊達宗徳は帰国し、島津久光も大軍を率いて京都を引き揚げてしまった。

「とうとうこれを使う日が来てしまったぞ」

武笠七郎右衛門が右手にもった剣を振り上げながら部屋に入ってきた。三郎左衛門の自宅を訪ねてきたのだった。

「まあ立っていないで、座れ。そっちの手に持っているのは何だ」

「ああこれか、鮒ずしだ。今年のはなかなかの出来栄えでな、これで今日は飲ましてもらおうと思ってきた」

「ははは、そう思って用意してある」

そこへ俊が一合徳利二本と酒の肴を運んできた。

「いらっしゃいませ。武笠様。今日はいつもより威勢がおよろしいこと」

「奥方、威勢がいいなんてものではありませんよ。虚勢です。酒でも飲んで景気をつけないと、震えがとまらない」

「まあ、ご冗談ばっかり」

「今日は飲ませていただきますぞ。荒れても、今日ばかりは大目に見てくだされ」

「はいはい、たんとお召し上がりくださりませ」

俊が去ると三郎左衛門は武笠の盃に酒を注ぎながら言った。

「とうとう戦か。こんな日が来るとは一年前には想像もしていなかったな」

島津久光が大軍を率いて京を離れたこの機会に、長州が再度の京都進出を狙い、嘆願と称しながら総勢二千の兵を率いて上洛を決行するという知らせが届いていた。これはほとんど強訴《ごうそ》と言ってよいもので、朝廷周辺は緊張に包まれ、これを受けて彦根藩にも出動要請があったのだ。


「どうだ、やれるかお前、人を切れるか」

「これればかりはやってみなければわからないが、いざとなればやらずばなるまい」

「ところで長州は本気なのだろうな」

「本気なようだ」

「殿もお出ましになるということだが」

「本隊を率いて大津まで船で行きそこから京の藩邸にお入りになる。と言っても一カ月後にご出発だがな」

「そんな悠長なことでよいのか。俺は明後日出発の予定だぞ」

「うむ、お前たち印具様の部隊には長州の伏見藩邸を見張ってもらわなければならない。幕府が送り込んだ間諜の話では長州は三隊に分かれてやってくるという。そのうちの一隊が伏見藩邸に集結する可能性があるというのだ」

「ほかの二隊どうなっている？」

「一隊は嵯峨、もう一隊は山崎に集結予定という情報だ。そちらは会津と薩摩が監視をすることになっている。戦術的に考えても、京に向かうにはこの三か所からしか考えられない。まずここを見張っておれば、彼らの動きはつかめるだろう」

「わが藩の本隊は？」

「御所の諸門を固めることになる」

「田中、おまえはどうするのだ？」

「俺は明日京都に発つ。河原町の藩邸で殿の本隊を迎える準備をしながら、京の様子を偵察するつもりだ。会津や薩摩との打ち合わせもある。そこでだ、武笠。長州兵が伏見藩邸に集結する兆候が見えたら急いで知らせてくれ。長州の一隊が伏見から御所を目指すとしたら、御所への侵入口にあたる竹田街道を固めなければならない。そのため堺に詰めている小野田隊を呼び寄せなければならないからな」

六月二十日、長州藩家老福原越後が約六百の兵を率いて伏見を目指しているとの知らせが届いた。三郎左衛門はすぐさま堺に赴き、そこから小野田隊と共に伏見に移動した。

七月初旬、井伊直憲は家老の長野、宇津木、貫名、西尾らと共に藩兵を率いて船で大津に向かい、そこから隊列を組んで京都河原町の藩邸に入った。木俣はこの時病気のためすぐに出発できず、七月十三日に京に入った。彦根には留守居の脇五右衛門以下わずかの兵を残しただけである。

一方長州勢は伏見に福原越後隊、嵯峨に国司信濃隊、山崎に増田右衛門介隊と、洛外の三か所に集結を終えたと諸藩の偵察隊からの連絡が入り、これを迎え討つために彦根、会津、薩摩、桑名、越前、淀などの諸藩が御所とその周辺に布陣を終えた。

ついに七月十九日、長州勢は御所に向かって進軍を開始した。山崎天王山からは増田隊が久坂玄瑞《げんずい》・真木和泉らと共に柳馬場通を通って堺町御門へ、嵯峨からは国司隊が三隊に分かれ中立売門・蛤門・下立売門に向かった。福原隊は伏見から大佛街道を通って御所を目指したが、藤森で大垣藩兵と遭遇し、大垣藩の射った一発が隊長福原に当たり彼が負傷したために、道を転じて竹田街道を進んだ。

伏見の長州藩邸から御所に向かう道筋には彦根藩の家老中野が率いる約三百の中野隊と、家老小野田が率いる約四百五十の小野田隊が守りについていた。三郎左衛門は小野田隊の中隊長として士分十名とそれぞれの部下および彼直属の鉄砲足軽三十名を引き連れ、竹田街道沿いの町に陣を敷いて待機していた。ここに長州勢が進んできたのである。

小野田隊には三郎左衛門率いる鉄砲隊三十人と、もう一人の物頭が率いる二十人の鉄砲隊との合計五十挺の鉄砲があった。彦根藩の銃はすべて旧式の先込め銃（前装式）で、銃口から火薬をいれて、これを棒で突き固めてから弾丸を入れて、発射するというものであった。伏せの態勢で一度銃撃を行うと、次に発射するまでには、まず立ち上がって、腰の火薬袋を取り出して銃口から火薬を流し込み、それを棒で突いて固め、弾を込め、それからまた伏せの状態に戻って的に狙いをつけて、発射するという作業順序を取らなければならなかった。そのために次射までにかなりの時間がかかる。三郎左衛門は日ごろから三十人を十人ずつの三段階に分け、一列目が発射し終えると素早く後ろに下がり、弾込めを行うように訓練していた。

小野田隊は街道沿いの町の家陰に隠れて待ち構えていた。伏見方面に向けてその家並みを抜けると、街道沿いに稲田が一面に広がっている。三郎左衛門率いる鉄砲隊はその稲田に三列の隊列を組み街道に狙いをつけて待っていた。残りの抜刀隊は町の家々の陰に隠れて待機している。稲は腰の高さまで伸びてすでに一部は青い穂をつけ始めていた。そこに長州兵が小走りに駆けながら近づいてきた。

「撃て!」

三郎左衛門の号令で一列目が一斉に射撃した。少し距離が遠すぎたようだった。何発かが先頭集団の足元に当たり土煙を上げただけだった。一瞬ひるんだ長州兵は気を取り直して、今度は全速力で駆けだしてきた。そこへ三郎左衛門の鉄砲隊の二列目の銃が火を噴いた。三、四人の兵が倒れる様子が見えた。しかし、長州兵はそれでもか

まわず駈け続けた。三郎左衛門は十五程数を数えてから
「撃て！」と叫んだ。

さらに数人がバタバタと倒れた。これを見て槍を構えて駈けて来た長州の足軽たちの足並みが乱れ、反対側の田んぼの中に逃げ込むものが現れた。

「撃て！」さらに三郎左衛門が叫んだ。最初に発砲した一列目が弾込め作業を終えて発砲した。

これで長州兵の多くが田んぼの中に逃げ込み、長州兵は列を乱して混乱した。三郎左衛門はそれを見て、小野田小一郎の方に手を挙げて合図した。

「かかれ！」

これを見て総指揮官の小野田が号令をかけると、抜刀した四十人と槍を抱えた足軽兵三百が一斉に長州兵に向かって駈けた。

いったん崩れた長州兵は隊列を組み直す余裕もなくてんでに伏見に向かって敗走していった。

桃山に布陣していた彦根藩の家老印具の部隊はこの知らせを受けて、伏見の長州藩邸を襲撃したが、すでに長州勢は逃げ出した後で一兵も残っていなかったので邸内に

残されていた火薬類を川に投げ込んで、屋敷に火をつけて戻ってきた。

一方、藩主直憲率いる彦根藩本隊は御所の朔平門と石薬師《いしやくし》門を守っていたが、中立売門、蛤門が手薄とのことで、木俣隊八百が寺町通りから御所を回って丸太町通り方面へ向かおうとしたところ、堺町門の東にある鷹司邸に長州兵が立て籠もっていると の連絡を受け、鷹司邸に向かった。堺町門は会津の精鋭が守っていたが、山崎から御所を目指した長州兵、特に久坂玄瑞と真木和泉に率いられた一体が猛烈な勢いで突進してきて、さしもの会津兵もじりじりと押されて後退した。そこへ薩摩藩兵が応援に駆けつけて長州兵へ背後から射撃したので、長州兵はたまらず鷹司邸に逃げ込んだのだった。彦根の木俣隊が駆けつけた時はちょうど会津兵と薩摩兵が鷹司邸に盛んに砲弾を打ち込んでいるところだった。木俣隊は鷹司邸の裏門に向かいそこから攻撃を開始したところ、裏門から長州兵の一部が白刃を振りかざして、飛び出してきた。先頭にいたまだ十六歳の西郷正之進が切られて倒れた。また目付の下役大塚玖蔵が右手を切られた。これを見た目付の青木津右衛門はその長州兵を切り殺した。目付は戦闘の見届け役で戦闘に加わらないことになっていたが、若い西郷が倒れるのを見てたまらず刀を抜いたのだった。

木俣隊は大砲を据え、焼玉（破裂弾）を打ち込んだが、これによって鷹司邸は炎上した。その中で久坂玄瑞は切腹して果てた。真木和泉は一旦山崎まで逃げたがここで自害した。木俣隊は焼け落ちた鷹司邸を捜索して長州兵の残党を狩り出した後は、大津から応援に駆けつけた沢村隊に堺町門の警備を託して、蛤門方面に向かった。

嵯峨から御所を目指した長州の国司隊は三手に分かれ、国司率いる一隊は中立売門、来島隊は蛤門、児玉隊が下立売門に向かった。下立売門は桑名藩、中立売門は福井越前藩、蛤門は会津藩が守っていた。中立売門を守っていた越前藩は決死の長州勢の前に敗れた。越前藩の守備を撃破した国司隊は蛤門を攻撃していた来島《くるしま》又兵衛の隊を応援に駆けつけ、ここを守る会津兵との間に激戦が行われた。ここでも乾門を守っていた薩摩の兵が応援に駆けつけ、かろうじて守り抜いた。来島又兵衛はここで自害している。長州兵は攻めきれずに撤退した。

翌二十日、二十一日の両日、京の町中に渡って、長州の残兵の捜索が行われ、さらに嵯峨・山崎方面も捜索され、長州兵は完全に京より撤退したことが確認されて、ようやく禁門の変または蛤御門の変と呼ばれる戦いは終わった。この時の戦いで彦根藩の戦死者は六名、負傷者十二名になった。二十三日、小野田隊は大坂安治川口の守備につくようにとの命令を受けて移動し、彦根藩の他の部隊は河原町の藩邸または大津の陣所に戻った。直憲は翌月十日に彦根に戻った。

七月二十四日、長州追討の勅旨が出された。長州は「朝敵」となり、長州藩屋敷などが没収された。そして八月二日、長州討伐のために将軍家茂が親征することが発表された。さらに八月五日、イギリス・アメリカ・フランス・オランダの四国連合艦隊十七隻が下関を襲った。前年の異国船攻撃に対する報復のためである。連合艦隊は艦砲射撃を繰り返した後、陸戦隊が上陸し台場を破壊した。八日には長州は敗北を認め、和平を願い出た。この戦いで長州は「攘夷」が不可能なことを身をもって体験し、列強四国との間に停戦条約が結ばれたが、この条約で長州は下関海峡の外国船自由航行、石炭や水、その他の必需品を求めに応じて販売することを認め、さらに外国船が天候不順のために難渋する場合に船員の上陸を認めることになった。実質的に下関港を開港することにしたのである。薩摩もイギリスとの間に条約を結び、すでに実質的に開港していたので、攘夷・横浜鎖港を口にして朝廷を動かし幕府に攘夷決行を決定させた薩長が共に、幕府・朝廷の承認を得ないままに勝手に自藩の港を開港してしまったことになる。さらに列強四ヵ国は長州の異国船攻撃に対する賠償金を幕府に要求してきた。日本を代表する政庁は幕府であるという建前から、幕府はこれを認めざるを得なかった。幕府の本音は開国であり、薩長も本音が開国になった。しかし実情を知らぬ朝廷だけはまだ頑固に攘夷を主張している。公武合体の建前から朝廷の意向を無視できない幕府は建前だけは攘夷の立場をとるというなんともわけのわからない状況になっていたのである。

十一月二十八日、彦根藩は幕府の天狗党鎮圧の命を受けて、貫名筑後隊が美濃方面に出兵、続いて二十九日に新野左馬介隊が福井越前方面に向かった。

天狗党は水戸の過激派グループで、幕府が横浜鎖港・攘夷決行を発表しながら一向に実施しないことに怒り、実力行使に出て幕府を動かそうと、日光東照宮を占拠しようとした。幕府はもともと攘夷の実行は不可能と考えながら、朝廷の意向を無視できなくて建前だけは攘夷決行を唱えていたが、天狗党は本音・建前共に尊王攘夷の原理主義の塊であったので、幕府にとっては厄介な存在であった。彼らが日光東照宮を占拠しようとしたので、幕府はやむなく彼らの鎮圧に動いたが、その残党が朝廷と水戸家出身の一橋慶喜に訴えようと、中山道を通って京都に向かいつつあったのである。福井越前藩・加賀藩らと共に鎮圧に向かった彦根藩の部隊は彼らを追い詰め、十二月十七日遂に天狗党は加賀藩に投降して鎮圧に成功した。

禁門の変が終結すると朝廷・幕府は長州追討の命を出し、諸藩に攻撃部署を定めた。禁門の変で活躍した会津藩・彦根藩・越前藩などには出兵要請はなかった。彦根藩は京都に長野業賢、堺に小野田小一郎率いる隊を残し、藩主以下彦根に戻った。やがて九月になると、彦根留守居を務めた脇五右衛門の隊が小野田隊に代わって堺警衛の任に付き、小野田隊も彦根に戻った。京都守備の任についていた長野業賢の隊も彦根に戻った。

小野田隊の付吏として小野田隊と共に行動していた田中三郎左衛門も彦根に戻り、久しぶりに自宅でくつろぐ時間を得た。しかしすぐに三郎左衛門は藩主に呼び出され、側役を命じられた。

「今日のは何だ？　鮒ずしは前のがまだ少し残っているぞ」

「ははは、これか。お前の好きなアユの山椒煮だ」

　武笠七郎右衛門がまた三郎左衛門宅を訪ねてきた。

「お前の側役就任祝いだ。酒も持ってきたぞ。実質的にはすでに側役だったが、これで名実ともに側役に就任あそばされたというわけだ」

「いや、正直言って困惑している。この時期、どんなお役に立てるのかまったくわからん。不安ばかりだよ」

「その気持ちはわからんでもないな。半分は気の毒に思っている。だがこの時期お前でないとこの役は務まらない。直情的で声が大きいだけではだめだ。今のように佐幕派と勤皇派が藩内で争っているようでは困る。お前のように両方から評価されている人間でないとな」

「評価？　とんでもない。俺は優柔不断なだけだ。どっちの道を選択してよいかわからず、悩んでいる。どっちの言い分にも一理あると思ってしまうものだから、両陣営から俺を引き込もうとして話に来る、というのが実情だ。俺が考えているのはどうすれば殿をお守りできるか、それだけだよ」

「それは俺だってそうだ。幕府がしっかりしていたら、こんな悩みが出てくる余地はなかったのだがな。今の幕府の体たらくはどうだ。屋台骨がこんなにぐらぐらしていれば、いろんな意見が出てくるのも仕方ない」

「まったくだ。しかしなんだ。こう、得体のしれぬ強い流れがあって、時代の流れとでもいうのかな、それに対してはどんなに抗《あらが》っても個人の力ではどうしようもない。そんな気分があるな。前殿の直弼様は敢然とそれに抗ってこの流れを元に戻そうとなされたが、結局押し流されてしまった。我々はそんな濁流の中でもがきまわっている、そういう思いがぬぐいきれない」

「同感だ。やりきれんな」


二人はしばらくそれぞれの思いに浸って、話が途切れた。とつぜん武笠が話題を変えて言った。

「ところで田中、先の長州との戦で、お前刀を抜いたか？」

「ああ、もちろん抜いたさ。ただし人は切っていない。鉄砲射撃の指揮で振り回していたがな。そのあとで追撃戦に移った抜刀隊の後を追って駈けていたが、わめき声をあげていただけで、直接、敵と渡り合うことはなかった。お前はどうなんだ」

「俺は印具様の部隊だったからな。長州藩邸に殴り込みをかけたらもぬけの殻で、刀を抜く機会もなかったよ」

「そうか。それはよかった」

「よかった？」

「うん。よかった。そんな気がする。実はな、俺の鉄砲隊は結構うまく働いて敵を混乱させた。数人を倒した。一人か二人は死んだと思う。だがな、刀で人を切ったとなれば、その感触はしっかりと残っただろうが、そういう感触がない分、なんだかすごく無責任な気がしないでもなかった。どことなく人ごとのようで、人を倒したとか殺したとかいう実感が薄い。おそらく刀で人を切れば、自分は人を殺したのだという実感が残っただろうと思うが、鉄砲だと遠くで人が倒れるのが見えるだけで、どの鉄砲の玉がそいつを倒したのかさえもはっきりしない。妙なもんだったよ」

「ふーむ、そんなものか」

「刀を使うことを想像すると、切った時の感触と相手の苦痛にゆがんだ表情とか血しぶきとかがいつまでも記意に残るような気がする。それが良いか悪いかはともかくとして、自分が相手に対して行ったことに責任、というのかな、うむやはり責任だな。そういうものが自分個人に生ずる気がする。そういう意味では闘うという点で男らしいというか武士らしい行動という気がする。しかし、矛盾するようだが、できることなら刀を人殺しの道具に使いたくはない」

「そりゃあ矛盾だよ。刀は人を切るためにある」

「たぶんそうだろう。確かに昔は、刀は人殺しの道具として使われてきた。しかしこの二百年、武士が刀を振り回して戦をすることはなかった。中には我意や我欲のために個人的にそれを使ったものもいたが、切腹とか処刑で殺されたものの数と比べるとそういう使われ方ははるかに少なかったのではないだろうか。切腹は何らかの意味で責任を取るということであるし、処刑というのは時には無慈悲で無意味な場合もあったろうが、ある行為に対する責任を取らせるという形で行われたと考えてよいだろう」

「つまり、幕藩体制がうまく機能して平和な時代が続いたこの二百年で、刀に対する考え方が変わった、と言いたいのか」

「そうだ。戦国時代が終わってしばらくたつと、刀は武士の精神を象徴するようになった。武士が刀を身に着けているのは、自分の行為の責任を常に自覚し、いざという時は自ら腹を切るか、潔く刀の前に首を突き出すか、そういう自覚をもって常に己を律していく、そういう象徴になっていた。ところが……」

「ところが？」

「うむ、ところが、前殿直弼様が暗殺された前後から、刀への考え方が昔に戻っていった。その頃から刀はまた人を殺すための道具として使われるようになった。暗殺が横行するようになり、人心が殺伐となり、ついに戦にまで発展した。戦国時代に逆戻りした。そんな気がしてきたのだ」

「わからんではないが、どうなんだろう。確かに俺もできることなら刀を抜きたくない、と考えていた。それでお前はどうしたのか、今度の戦で実際に刀を抜いたのかと、興味があって尋ねてみたのだがな。しかし、なぜ人を切りたくないと思うのか、あまり深く考えたこともない」

側役の就任祝いという名目で飲み始めた二人だったが、その会話には祝いにつきものの軽やかな陽気さはみじんもなく、沈鬱な重苦しさだけが支配していた。

「武器としての刀はそろそろ不要な時代になってきた。そんな気はしないか。人殺しの道具としての刀という意味だがな。人を殺すためなら鉄砲の方がよっぽど簡便だ。剣術の修行ほどの時間も鍛錬も不要だ。使い方さえ習得すれば後は狙いをつけて引き金を引きさえすればよい。女子供でもその気になれば使える。今は鉄砲は足軽が使うものとなっているが、鉄砲が戦の主流となれば、逆に刀は不要となり、それと同時に武士も不要になってくる。この度の戦ではそんなことを考えさせられたよ」

「それでは、お前は刀を捨てることができるか？」

「いや、それだがな、また矛盾するようなことを言うが、だからこそ俺は刀を大事にしたい。刀は他人を殺すためにあるのではなく、己を殺すためにある。つまり、おのが行動の責任をとっていざという時には切腹するためにある。そのためにこそ武士は常に刀を身に帯びていなければならない。刀は武士としての己の行動・思考を律するためにある。そんな風に考えたいのだ」

帰宅する武笠と共に徳三郎は門の外まで見送りに出た。冬の夜空は冴え冴えと晴れ渡っていて満月に近い月が西の空から冷たい青白い光を投げていた。その光を正面に受けて帰っていく武笠の後ろ姿が長い影を引きずりながら揺れていた。その影が数軒先の彼の家の門内に消えるまで徳三郎は見送っていた。

天狗党の討伐と禁門の変における活躍によって、藩主直憲は一時取り上げられていた左近衛中将の地位に還任され、京都守衛総督の一橋慶喜からも感謝状を与えられた。しかし、彦根藩を取り巻く状況はまだまだ厳しく、今後どのような状況になっていくか予測が難しいことに変わりはなかった。代々家老職につく家は十家ほどあったが、彼らの多くが世事に疎く状況を洞察し判断を下す能力を欠いていた。ある時、中下級に属する藩士たち数人が家老の一人河手主水の家を訪れ、「今の形勢をどのように見ておられるか、またそれに対してわが藩はどのような道を取るべきでしょうか、どうか腹蔵なく心底をお教えください」と頼み込んだことがあった。この時河手は

「今の形勢と言われてもなあ」

と赤面して口ごもるだけで、さっぱり要領を得ない。藩士たちはさらに家老貫名筑後宅を訪れ同様の質問をしたところ、貫名も「拙者不学文盲にて」と赤面するばかりだったという。両者とも禁門の変において数百人の兵を率いて戦った侍大将であった

が、戦はできても、政治のことになると何一つ意見というものを持っていないという状態だったのである。この話はある藩士が当時の情勢について月ごとに『七月新聞』とか『十月新聞』といった表題で書き記していたもので、ひそかに藩士たちの間で回し読みされていたものだったが、これを読んだ準造があるとき三郎左衛門にその記事の内容を伝え、家老たちに対する不満を口にした。

「準造、ご家老を責めるのは酷というものであろう。私とてわが藩の将来についてはっきりとしたことは何も言えない。そもそも武士が家禄や扶持を頂いているのは、ことあるときに戦に出て、身命を賭してお家をお守りするためだ。この二百数十年戦《いくさ》らしい戦もなく過ぎてきたから、勘定役とか奉行とかの事務的なお役目が重要視されるようになったが、それらの仕事はかつて戦が日常茶飯事であった時代においては、卑賤な仕事とされていたものだ。武士は戦をするために扶持を頂いている。だから平常時には何のお役目にもついていない無役の方が多くおられても、それらの方々が役立たずということではない。それが武士の本質なのだ。そういう意味ではご家老たちは、侍大将として立派に勤めておられる。そのことを忘れるではない」

そう言って三郎左衛門は準造を諭したものの、内心ではご家老たちがもう少し積極的に藩政に携わってくれれば、自分が側役のようなお勤めをしなくてもよかったのかもしれないと、思わないではおれなかった。

藩主の直憲はまだ十七歳であった。

側役となり、以前にもまして若い藩主の相談を受ける身となったが、三郎左衛門は迷い、悩んでいた。このところ命令に従って彦根藩は右に左にと振り回されていた。堺湊の警衛を命じられたかと思うと、御所の諸門の守備を命じられ、長州藩の強訴の際には長州藩との戦いに参加した。さらにその後は天狗党の討伐に駆り出されるなど、藩兵に多大な犠牲を強いられてきた。井伊家は徳川家の譜代筆頭として代々事あるごとに徳川家の先鋒として活動してきたのだから、そのためであれば当然のこととしてその役目を担うことに異存はない。しかしこれらの命令がどこから出ているのか、何の目的で出陣しているのか、十分に納得する暇もなく振り回されている、という気持ちが強かった。命令に従うと言っても、それが幕府すなわち徳川家から出ているものなのかもはっきりしなかった。将軍の命令なのか、朝廷の依頼なのか、あるいは将軍と微妙なずれを引きずる将軍後見職の一橋慶喜からのものか、はたまた、長州後に朝廷に食い込んでいる薩摩藩の要求なのか、それすらもはっきりしないことがあった。

若き藩主井伊直憲は将軍家茂を兄のように敬慕しており、その将軍の命令ならば命を投げ出すことに何のためらいも持っていなかったが、側役として藩主の相談にあずかる三郎左衛門にはその将軍の意志がはっきりわからなかった。

一方直憲は朝廷を尊崇する点においても亡き父直弼と変わらなかったが、三郎左衛門には朝廷の意志が奈辺から出ているのかもはっきりしなかった。多分に薩摩藩の影響ではないかと思われたが、それも確信が持てなかった。藩主に的確な情報を伝えたい、迷える藩主に取るべき正しい道を教えるだけの材料がほしい。

九 闇

情報がほしい。もっと情報がほしい。三郎左衛門は強く思っていた。幕府の衰弱ぶりは誰の目にも明らかになっており、それをいち早く察した諸藩の、幕府に対する反応も日増しに鈍くなっていた。過激派浪人たちからは「倒幕」という言葉すらも聞こえ始めていた。藩の行く末をしっかりと見定めるためにも、過激派の浪人たち、何よりもその背後にいる薩摩・長州・土佐などの雄藩の藩論がどうなっているのかを探りだしておきたかった。彦根藩も当然ながら隠密を抱えていた。彼らの多くが江戸、京都、大坂、兵庫といった方面に投入されていたが、今はとくに、長州、薩摩、長崎などの情報が必要となっていた。その点が手薄だった。

そういう焦燥の日々を送っていた三郎左衛門にも、喜ばしい日があった。二男が生まれたのである。長男準造のあと女子ばかりが続いていたが、やっと男子の誕生をみたのである。万一準造に何かがあった場合の跡継ぎも確保できた。二男は他三郎と名付けられ、元気に育っていた。

他三郎が生まれて半年ほど経ったある日、準造が夕食後三郎左衛門に改まった様子で言った。

「父上、お話があります。お時間を頂戴したいのですが」

「うむ、かまわぬが」

「内密の話になりますので……」

そう言って準造は三郎左衛門を玄関脇の小部屋にいざなった。二人が座ると準造がいきなり言った。

「父上、私を勘当してください」

三郎左衛門はあっけにとられた表情でしばらく口を開かなかった。準造が何を言ったのかよく呑み込めなかったのである。

「勘当？　藪から棒に何事だ。何かよからぬことをしでかしたのか？」

三郎左衛門は準造のあまりにも意外な言葉に怒鳴りつけることも忘れて言った。

「いえ、そのようなことではありませぬ。実は、父上から幸兵衛殿と五助殿のことをうかがってから……」

と、準造は彼の思いを語りだした。

二年前、彦根藩を脱藩し商人となった淡海屋幸兵衛こと松居助内の話を聞いて以来、準造は彼のことが気になって仕方がなかった。お仕えする殿様が暗殺者の手にかかっているのを見ながら逃げ出したということは、許すことのできぬことであった。なぜ父がそれを厳しくとがめないのか、不思議に思ったほどである。主君があってこその武士である。武士は主君を守るために、いざという時は主君の馬前で戦うために禄を頂いている身である。父は彼のことを他言することを禁じ、自分はそれに同意したのだから、他の藩士にそれを告げる気はなかったが、万一幸兵衛に出会うことがあったら、その時は厳しく難詰して、詰め腹を切らせねばならないとまで思っていた。そういう思いもあって、淡海屋の周辺をうろついてみたこともあった。その一方で、彼は淡海屋の番頭五助が奈良十津川村での天誅組一件についての情報を父にいち早く知らせてくれたことを思い出し、それも気になっていた。商人は情報通である。五助があの時言っていたように必要ならどこへでも行き、どこへでも顔を突っ込むことができる。尊攘派の屋敷であろうと公武合体派の屋敷であろうと、自由に出入りしている。その自由さが気になった。何よりも彼らが情報通であることが気になった。

というのも、彼が小姓としてお仕えしている殿が悩んでいることを知っていたからだった。一歳年下の若い藩主はこの混とんとした政治情勢の中で、自分はどうなっていくのか、彦根藩が、井伊家がどうなっていくのかという不安を彼にたびたび漏らしていた。殿は昼間は藩主としての責任から、藩士たちの前でそのような不安な様子を見せることはなかったが、夜になると宿直の準造や武笠七郎次を近くに呼び、最近覚えた酒の相手をさせながら、話し込むことが多くなっていた。二人が直憲と年の差が近いこともあって、直憲は彼らに特別な親しさを見せていた。直憲の父直弼は井伊家が徳川家の筆頭家臣であるという立場から徳川家への忠誠、そのために徳川幕府の権威を第一に考えるという姿勢を愚直に貫き、そのために命を落とした。父直弼の姿勢が揺らぐことはなかった。しかし、直憲はそのような思想を形成するだけの準備もなく突然家督を継ぐことになったためにほとんど五里霧中の状態だった。これが平穏な時代だったら何事もなく重臣たちの言うままに過ごしておればよかったかもしれないが、父の政敵が将軍後見職として政治の中心に立つ一方で、長州派公家たちの暗躍で朝廷がさかんに政治に口出しをする。さらに将軍を取り巻く老中たちと将軍後見職との間もぎくしゃくしているという政治状況の中で、彼は自分の立ち位置がわからずほとんど狼狽していた。藩への命令は将軍から出ているのか、朝廷から出ているのか、はたまた一橋慶喜の独断から出ているのか、はっきりしなかった。仮にそれがはっきりしたとしても、自分は将軍の命令にのみ従うのか、それとも朝廷を第一に考えるのか、一橋慶喜の意見に従うのか。三者の間を木の葉のように振り回されているだけで、自分の決断の基となるべき思想・大義・名分をはっきりさせることができないことを悩んでいた。

「わたしはいったい何者なのだ。人間か？　それともただの人形か？　自分がなりたくてこのような立場に立っているわけではない。井伊直弼の息子だったというだけで、突然このような立場に立たされているだけだ。家来たちもわたしの力量とか人格にひかれて家来になったわけではない。井伊家の家来だから私に仕えているというにすぎない。井伊家の当主、彦根藩の藩主がいなければ彦根藩が成り立たないから、わたしが存在している意味があるというだけだ。余人をもって代えがたい一人の人間として、必要とされているわけでもない。彦根藩という組織が存続するために藩主がいなければならないから、私がいるだけだ。藩主でありさえすれば誰でもよい。別に私でなくてもよい。そうではないか？　左門」

「いえ、決してさようなことは……」

と準造は言ったものの、彼はそれ以上のことは何も言えなかった。彼自身直憲の言うとおりだ、と思っていたのだった。彼にも直憲の悩みは痛いほどわかっていた。若い藩主はそのような個人的な悩みを抱えながら、それでも精一杯藩主としての自分の役割を果たそうと努めている。準造は殿のために何か適切な助言をしてやれないかと思ったが、何も思い浮かばない自分が悔しかった。せめて殿が自分の足で立ち、主体的に判断して藩の方向性を定めることができるような知識を、情報を伝えてあげることができたなら、と思うのだった。

そんな思いが商人たちのもつ情報網の豊かさに意識を向けさせることになった。いっそのこと武士をやめて商人になってみたら、という飛躍した思いが突然彼を襲った。その突飛な思いはすぐさま消えてしまったが、武士をやめて商人となった幸兵衛や五助への関心だけは意識の隅に残った。五助もかつては宇都宮藩の足軽だったということだった。

将軍家茂が江戸に戻ることになり、彦根藩も一部を摂海湾警衛に残し、藩主は彦根に戻ることになった。その日が近づいてきたある日、準造は天満宮に詣でてみる気になった。再び大坂に戻ってくることがあるかどうかわからなかったので、もう一度天満宮に参拝しておきたいと思ったのである。参道には茶店や土産物屋が立ち並んでいた。準造が参拝を終えて帰路に就こうとした時、一軒の茶店から出てきた商人が「田中様、三郎左衛門様の……」と声をかけてきた。

「ああ、たしか五助殿と申されたな」

「さようにございます。淡海屋の五助でございます。今日はお参りでいらっしゃいますか」

「そろそろ彦根に戻らなければならなくなったので、その前にもう一度お参りしておこうと思って」

「さようでございますか。いかがでございましょう、私どもの店はこのすぐ先でございます。一度お立ち寄りいただけませんでしょうか。なにもございませんがお茶など差し上げとう存じます」

「いや、その様な気遣いは……」

と言いかけて、準造はこの機会に淡海屋をのぞいておくのも悪くない、と思いかえした。

「そういえば、貴店には異国の品々がおいてあると伺った。ちょっと見せていただくか」

「はい、いろいろございます。是非ご覧になってくださいまし」

五助に誘われるままに、準造は淡海屋の店に入ってみた。奇妙な店だった。基本的には伝統的な呉服商の店構えだったが、その一郭の壁全体に棚が作られ、そこにさまざまな異国の品々、舶来品が並んでいた。形も色もさまざまなそれらの品がいきなり目に飛び込んできて、落ち着いた呉服店の雰囲気を乱しているように思えた。違和感を覚えながらも、それらの品々に興味が引かれてしまう。準造の足も自然とその棚の前に向かっていた。

「これが葡萄酒というものか」

準造は見たこともない赤い色の液体が入った瓶の前で呟いた。

「いかがでございますか。お試しになられては」

「いや、やめておこう」

準造にはその色が毒々しいものに思えて試飲してみる気にもなれなかった。五助の説明を聞きながら一通りそれらの品々を眺めていると
「お茶をお持ちいたしました」

という丁稚の声がして、準造は誘われるがままに帳場の前の板敷に腰を掛けた。盆には先ほど説明を受けた金平糖という名の砂糖菓子と、見たこともない西洋菓子が載っていた。

「これはカステイラと申す西洋菓子でございます。お試しくださいまし」

口に入れると上品な甘さが口いっぱいに広がった。

「うまいな、それにしても、この菓子、遠い異国から運んでくるまでに腐ってしまわないのか」

「これは長崎で日本の職人が作ったものでございます。ポルトガルとか申す国の菓子とかで、それを日本の菓子職人がまねて作ったと言われております」

「なに、長崎で。五助殿は長崎まで行ったことがあるのか」

「はい、一度だけでございますが」

「さようか。さぞあちらこちらと見聞されていることであろうな」

「私などはそれほどでもございませんが。商売でございますから、必要とあらばどこへでも参ります」

「売り買いをされるのだから、持ち運びされる荷物も大きかろう。難儀な旅ではないのか」

「それほどではございません。ほとんど船を利用いたしますので。狭い船の中で数日過ごすことになりますから、自然といろいろな方とお話をすることになります。商人仲間は当然のことながら、お武家様、お坊様、神主様などともお知り合いになることがあり、それがまた商売につながることもあります」

「なるほど……」

それならば商人が事情通、情報通になるのは当然だと感心する一方で、自分の世界の狭さを顧みることになった。自分は武士の世界しかしらない。それも殿様とその周辺の人々としか接することがない。これでは井の中の蛙と変わらぬな、と準造は思った。

五助はいろいろな話を聞かせてくれた。江戸では福沢諭吉という人物が英語の塾を開いてなかなかの盛況らしいという話や、水戸天狗党のこと、長州や薩摩の動き。勝海舟が神戸に作った海軍操練所の話。幕府が勘定奉行小栗上野介の提案で横須賀に鉄工所を作り、日本でも鉄製の軍艦を作る準備をしていること、この製鉄所建設に当たってはフランスの技術者の指導を受けており、フランスは幕府を支援して必要なら暴動に際してフランスの軍隊を鎮圧のために差し向けてもよいとまで言っているらしいという話。これに対して、イギリスが薩摩や長州に肩入れしており、彼らに武器を売っているらしいことなど。準造は言葉をさしはさむ余裕もなく、その知識の豊富さに驚嘆しながら聞き入っていた。五助はこんなことも言った。

「私ごとき商人がこんなことを申し上げては恐れ多いことでございますが、日本人同士が争いなどしていると、フランスやエゲレスがそれぞれの側に味方するという口実で、争いに介入して、最後には支那のように日本国の一部が彼らに乗っ取られてしまうかもしれない、というような心配をされている方もおられます」

金平糖をつまむのも忘れて準造は五助の話を聞いていたが、ふと気付くと、いつの間にか日は傾き夕暮れが近づいていた。我に返った準造は

「すっかり長居してしまった。大変興味深い話を伺った。また機会があったら、ぜひお教えいただきたい」と立ち上がった。

「いつでもお越しくださいまし。このようなお話でよければ、いくらでもお話しさせていただきます。また、私どもでもお役に立つことがあれば何なりとお命じくださいまし。井伊様のおためならば何でもお手伝いさせていただくようにと、主人幸兵衛からも言いつかっております」

「そういえば、幸兵衛殿の姿が見えぬが、今日はお留守か」

「はい、今は横浜の本店の方におります。秋口になればまた戻ってくるようなことを申しておりました。その間、私めがここの差配を任されております」

「さようか、お戻りになられたら、よしなにお伝えください」

準造は幸兵衛に詰め腹を切らさなければならないと思っていたことをいつの間にか忘れていた。

彦根に戻ってからも、準造は五助から聞いた話を何度も思い出していた。そんなある日、準造と七郎次がともに宿直の当番の時に、二人はまた直憲の晩酌のお相伴を命じられた。最近直憲は就寝前によく酒を飲んでいるようだった。

「どうだ。何か面白い話はないか」

と直憲は準造が注いだ酒を猪口に受けながら言った。

「はて、面白い話と言われましても……」

と七郎次は殿様にお話しできるような話題が何かないかと考えながら首をかしげていた。

「ま、まずはお前たちも飲め」

と勧められて、準造たちも自分の猪口に酒を注いだ。殿に勧められたからと言って、宿直の当番である。酔っぱらうわけにはいかなかった。準造は形だけ口をつけた。

「そう言えば、難波にいる時に、ひょんなことからある商人と知り合いになりまして、面白い話を聞きました」

と準造は盃をおいて、五助から聞いた話をした。五助や幸兵衛の素性については話すわけにはいかないので、天満宮に参拝したあと茶店に立ち寄った際に、隣に座っていた商人に話しかけられたことにした。商人との出会い方としては少々無理がある気もしたが、二人は特に疑う様子もなく、準造の話を聞いていた。フランスが幕府に肩入れし、一方イギリスが長州の味方をして武器を売りつけ、あわよくば国内の内紛に

付け入って、日本の領土をかすめ取ろうとしているのではないか、という商人の観測を話すと、

「けしからん。そんなことを許すわけにはいかぬ。そういうことなら攘夷論が出るのももっともだ」

と七郎次が顔を真っ赤にして言った。

「あわてるな、一商人の話だ。そのとおりかどうかは、よく調べてみないとわからん」

と準造は一応七郎次をたしなめたが、彼自身はいかにもありそうな話だと、半ば信じていた。ちょうどその頃幕府が長州討伐の軍を上げるとの噂が彦根にも届いていた。

「その商人の言うとおりだとすると、長州と戦などしている場合ではない」

と七郎次がいった。

「いや、だからこそ、幕府は今のうちに長州の横暴を見逃すわけにはいかない。反乱の芽を早めに摘んで、この国は幕府がしっかり統治しているのだということを諸外国に見せつけておかなくてはいかないと考えているのではないか」と直憲が言った。

「なるほど、殿のおっしゃるとおりかもしれませぬ。いや鋭いご賢察、恐れ入りましてございます」

七郎次が言った。

「それにしても、お前たちはいいな」

と直憲が盃に手を伸ばしながら言った。

「お前たちには、茶店とやらに行く自由があるし、商人風情とも自由に話をする機会がある。私にはそんな機会もない。私は皆にかしずかれて何不自由なく暮らしているようにみえるかもしれないが、実際には私の行動はがんじがらめに縛られているようなものだ。確かにみんなに大事にされている。まるで宝物のように。落としでもしたら割れてしまうかもしれない家伝の茶器のように、箱の中に大事にしまわれているようなものだ。着るものも上等なものを着せられているようだが、自分で選ぶことができない。家臣たちがいろいろと気遣って用意してくれるものを着ているだけだ。食事だってそうだ。幾皿も料理が出されるが、どの皿にも箸をつけないといけない。箸をつけない料理があると、料理人が腕が悪いと責められるといけないと思い、どの料理も等分に食べるようにしている。私だってたまには茶漬けだけで済ましたいこともある。私は時々藩主などという立場を放り出して放浪して回りたい、という思いに取りつかれることがある。

こんな若造の私にみんな頭を下げ、大事に仕えてくれる。だがそれは私が偉いからでも何でもない。井伊家の当主だからだ。私は何の業績も上げていないし、世の中のこともほとんどわかっていない。それなのに、こんなでくの坊でも必要とされている。井伊家の当主がいなくてはならないからだ。みんなが頭を下げるのはこのでくの坊に対してではない。井伊家の当主という肩書に対してだ」

「でくの坊などと、とんでもございません。殿は賢い。賢いからそのようにお悩みなのです。高いお身分でありながら、殿は謙虚であられる。私だけでなく、多くのものが殿のそのようなお人柄に惹かれて、喜んでお仕えしております。私どもはそのような殿にお仕えすることができるのを誇りに思っております。なあ、七郎次」

「そのとおりでございます。殿も私どももまだ若造です。しかし、殿はお若いにもかかわらず彦根藩の藩主として藩士とその家族の命と生活をご一身に背負っていらっしゃる。同じ若造でも私などとは比べ物にならない責任を背負っておられます。そのけなげなお姿を見て皆尊敬申し上げております。けして肩書だけのご当主と思っておりませぬ」

「肩書といえば、武士の家に生まれたというだけで、百姓も商人も職人も私のような、世の中のことを何もわかっていない若造に頭を下げてくれます。殿がおっしゃるように、それは私が偉いからではない。武士という身分に対して彼らは頭を下げている」

「なるほど、言われてみるとそのとおりだな。今まで考えもしなかったが、確かに実力もないのに武士というだけで、町人たちは私のような若造にも頭を下げている。考えてみると妙なもんだな。武士とは何だろう。武士はそんなに偉いのか」

「戦国時代と言われていた昔、信玄公とか謙信公とか、あるいは信長公とか秀吉公、それに何といっても家康公たちの時代には個々人の力によって世の中が動いていた。その結果、武士が世の中を支配するようなった。そういうことなんだろうな。その頃の武士は偉かったのかもしれんな。何しろ命がけの時代だったのだから。それから二百年、太平の世の中が続くと、世の中の仕組みがしっかり作られ、その仕組みの中で生きていればうまく収まるようになって、個々の人間の力というものがはっきりしなくなった」

「そして太平の世が続き武士がその仕組みの中で胡坐をかいてのほほんと過ごしているうちに、士農工商という身分制度の中の最下層の商人たちが力をつけて金の力で世の中を動かし始めたわけだ」

「そして今の混沌とした世情は、そういう矛盾が一挙に噴き出した、ということか」

「ところで、家とは何だろうな」と突然直憲が言った。

「家?でございますか?」

「そうだ。井伊家の『家』、田中家、武笠家の『家』だ」

二人は直憲の質問の意味がわからず顔を見合わせた。

「つまりだな。井伊家は徳川家から領地を下げ与えられている。しかし、井伊家がお取り潰しとなって存続しなくなったら、私もお前たちも、もはや何物でもなくなってしまう。家があっての私であって、私があっての家ではない」

「武笠家は井伊家から三百石の家禄を頂いており、それによって父や私たち家族が生活しておりますが、その家禄という収入は、例えば父七郎右衛門に与えられているのではなく、武笠家という『家』に与えられている。そういう意味では『人』より『家』の方が主となっている、こういうことですか？」と七郎次が聞いた。

「そういうことだ」

「今まで考えたこともありませなんだが、改めて考えてみると妙なものですね。家老家に生まれたものは、家老職に就く。武役席の家に生まれたものは番頭《ばんがしら》や組頭になれる。しかし足軽の家に生まれたものは、そのような役職に就くことはできない。つまり世の中の評価は個々の人間にあるのではなく、家の価値にある。家の方が人間より価値が高い、ということになりますね」

「そんなところだ。徳川家にとって井伊家は親指か小指か、いずれにせよその一部に過ぎない。指が一本や二本なくなっても人間は生きていけるが、人間から切り落とされた指はそれ自体では生きていけない。それと同様に、井伊家がなくなっても徳川家は生きていけるが、徳川家がなくなったら井伊家は生きていけるのだろうか。徳川家が存在しなかったら、井伊家にどんな価値があるのだろう。そんなことを考えていると、そもそも『家』とは何か、それが気になりだしたのだ」

「『家』でございますか。家……家……考えたこともございませなんだ。はて家とは何だろう。考えてみたいと思います」
準造はほとんど呟くように言った。

直憲や七郎次とそのような話をして以来、二つのことが準造の頭から離れなくなった。一つは自分が世の中のことについて何も知らないということだった。もっと知りたい、もっと知らなければならないという思いだった。前藩主井伊直弼の死以来、彦根藩は世の大波に翻弄されている。その波をどう乗り切るか、そしてどの方向に船を進めていけばよいのかわからぬままに漂っている。その波は時には朝廷の方から押し寄せてくるかと思えば、時には幕府の方から、またある時は長州藩から、あるいは過激派の浪士たちからという具合に押し寄せてくる。それればかりではない。五助の話によると国の外から異国の脅威という大波も押し寄せているらしい。自分はこれまで小姓として藩主直憲様をお守りすることを自分の役目と考えて仕えてきたが、このようなさまざまな波を前にして、刀だけで藩主をお守りすることなどできはしない。いや刀など何の役にも立ちはしない。むしろ知識だ。知識こそ武器ではないか。彦根藩を翻弄している波の性質、波の大小、波の方向、そういったさまざまな知識がなくてはならないのに、自分は何も知らない。全くの無知である。どうしたらいい？　彼は自問自答を繰り返していた。そういう自問自答を繰り返しているうちに、突然考えが飛躍した。

そうだ、井の中の蛙のように、井戸の中でいろいろ考えたところでどうなるものでもない。井戸を飛び出さなければならない。井戸を飛び出して歩き回ってこそ世の中のことが見え、世の中がわかってくるはずだ。今は刀ではなく、知識という武器でもって主君をお守りすべき時だ。そのためには主君の傍にいるだけではだめだ。準造は若かった。その思いに取りつかれると、じっとしておれなかった。父や直憲の許しを得て旅に出たい。そう思うようになった。しかし、それが簡単なことではないこともわかっていた。今の世の中、旅に出て無事戻ってくることができるかどうかわからない。田中家の長男として跡継ぎの立場である自分に対して父が果たしてそれを許してくれるだろうか。いや、たとえ許しをもらえなくともそうしなければならない。それが彦根藩のため、藩主直憲のためなのだ。準造はそこまで考えるようになっていた。いや、彦根藩や藩主のためというのは口実に過ぎないのかもしれない。準造は自分のためにそうしたくなっていることに気付いてもいた。

もう一つは、直憲に投げかけられた疑問「家」のことについてであった。「家とは何か」という問題自体は、「雲とは何か」「空とは何か」と問われているようで、答えの出しようがないように思われた。かわりに準造は「家」との対比でそれを構成している「個」、個々の藩士について考えた。直憲は井伊家は徳川家にとっては小指ほどの存在にしか過ぎなくて、小指がなくても徳川家は生存し存続できる、と言ったが、そうなると自分などは井伊家にとって小指の爪ほどの存在でしかない。とはいえ爪であれ指であれ、あるいは手や腕であれ、それがなければ不便という程度には役立っている。機能している。そういう意味では存在意義はある。しかしそれだけだろうか。それ自体が一個の存在としての意味はないのか。一個の完全なかつ全体的な存在として成り立っていないのか。それぞれ独立した個々の存在が集まって家を形成しているという考えは成り立たないのか。準造の頭の中には、そういうもやっとした疑問が蠢いていて、それが気になって仕方がなかったのである。そういう思いは、幸兵衛や五助の生き方を知ったことに由来していた。幸兵衛も五助もかつて武士だった。ということは武士という身分から、そして武士がそのためにこそ存在していると考えられていた「家」から自らを切り離して、そして一人の、一個の人間として立ち、一個でありながらかつ全体でもある「存在」として生きている。自分も武士としての身分、立場を離れて、根無し草のように頼るべきもののない境遇に身を置いてみることによって、初めて自分の「存在」を意識できるようになるのではないか。

準造の話は長かった。時には言葉に詰まり自分の思いを映す言葉を探しながら、また時には同じ話をくどくどしく繰り返しながら、必死に説いていた。彼はこの時十八歳だった。三郎左衛門は息子の話を聞きながら、十八歳の時のおのれの姿を顧みていた。この年齢の時自分はこのように悩むこともなければ、世の中のことに何の疑問を感ずることもなかった。小姓として江戸に呼び出され、上司や親の指示に従って決まりきった日常の仕事をこなし、非番の時は小姓仲間と江戸の町を歩き回ったり、覚えたての酒を飲みながらたわいもない話に興じたりしていた。時代が違うと言えばそれまでだったかもしれない。当時の井伊家は徳川家の譜代筆頭として、溜間詰め大名の筆頭として、ゆるぎない地位にあり、堂々としていた。幕府も徳川家も不動の岩の上にしっかりと根を下ろしており、その根元が枯れふらつき始めるなどと想像することもできなかった。ところが井伊直弼という大木が倒れると、とたんに世間の井伊家に対する態度が豹変し、大波が井伊家を襲い始め、井伊家はその波に押し流され荒れ狂う波間を漂い始めた。準造はそういう中で多感な少年時代を迎えることになった。準造だけではない。若き藩主をはじめとして若者たちがこの逆境の中で自分の未来に不安を感じ、世の仕組みに疑問を持ち、どのように生きていけばよいか悩み始めている。「寄らば大樹の陰」というが、その大樹である幕府が揺らぎ倒れそうになっている今、その大樹に寄りかかって生きていくあり方、あるいは、その大樹の枝の中の一本としての生き方に若者たちは疑間を持ち始め、短く細い一本の木でもよい、独立した一本の木として、独立した一個の存在として生きてみたい、そういう生き方に目覚め始めている。

三郎左衛門には準造の言っていることがすべて納得できたわけでもなかったが、彼の言っていること、彼が思っていることを否定する気にもなれなかった。しかし、自分は、井伊家という木がもはや大木ではなくなっているとしても、この木が倒れないように支えていくしかない。自分は井伊家の一員として生きてきたのであり、そのように生きるしか他の生き方を想像することができなかった。それが武士の生き方だった。それが武士の習慣であり習性であった。武士の世が突然なくなるなどとは想像できなかった三郎左衛門には、武士という存在自体に疑問を持つ準造の考えは理解できなかった。それに、井伊家を今後とも支えていかなければならないと考えている彼には、準造が旅に出たいという願いを許すことはできなかった。準造には田中家を継いで、ともに井伊家を支え続けてもらわなければならなかった。準造は旅に出たい、ついては田中家に迷惑をかけることになるから勘当してくれ、という。三郎左衛門はそれは準造の甘えだと思った。それは結局彼の意図、計画に親の了解を求めているに等しい。勘当は事前に許可を求めて行うものではなく、結果として起こることなのだ。そういう甘えがある以上は、準造は本気で家を飛び出したりはすまい、三郎左衛門はそう感じていた。彼は準造の話を聞いた後、何ら感想も質問も述べることなく、「ならぬ。ならぬぞ、左門。お前は我が家の跡取りだ。勝手なことは許さぬ」とだけ言って部屋を出て行った。

それから半月ほど何事もなく過ぎたが、その間二人はほとんど言葉を交わすこともなく過ごしていた。その頃大坂から旅芸人の一座がやってきて、長浜で興行を行っていた。準造は二度、三度とその桟敷に出かけていたが、この一座が興行を終わって長浜を去った日、準造も姿を消した。三郎左衛門は激怒し、俊は半狂乱になって嘆いていた。すっかり老いて足腰も弱っている熊吉は涙を流し、かわいがっていた準造の失踪にすっかり気落ちして寝込んでしまった。三郎左衛門は激怒したが、準造が本気ではないと思っていた自分の判断が誤りであったことに気付いて悔しがった。しかし、その一方でどこか心の隅にこうなることを予想していたような思いも残していた。

三日後、三郎左衛門は藩主に準造の失踪を届け出て、勘当した旨を告げ、側役としての辞任を申し出た。藩主直憲はそれを聞くと、沈鬱な表情を浮かべて

「そうか」

と言っただけで、準造の失踪を咎めることもなかった。三郎左衛門は慰留されて側役を続けることになった。小姓の失踪である。本来ならばその父親が側役の辞任だけで済むものではなく、蟄居または閉門という厳しい処置がとられてもおかしくはなかった。人々はいぶかしく思ったが、何となくそこに藩主の強い意志のようなものを感じて、誰も何も言わなかった。

その頃禁門の変の暴挙のために朝敵となっていた長州は、幕府が長州討伐を声高に

言い出している状況の中で、穏健な保守派が政権に返り咲き、何とか戦争を回避しようとしていた。そういう中で十月二十二日、幕府は諸藩に十一月十一日までに各自の部署に到着して長州征討のための布陣を終えるように通達した。それを知った長州保守政権は戦争回避のために、禁門の変を指揮した三家老を切腹させ参謀四人を斬罪に処して朝廷・幕府に対する恭順の意を表した。これを受けて十八日、幕府は予定していた総攻撃を延期し、ついで十二月二十七日に征長軍総督の徳川慶勝が諸藩に解散を命じた。三郎左衛門はその知らせを受けてほっとした。

翌元治二年（一八六五年）三月十一日、復活した参勤交代のために井伊直憲は江戸に向かった。和宮降嫁と公武合体が実現し、薩摩など外様雄藩の後押しで将軍後見職に一橋慶喜、政治総裁に松平春嶽が就任して以来、参勤交代の制度が廃止されていたがそれがまた復活したのである。この時、家老の木俣、貫名、西尾が供をした。直憲に将軍の名代として日光代参が命じられていたために、普通の参勤以上の供揃えが必要だった。三郎左衛門も側役として随行した。十二年ぶりの江戸行きである。四月七日には慶応と改元され、その四日後には井伊直憲は日光代参に出発した。

幕府は三家老の首級を差し出して恭順の意を示した長州に対して、さらに追い打ちをかけるように藩主父子に謝罪のため上洛するよう求めていたが、長州はこれに応じない。このため幕府は第二次長州征伐を行うことになっていた。将軍家茂自ら親征することになり、将軍上洛も発表された。将軍は上洛途上で彦根城に宿泊することも発表され、井伊直憲は日光代参を終えて、江戸城に登城してその報告を済ますと、五月に上洛する将軍の彦根宿泊の準備のために急ぎ帰藩した。将軍は五月十六日に彦根に到着しここで二泊したのちに、京に入ることになっていたからである。

彦根城に将軍を迎える準備に謀殺されていたある日、三郎左衛門が城から夕刻遅くに下がってくると、家には一人の客が待っていた。淡海屋の番頭五助だった。彼は幸兵衛からの贈り物であるといって反物をいくつか持ってきた。五助はその反物の一つを選び出すと、その巻き芯を抜き出して、その硬い紙製の芯を破り始めた。やがてその中からきつく巻いた手紙が出てきた。

「左門様からの書状にございます」

準造が失踪してから一年近くが経っていた。その書状と五助の補足説明によると、準造は彦根を出奔したのちに、難波の淡海屋にいったん寄宿し、そこから船で横浜にわたり、幸兵衛のもとで半年ほど商人としてのイロハを教え込まれた。その後五助に伴われて、長州を抜け長崎まで行ったのだという。手代として番頭五助の従者になり、長崎に新しい淡海屋の支店を開く可能性を探るという名目だった。

「長崎で上杉栄次郎という人物と親しくなりました」

と準造は述べていた。

「この人物は亀山社中という貿易を生業《なりわい》とする結社の社員の一人で土佐の出身だそうです。この結社の頭領は坂本龍馬という土佐の脱藩浪人ということですが、これがまた途方もない人物のようです。まだ会ったことも見かけたこともありませんが、彼は勝安房守様の門下生で神戸海軍操練所で操船技術を学んだとのことです。当然勝様とは親しい間柄ですが、それだけではなく、薩摩の西郷隆盛・長州の桂小五郎とも親しく、彼らの間を飛び回って何やら画策しているようです。彼が何を考え、何を画策しているのか、その細かい点はまだよくわかってはいないのですが、上杉栄次郎が酔ってちらりと漏らした話が気になる内容なので、取り急ぎ書状をしたため、五助に届けさせることにいたしました。

禁門の変以来薩摩と長州は敵同士と思っておりましたが、なんと彼らはここ長崎で手を結び、亀山社中が間に入って、エゲレス人のグラバーという人物から、新式の元込め銃を大量に買い込んだらしいのです。七千丁という話です。資金は薩摩が出し表向きは薩摩が買ったことにして、長州に手渡すことになっているようです。さらに中古の蒸気船も買ったようです。これも名目上は薩摩の船ということにして、実際には長州が使うことになっているとのことです。詳しいことはわかり次第逐次お知らせするつもりでおりますが、私がいま非常に心配していることは、次のことです。

今、幕府は改めて長州を追討するということで、彦根藩はその先陣を任されることになるでしょうが、そうなると長州が新たに買い込んだ元込め銃を相手にしなければならなくなるでしょう。元込め銃は旧式銃と違って、一発発射したら、すぐ手元の装《そう》填孔《てんこう》に次の弾丸を装填して発射できるものだそうです。旧式のようにいちいち銃を立て火薬を入れて弾丸を装填して棒で突き固めたのちに改めて発射の姿勢に戻って狙いをつけて撃つ、というような手間がかかりませんから、旧式銃で一発撃つ間に十発以上は撃てるということです。その上に射程距離も旧式の倍ほどもあるそうですから、こうなると彦根藩の旧式銃では太刀打ちできません。多大な犠牲が出るかもしれません。くれぐれもご用心くださるよう、取り急ぎ連絡差し上げた次第です」

五助の補足説明によると、長州では一時保守派が政権の座に付き、高杉晋作らの急進派を追いだしたが、藩主父子の謝罪上洛に反対する急進派が保守派を追い出し再び政権の座に付いた。外に向けては幕府に対する恭順を口にしながら、英国の武器商人グラバーから薩摩藩の仲介で蒸気船一隻と小銃七千三百挺を買い上げて軍備を増強し、鎧兜《よろいかぶと》を廃してほぼ全員が小銃で武装する洋式軍隊に編成し直している、ということだった。

「うーむ」

三郎左衛門はこの知らせを受けてうなった。幕府にはフランス陸軍にならって調練を受けた精鋭の洋式銃隊があったが、彦根藩は未だに銃は足軽が扱うものとされ、武士は相変わらずきらびやかな赤い鎧兜に身を固めて、武器は刀と鎗である。たとえ今から新式銃を購入しようとしても、大量の銃の購入には幕府の許可がいる上に、十万石を取り上げられた今、彦根藩の財政はひっ迫していた。そのうえ、仮に千丁ほどの銃が手に入ったとしても、それを使いこなすには、それなりの訓練の時間が必要である。せっかくの知らせであったが、現状のままで出発するしかない。

慶応一年七月十七日、彦根藩は第二次長州征討の先鋒を命じられ、八月三日に木俣隊が出発、九月二日には藩主直憲が残りの部隊を率いて彦根を出発、七日に大坂についた。大坂城とその周辺は幕府直轄の部隊約一万をはじめ長州征討を命じられた諸藩の兵士であふれかえっていた。しかし、一向に出撃命令が出ない。いたずらに時だけが流れて行った。


三郎左衛門は大坂城内を駆けずり回り、幕府諸役人をつかまえては、どうなっているのか聞いて回っていた。直憲もしびれを切らして三郎左衛門に愚痴をこぼした。

「田中、どうなってるのだ。まだ攻め口の発表もなければ、われらの持ち場も決まっていないようだが」

「殿、噂を聞かれましたか。上様が江戸にお戻りになろうとされたという話です」

「なに、上様が。そういえば一昨日なんとなく城内が騒々しかったが」

「長州征討と言って諸藩の部隊を集めておいて、いつまでもぐずぐずしているのかと思っておりましたら、長州どころでない騒ぎが持ち上がっていたそうです」

「なんだ、その騒ぎというのは」

「英仏蘭三国の連合艦隊が兵庫までやってきて、兵庫開港の約束を実行するように迫ってきたからだそうです。やむを得ず上様ご臨席のもとで老中たちが会議を開き、ひとまず兵庫開港を認める決定をして、三国にその旨伝えようとしたところ、このことを聞いた慶喜様が二条城から大坂城に乗り込んでこられて、帝の勅許なく兵庫開港はまかりならぬと猛反対なさったとのことです。慶喜様の筋から聞かれたのでしょう、朝廷からもけしからんというお声が届けられ、交渉に当たった老中の阿部正外《まさと》様と松前崇広《たかひろ》様の罷免を要求されたそうです。上様は悔し涙を流されて、将軍職を返上するとおっしゃって江戸にお戻りになると決心までされたということです」

　将軍家茂が悔し涙を流したという話を聞いて、直憲は目にうっすら涙を浮かべて言った。

「上様がお怒りになるのも当然だ。幕府将軍の決定が覆されるとは。いったいに慶喜様はどちらの味方なのだ。慶喜様抜きでそういう決定がなされたことにご不満だったからではないのか」

何とか将軍の怒りをなだめた慶喜は、数日後朝廷で行われた会議で、兵庫開港を認めない代わりに、安政五年以来放置されてきた日米通商条約に関する勅許を下すように求め、朝廷も兵庫開港を止めることができるならばと、横浜・箱館・長崎の開港を含む条約締結に勅許を与えた。これでもめていた横浜鎖港問題が解決し、兵庫開港を五年後に延期することに同意して、連合国艦隊は引き揚げた。

ようやく棚上げされていた第二次長州征討問題に取り組むことができるようになった幕府は十一月七日、征討軍の編成を発表した。攻撃は芸州口、石州口、周防大島口、小倉口、萩口の五か所から行うとし、彦根藩とその枝藩である与板藩は高田藩と共に芸州口の担当と定められた。与板藩は直憲の弟が藩主で実質彦根藩であり、高田藩は井伊直政と共に徳川四天王と言われた榊原康成を藩祖とする藩である。但し、先鋒一番手は地理的に長州の隣に位置する安芸広島藩で、彦根藩・高田藩は先鋒二番手とされた。これによって十一月二十七日彦根藩は大坂を出発し、安芸五日市の光禅寺に藩主直憲の本営を置き、木俣隊・戸塚隊・河手隊の三大隊はそれよりさらに長州寄りの廿日市に着陣した。彦根兵が廿日市に着陣を終えたのが十二月八日だった。

　年が明けて慶応二年一月、幕府は長州に対して十万石の削減と藩主父子の蟄居などの処分を伝えたが、長州はこれを拒絶。いよいよ戦闘開始かと思われたが、一向に攻撃命令が出ない。それどころか芸州口の先鋒一番手の広島藩が兵を送ってこない。萩口担当の薩摩藩もこの戦争には大義がないとして出兵しない。他にも宇和島藩、鍋島藩も出兵しない。

　一方朝廷からは第二次征長の勅許がなかなかおりない。孝明天皇は禁門の変の頃から長州が嫌いになっていたが、かといって戦争も嫌いであった。このために公武合体派の公家たちが勅許を求めても首を縦に振らない。

　彦根藩兵が彦根を発ってからすでに半年を超えていた。安芸に着陣してからも二カ月以上が過ぎていた。長すぎる滞陣に兵たちの士気も衰え始めているし、まだ多くの藩が定められた部署に着陣しない。不安と疑心暗鬼の念が次第に広がり始めていた。三郎左衛門はすでに二度大坂城に赴き幕府の方針を確認に行ったが、一向に要領を得ない。直憲も側役の三郎左衛門に一体どうなっているのかと、何度も尋ねるのだが、彼もはっきりとしたことを答えられない。

そんな一月末のある日、彦根藩主井伊直憲が滞陣している光禅寺に淡海屋の番頭五助がコモに包んだ酒樽を五個積んだ大八車を丁稚にひかせて、三郎左衛門を訪ねてきた。

「五助、しばらくぶりだな。元気にやっているか」

「はい、田中様もお変わりなく」

「うむ、幸いにして体だけは丈夫だ」

そういうと、三郎左衛門は五助に目でついてくるようにと合図して、宿坊の一つに向かった。

「して、今日は何の用だ。準造から何か言ってきたか」

部屋に座るなり、彼は五助に聞いた。

「はい、帯陣中のご慰問ということで、主人より酒樽を届けるよう言いつかってまいりました」

「それはありがたい。何よりの馳走だ」

「それと、準造様からのお手紙を持参いたしました」

「そうか。で、準造は元気にしておるか？」

「はい、お元気で、先日薩摩よりお戻りになりました。急ぎご連絡差し上げたいとのことで、私が預かってまいりました」

そう言って五助は背中にしょってきた荷物をとくと、その中から地味な柄の反物を選び出した。今度もその芯の中に手紙を忍ばせていた。

「薩摩まで行ったのか。よく無事であったな」

三郎左衛門はほっとしながら、一方で準造の苦労に思いをはせて眉をひそめた。


「前便で長州が薩摩の仲介でひそかに小銃を七千丁買い上げた話をお伝えしましたが、薩摩と長州の仲は想像した以上に緊密になっているようです」

準造の手紙は挨拶抜きで本論に入っていった。

「商人という立場は情報を得るには大変便利で、警戒されることなく、上は大名家から下は農家に至るまで、どこにでも入り込み種々さまざまな人間と話をすることができます。長崎には多くの藩が出先の屋敷を持っていて、土佐、薩摩、長州、芸州などの藩屋敷に商売ということで出入りできますし、また、そういうところに出入りしている商人たちとの付き合いからさまざまな情報を得ることができます。真偽のほどが怪しい噂も多々ありますが、繰り返しささやかれている噂に、薩摩と長州が討幕の密約を結んだらしいというものがあります。実際エゲレスの商人グラバーの屋敷には薩摩の勘定方の五代友厚という人物や長州の伊藤俊舗という人物などがしきりに出入りしているようで、薩長の仲は相当に緊密な様子がみかけられます。伊藤俊輔というのは長州隠密として彦根にやってきて渋谷騮太郎殿たちと会談した越智斧太郎のことです。用心のために、彼らに話しかけることはしませんでしたが、何度か両者を見かけたことがあります。

そこで、その噂を確かめるために薩摩行きの船に乗せてもらい、薩摩に行ってきました。その船には薩摩に渡す兵糧米が積んでありました。薩摩の仲介によって小銃と船を手に入れることができたお礼ということでした。

薩摩では口入屋が京都に送る人夫を集めていました。二千人の兵士を京に送る予定とのことで、そのための武器や兵糧を運ぶ人夫が必要ということでした。というのも、長州との密約で薩摩は幕府軍の征長戦には参加しないで幕府の喉元京坂を固めて、長州が幕府との戦いを有利に進めた場合は、朝廷に働きかけて長州のために尽力するという、反幕的な姿勢を鮮明にしたためのようです。すでに薩長に同調する藩もいくつかあるらしい様子です。今後とも薩摩の動きには十分注意する必要がありそうです。また帰途に長州を抜けてきましたが、高杉晋作という人物が率いる奇兵隊という町人を中心に編成された部隊が盛んに訓練をしているようです。彼らは武士の戦い方にとらわれず、少人数で編成された分隊ごとに行動し、木陰などに隠れて新式銃の威力を生かして遠くから狙い撃ちをし、大軍が向かってくるとさっと逃げ出して、また別の場所から狙い撃ちするなどの訓練をしているようです。彼らには相当悩まされることになるかもしれません。

あまり深入りすると危険なので、薩長上層部の確たる意見を確かめることができず、噂を中心としたものですが、責任のない立場にいる下層の兵士や町人たちは秘密を守る必要もないので声高に噂話をしてくれます。根も葉もない怪しげなものもたくさんありますが、一か所だけではなくどこでも話されている話や繰り返し語られる話などの中にはかなり信ぴょう性の高いものもあるように思われます。私なりに信ぴょう性が高いと思われたものについて報告させていただきました」

準造の手紙を読み終えて、三郎左衛門は帰路に向かう五助をねぎらいながら、寺の山門まで彼を見送った。光禅寺は海辺に沿って走る街道から一町ほど急な坂を上ったところに立っていた。大八車を引いて坂を下っていく五助と人夫たちの姿を見送りながら彼はしばらくそこにたたずんでいた。瀬戸の海が眼下に広がっていた。晴れた澄んだ青空の下ならば、厳島神社のある宮島がくっきりと見えるはずだったが、今日は午後の霞の中にうすぼんやりと見えるだけだった。さらにそのはるか右手には大島が見えるはずだったが、今はその島影すらも望見できなかった。その大島があるはずのあたりに目をやりながら、彼は思っていた。何もはっきりとは見えない。未来のことは何もかも靄の中にあって、はっきりと見えるものがない。長州との戦の勝敗もわからない。彦根藩井伊家の将来がどうなるのかも見えない。澱《おり》のように彼の胃の腑にしこっている不安を抱えながら、彼は藩主のいる坊舎に足を向けた。

三郎左衛門は直憲に会って準造からの手紙の内容を告げ、廿日市に駐屯している三隊の侍大将である家老たちを呼び寄せてもらうことにした。慰問の酒樽が届いたので、久しぶりに藩主を囲んで酒宴を張ろうという名目である。同時に前線に駐屯している三隊の兵士たちにも別に購入した酒を送って慰問することにした。

光禅寺が立っている一帯は瀬戸の海に沿って走る街道のすぐそばまで山裾が接しており、午後の太陽は背後に連なる中国山地の山々にさえぎられて、早々と夕闇が迫ってきた。寺の境内の中央に酒樽が置かれ、数か所には焚き火が設けられて、酒宴が始まっていた。今日は無礼講ということで、上級武士も下級武士も足軽たちも入り交じってあちこちで車座になって飲んでいる。そういう中を、前線基地から家老たちが次々と戻ってきた。そのつど、三郎左衛門は門前まで彼らを出迎えて、藩主の待つ宴席に彼らを案内した。座敷では第一軍の木俣守盟、第二軍の戸塚庄太夫、第三軍の河手主水、それに護衛隊の小野田小一郎の四人が直憲を囲んで車座になっていた。彼らの前には瀬戸の海でとれた鯛の塩焼き、小魚の煮つけ、ワラビやゼンマイなどの山菜の煮物、里芋の煮っころがしが載った膳が置かれ、中央には広島菜の漬物を山盛りにした大鉢が置かれている。全員が揃ったところで、三郎左衛門は末席に座った。しばらくはよもやま話が続いた。気候のことや地形のことや食べ物のことなど、とりとめのない話が続いた。外の境内から誰かが歌う民謡と、その合間に皆が唱和する「デロレン、デロレン」という合いの手が威勢よく聞こえてきた。戦闘開始をひたすら待ち続けて退屈しきっていた兵士たちはこの時とばかり日頃のうっ憤を晴らそうと声を張り上げているようだった。

「それにしても、いつまで待てばよいのかのう」戸塚庄太夫が太いため息とともに呟いた。

「兵士たちの不満も抑えきれぬほどになっている」

「丹後の腰抜けめが、何をぐずぐずしておるのじゃ。幕府軍は三万人で四方を取り囲んでおる。たかが数千の長州軍など物の数ではないわ。一気に攻め入って踏みつぶせばよいのじゃ」

河手主水が酔いで顔を真っ赤にしながら大声を出した。丹後というのは芸州口の指揮官である幕府陸軍奉行竹内丹後守のことである。竹内丹後守が悪いのではない、と三郎左衛門にはわかっていた。彼も上からの命令を待ってじりじりしているのである。しかし問題はその命令を出す「上」というのが誰なのかがはっきりしないことだった。老中なのか、将軍なのか、将軍後見職の徳川慶喜なのか、それとも天皇なのか。最終的な責任をもって命令を発するものが誰なのか、そこがはっきりしなかった。朝廷の勅許が出ないという。しかしこれまでも、そして今でも孝明天皇は政治は幕府に任せるという立場で、決定的なことを自ら口にされることはなかった。

徳川家康は幕府の安泰を自分の後継者である未来の将軍に任せるにあたって、「権威」と「権力」の分離を重視した。天皇は幕府に政治を委任する最高の権威者として、いわば神権をもつ法王として位置付けながら、天皇には権力を持たせないようにした。国家規模の権力は警察力を行使できる軍隊の裏付けがなければならなかったが、天皇には軍隊を維持できるだけの経済力を与えなかった。また、彼の後継者たるべき未来の将軍たちが彼同様の識見・能力・決断力を持ち合わせない場合を想定して、老中による集団指導体制をとらせることにしたが、老中になれるのは十万石以下の大名であった。時に応じてはそれ以上の大大名が一時的に大老職に就くことを認めたが、基本的にはこのようにして権力と権威が一か所に集中することを阻止したのである。外様大名をはじめとして大名たちには手伝い普請と参勤交代制度によって、経済力の蓄積を阻止し反乱の芽を摘んだ。幕府政権内における最高権威者は将軍であったが、将軍は老中たちの政策実行に権威を与える権威者として機能したものの、多くの場合実際の政策の立案と実行は老中に任された。こういう体制が二百年以上続いてきた結果、この国では最高権力者が誰なのか、政策の最終責任者は誰なのか、それがはっきりしなくなった、三郎左衛門にはそのように思えてならなかった。彼が噂として聞いた話では、いま日本に押し寄せてきているヨーロッパ諸国では国王あるいは皇帝が権力と権威を一手に集中させているという。それらの国の大使・公使たちは日本の最高権力者が将軍なのか、天皇なのか、はたまた老中たちなのかわからず、誰と最終的な交渉を行えばよいかわからず戸惑っているという。

三郎左衛門はぼんやりとそんなことを考えながら、家老たちの話が一段落するのを待っていた。やがて正面の直憲が盃を置き、三郎左衛門の方を見てかすかにうなずいた。目でうなずき返すと三郎左衛門は、

「ご家老方」

と声をかけた。

「実は気になる情報を耳にいたしました。薩摩が長州と密約を交わした、とのことです」

「なに！　薩摩が！」

「そういえば、薩摩は攻め口として萩口を担当することになっているが、まだ兵を送ってこない、という話は聞いた。それはまことか」

「しかとしたことは、まだはっきりとしたわけではありませぬが、長州、長崎、薩摩と偵察して参った間諜の話では、それらの地域でそういう噂がしきりに流れているようです。薩摩は、今回の長州征伐は大義がないと、出兵を断るつもりのようです。さらに薩摩では弾薬や軍用米を送るために人夫たちが徴集されていて、しかもその行き先が萩方面ではなく、京方面らしいというのです」

「なぜ京都なのだ」

「薩摩と長州の間の密約によると、長州が幕府軍と互角に、あるいは有利に戦いを進めたなら、薩摩は、京都に詰めさせている二千の藩兵の軍事的圧力をちらつかせながら、朝廷に働きかけて、禁門の変における長州の罪を許してもらい、幕府がそれに反対するなら、土佐などの外様諸藩に働きかけて幕府と対峙するという腹のようです。かなり明確な反幕的な姿勢を取り始めているように思われます」

「長州が幕府軍と互角に戦えるなどとは思えぬ。まして有利に戦いを進めるなど、笑止千万だ」

「しかし、実は必ずしもそうとは言い切れませぬ。私の得た情報では、長州は薩摩の仲介によってエゲレスから新式の元込め銃を七千丁購入したというのです。その費用は薩摩が出したようです。新式元込め銃は我が藩が持っている旧式銃より射程距離が倍ほどあるとのことで、こちらの銃の弾が届かぬ距離からわれらを狙い撃ちすることができるということです。しかも元込め銃ですから、一発発射した後、そのままの姿勢で弾を込めなおして発射できる。われらの旧式銃では、射撃した後、立ち上がって火薬を詰め棒でつき固めた後、弾を込めてから、元の姿勢に戻って発射しなければなりませんが、その間に新式銃では数発を撃つことが可能ということです。ですから、銃の戦いでは勝ち目はありません」

「なにを馬鹿な。足軽風情の鉄砲などいかほどのことがあろう。われらは関ヶ原の昔から『井伊の赤備え、彦根の赤鬼』と知られた精鋭だ。われらの姿を見ただけで奴らは震えあがって逃げ出すわい」

河手が顔を紅潮させて大声で喚いた。

「田中、政治のことはいざ知らず、戦のことは我々に任せておけ。心配いたすな」

　木俣も盃をぐいと飲み干して言った。他の家老の面々も一様に彼の言葉にうなずいていた。

「殿、ご心配なさいますな。天誅組の討伐の時と同様、一気に押しつぶし、踏みつぶして御覧に入れますから、後ろの方から安心して御覧になっていてください」

　木俣は心配そうな顔つきの直憲のほうを向いて胸を張って言った。彼らは相変わらず二百年も昔の関ヶ原の戦いと同じ、重い鎧兜に身を包み、鐘・太鼓を打ち鳴らし、集団で一文字に突進する戦法しか考えていなかった。

「なれど、ご家老方、長州は武士だけでなく、町人たちを駆り集めて銃の訓練をしているとのことですが、彼らの戦のやり方はこれまでの武士の戦い方にとらわれないだけに、正面からぶつかってこないかもしれませんぞ。新式銃だけで七千丁。旧式銃まで入れるとほぼ全員が銃を持っているものと思われます。正面からぶつかってくれば、恐れることはありますまいが、われらの刀や槍、それに旧式銃の弾の届かない範囲で、木立などに隠れて狙い撃ちされると、戦闘になる前に一人一人と櫛の歯が欠けるように倒されてしまうかもしれません」

「心配すなと申しておる。たかが寄せ集めの町人勢の軍隊だ。われらの威勢を見れば、それだけで怖気づいて逃げ出してしまうわ」

家老たちの固陋《ころう》な意見を変えさせることは簡単にはできそうになかった。彼らは口々に

「殿、ご心配めさるな。われら井伊の赤備えの底力を存分に御覧くださりませ」

「戦のことはわれらにおまかせあれ」

と直憲に声をかけ、彼らに用意された部屋に引き上げていった。彼らはその夜は光禅寺に泊まり、翌朝それぞれの陣地に戻っていった。

それから数日、三郎左衛門は考え込んでいた。家老たちは「心配すな」と言って意気揚々と引き上げていったが、彼らが自信を見せれば見せるほど、三郎左衛門は一層心配になった。彼らはいまだに井伊の赤備えを誇り、刀と槍による武士の戦いに酔っている。しかし時代は明らかに変わりつつあった。飛び道具の威力の差が勝敗を決める重要な要素になりつつある。飛び道具は足軽たち下っ端のものが扱う戦道具で、武士たちはそれらを使うことをいまだに恥としている。しかし飛び道具が戦の主流とな

るにしたがって、これを扱う足軽たちが戦の主流となっていくだろう。武士は不要となってくる。少なくとも長州はそういう戦いを仕掛けようとしている。

今回の戦いでは彦根藩は多大な損害を被ることになるのではないか。家老たちの固陋な考えのために藩士たちに多数の犠牲者が出ることになりはせぬか。この愚かな戦いを避けることはできぬだろうか。時間がほしい。余裕があれば、彦根藩も新式銃を買い入れ、訓練をして部隊を編成しなおすことができる。そのためにも、今回の戦いは回避したい。

この戦いに参加することを免除してもらう方法はないものだろうか。彼はいろいろと口実を考えてみたが、有効な方法は思いつかなかった。幕府軍に参加することを断ったら、幕府軍内の諸藩からは腰抜け呼ばわりされ、藩主の立場をますます難しいことにするだろう。

幕府首脳にこの征長戦そのものをやめるように進言するのはどうだろうか。大体が、長州は三家老と四参謀を処刑してすでに恭順の意を表しているというのに、さらに、長州藩主父子に京まで出向き直接朝廷に謝罪せよというのはやりすぎだ。藩主父子が京に上れば、そこでしばらくは留め置かれいわば人質に等しい待遇を受けるであろうことは、長州藩士でなくとも想像できることである。薩摩をはじめとするいくつかの藩がこの戦いには大義がないと主張するのももっともである。この戦いはやめさせるべきだ、三郎左衛門はそう思ったが、徳川譜代の筆頭である彦根藩が、幕府の方針に反対したらどうなるか、結果は彦根藩をますます難しい立場に追い込むことになりかねない。若き藩主直憲をそういう窮地に追い込むわけにはいかない。やはりこのまま戦いに突入するしかないのか。

思考は堂々巡りするだけで明快な答えにたどり着くことはできなかった。

一体全体、なぜこんなことになったのか。結局は米国が艦隊を差し向けて開国を迫ってきたことに端を発している。米国と和親条約を結んだら、英国が来た。フランスが来た。そしてロシヤが来た。オランダを含めた四国が貿易のためにいくつかの港を開放するように要求してきた。しかも彼らは近代的な武器を装備した軍艦で威嚇しつつ開港を要求している。彼らの狙いは明らかだ。隙を見せれば他の東洋諸国のように、我が国を彼らの植民地にしようと虎視眈々と狙っているのだ。国内が内戦状態になれば、そこに付け入り、どちらか一方の味方をするという口実で、彼らがこの内戦に介入してきて、やがては圧倒的な火器の威力にもの言わせてこの国を奪おうという腹に違いない。こういう国難に直面しているというのに、国内で内戦をしている時ではない。この内戦は何としてもやめさせなければならない。長州には堪え難きを耐えて幕府の要求を呑んでもらい、内戦をやめさせる方向にもっていかなければならない。

そんな風に考えているうちに、三郎左衛門の思考はいつの間にか長州を説得する方向に向き始めていた。

二月の中ごろを過ぎた時、三郎左衛門は私が使者となって、長州に降伏して幕府の処分を受け入れるように交渉してみましょう、と直憲に提案し、大坂城に行き老中小笠原長行に会いその許可を求めたところ、幕府も喜んで許可を与えた。

二月二十四日、三郎左衛門は日下部内記、田部全蔵と共に岩国に赴き、長州藩の枝藩岩国藩の藩主吉川経幹《つねまさ》に面会を求めた。

事前交渉の手紙のやり取りの結果、三郎左衛門は安芸広島藩と長州藩の藩境である小瀬川沿いの小瀬村まで出向いて、そこで長州の枝藩である岩国藩の使者を待つことになった。やがて、長州藩用人の塩谷鼎助、目加田喜助、長新兵衛らが十数人の護衛を連れて小瀬村の宿舎に迎えに来た。

「お待たせいたしました。これからは、我が藩領になりますが、中には乱暴者もおり、幕府のお使者ということを知れば、危害を加えようとする者もおるやもしれませんので、護衛を連れてまいりました」

三郎左衛門は、ようやく役目を果たすことができてほっとすると同時に、長州藩の領内に入るとなると、場合によっては生きて戻ることはできないかもしれない、と覚悟を決めて彼らについていった。小瀬村は小瀬川をさかのぼった山中にあったが、そこから小瀬川の川沿いの道を海に向かって一里ほど下ると、安芸から岩国に通じる街道に出た。その街道に沿って一時《いっとき》も歩くと左手に海が見えてきた。

「もう間もなく、今津川に出ます」

案内の塩谷が言った。徳三郎はその声にうなずき、あたりを見回しながら歩いていた。もし長州の領内に討ち入ることになれば、この道を通ることになるかもしれない。街道の右側には峻険な中国山地の山が迫っており、木立の陰に隠れた敵にどこからでも鉄砲で狙い撃ちされるかもしれない、そんなことを考えながらしばらく歩くと、やがて一行は今津川に出た。そこを右に折れて川沿いの道を通ってしばらく進むと船着き場が見えてきた。船着き場の周辺には蔵や商店が立ち並び、にぎやかな新湊の町並みが続いている。そこを通り抜けたところに岩国藩主の下屋敷があり、彼らはそこに案内された。

翌日、下役の案内で屋敷の大広間に向かうと、そこには酒肴の席が設けられていた。瀬戸の海でとれたさまざまな魚類、山でとれたきのこ類などそれこそ山海珍味と言われるような御馳走が並べられていた。中央には二つの席が設けられていて、三郎左衛門たち彦根藩使者はその右側の席を与えられた。ほどなく、岩国藩の代表が入ってきて、中央の席に家老の吉川勇記、中老の今田靫負がつき、その左の席に目加田喜助、長新兵衛、塩谷鼎助が座った。彼らの後ろには祐筆が二人、机を並べて座った。

「遠路はるばるお越しいただき恐縮しております」

吉川勇記の言葉遣いは丁寧だった。

「して、掃部頭様にはお変わりなくあらせられましょうな」

「は、ありがたきことに元気にしております。駿河守様のご容態はいかがでございましょうか。ご病気のよし伺っておりますが」

昨日塩谷から岩国藩主吉川経幹が病気であると聞かされていた。

「正月にご本家の萩本城までご挨拶に伺って以来、風邪をこじらせましてな。それが一向に良くならず、なかなか床を離れることができないでおります」

三郎左衛門には、吉川経幹が病気などではないことはわかっていた。それはあくまでも口実に過ぎず、幕府の使者に会って、藩主自らうっかり幕府に都合のよいような言質でも与えたならば、まずいことになる。家臣の誰かの言葉ならば、それは藩主の意に反した発言として、彼を処分する形で問題を処理できる。吉川勇記も三郎左衛門がその言葉を信じていないことを知りつつ、素知らぬ顔で言っているのだった。三郎左衛門たちは、掃部頭井伊直憲の内密の使者として来ていたが、彼らは三郎左衛門たちを幕府の使者とみなしているようだった。

「ま、お話はゆるりとお伺いすることとしてまずは、手前どもが用意いたしました料理に箸をお付けくだされ。これ、お酌をいたさぬか」

家老の言葉に下役の一人が徳三郎たちに酒を注いで回った。

「田舎料理で、お気に召すものがあるかわかりませぬが、精一杯ご用意させていただきました」

岩国藩が彼らを丁重に扱い馳走攻めにした上で、何の言質も与えず追い返そうとしていることは明らかだった。

三郎左衛門は彼らの執拗な勧めに不本意ながら鯛の刺身に一箸つけた。新鮮な刺身の味は、彦根のように海のない土地のものにとっては驚くほど甘美だった。しかし、彼はそれを喜んでばかりはおれない使者としての使命がある。彼は箸をおき、威儀を正し吉川勇記の方を向いた。

「われらが主人掃部頭は、このたびのことに大変心を痛めております。蛤御門での戦の折は天朝のご命令とありやむを得ず尊藩に対して槍を向けました。しかしこのたびの戦準備は無用のことと思いながら、われらも徳川家の家臣として、主命には逆らえませぬ。ご本家毛利大膳太夫様およびご当家駿河守様のお立場には深くご同情申し上げておりますし、これまでも尊藩とは至誠組を通して親しくお付き合いさせていただいておりますれば、お互いに干戈《かんか》を向けあうようなことはいたしたくないというのが本音でございます。何か互いに矛を収めることのできる道はないものか、とわれらが主人は日夜心を痛めております。そういう次第で、このたびわれらに使者として駿河守様のご本心を伺って参るようにと命じられ、こうして出向いて参った次第であります。主人からは、駿河守様に直接お会いして親書をお渡しし、直接お言葉をいただいて参るように命じられております。御病中というご事情を伺いましたが、このまま差し戻りましては我らも使者としての面目が立ちませぬ。何とか御病室の隅にてでも、ご面会をお許しいただき、直接親書をお手渡しさせていただき、お言葉をいただけるようにお取次ぎいただけぬものでしょうか」

「お立場はようわかっております。なれど、われら老臣どもも日ごろから殿のご相談をお受けしている立場でありますから、内密のお話といえどもいずれお話の内容は我らも知ることになりますので、主人病床にありますことゆえ、できますれば、ここでお話を承りたく、その点御了解いただきたく願っております」

「私も側役として主人の相談を受ける身なれば、いずれの藩の明君・賢将であれ自分一人ですべてを決めることができぬこと、駿河守様も当然御重役と相談されてことをお進めになっておられるだろうことは十分承知していることでございます。したがって、今般言上申し上げたきことをあなた様方にお話しできないということではございません。ただ駿河守様にお目通り願って親しくお言葉を頂戴してまいれとの、主命を何とか全うしたいとの思いでご面会を願っている次第でございます」

三郎左衛門は重ねて吉川経幹との面会を要求したが、岩国藩重臣たちは言を左右にして、それを受け入れる様子はなかった。彼は副使の日下部内記、田部全蔵の方を見て目で「どうするか」と問いかけた。二人とも軽くうなずき目で合図を返した。

「致し方ありませぬ。主命を十分に果たすことができぬのは残念ではありますが、あなた様方の方にもいろいろと難しきご事情もおありのこととお察し申し上げておりますれば、この場にてお話しさせていただきましょう。今般の幕府の処置に関してでありますが、巷間さまざまな流言がありますために、無用なご心配をおかけしているように思われます。幕府の立場は極めて寛大なもので、毛利大膳太夫様には直接朝廷に出向き、御自ら天上にお赦しを願っていただきたいとのそれだけでございます。そうすればすべて氷解し万事解決いたすであろうとのことでございます。巷間の流言の中にはその際幕府が大膳太夫様の身柄を拘束するつもりであるかのような話があるやに聞いておりますが、決してそのような考えはございませぬ。万が一にもそのようなことがございますれば、主人掃部頭は上様とも親しくさせていただいており、上様の名代として日光代参も務め、上様ご上京の折は彦根城にお泊りいただき親しくお話し申し上げるような立場でございますれば、必ずや上様に直接お目通り願って、大膳太夫様にご迷惑をおかけせぬように説得申し上げる所存にございます。どうか大膳太夫様には主人を信じていただき、京に足をお運びくださり、ご無心なきことを身をもってお示しくださるようにお願いいたします。駿河守様にはそのことをご本家大膳太夫様にお伝えして説得してくださるようお願いいただくことが、われら使者の今般の使命でございます。

聞くところによりますれば、御尊藩ご家中にはこのような状況にもかかわらず幕府に逆らう激派の方々がおられるとのことでございますが、そのお取り締まりのご様子、幕府の目には十分と見えませぬ。これでは幕府の尊藩に対する不信感を払しょくすることも難しかろうと思います。大膳太夫様のご上京が遅れれば遅れるほど、このような幕府の不信感が次第に募ってまいり、折角の寛大な立場が次第に硬化していくことになりかねませぬ。どうかそのことをご理解いただきたくお願いいたします」

「掃部頭様のお心遣い、ありがたきことにございます。またご懇篤なご忠告にも深く感謝しております。なれど、十万石の減知の処分を受け、われらすでに家老らを切腹させ、毛利大膳太夫父子も謹慎して恭順の意を表しているにもかかわらず、さらに大膳太夫父子に謝罪に上京するよう無理難題を吹きかけられて、あまりの意外さにただただ驚きいっております。これまで幾度も書状をもって嘆願申し上げているのに、お返事なくいきなり周囲に軍隊を差し向けるという、このような幕府のご処置には、藩士一同血涙を流し悔しがっております。われらには天朝に対して弓を引くなどという考えは毛頭ございませんが、すでに謝罪・恭順の意を家老どもの死をもって表しているにもかかわらず、さらに追いかけるように難題を持ち出し、われらを追い詰め給うのはいかがなことでありましょうか。われらは今や『袋のネズミ』の状態。追い詰められて、いたぶられている有様です。こうなれば『窮鼠猫を噛む』の譬えもありますように、たとえかなわなくとも一矢でも報いて武士の意地を貫くしかない。藩主はじめ重役たちの恭順の姿勢には何ら変わりありませぬが、一部の藩士たちがそのような考えを抱くに至ることは十分に察しられるところであり、それがあなた様が申されました激派と言われるものたちのことでありましょう」

「お話いちいちごもっともではありますが、駿河守様にはそのおつもりがなくとも、藩内の一部過激分子が暴発して幕府軍と衝突して戦闘が始まるというようなことになれば、それこそ一大事でございます。

今我が皇国には米欧諸国から軍艦が押し寄せ、支那をはじめ亜細亜《あじあ》諸国のように我が国を植民地化しようとしている、そういう未曽有の国難に直面しております。このような時に、内紛・内戦の様子を見せれば彼らに付け入る隙を見せることになりかねませぬ。

残念ながら現状では彼らの近代的な武器を前にして大和魂だけでは十分に立ち向かえる状況にはございませぬ。今は皆が一致団結して国を豊かにし軍備を整えて彼らに対抗できるだけの国力をつけなければならない時期であることは、私共が申しあげるまでもないことと思います。どうか、ここは堪え難きを耐え、忍び難きを忍んで、幕府の処置を受け入れていただき、国難に対応していただくようお願いに参りました」

このようなやり取りが長々と続いたが、吉川勇記らからはついに毛利父子が京に赴き朝廷に謝罪することに対して、肯定的な言質を引き出すことはできなかった。三郎左衛門たちはやむを得ず直憲の親書を手渡し、吉川経幹からの返書を受け取って帰陣することにした。経幹からの返書が宿舎に届けられたのは二日後だったが、その間外出することは許されず、屋内で無為な日々を過ごさなければならなかった。

三郎左衛門たちが岩国から戻ってからさらに三カ月がむなしく過ぎ、ようやく天皇の沙汰書が出て幕府の攻撃が始まったのが六月七日だった。彦根藩は与板藩・高田藩とともに芸州口に向かって進軍を開始した。芸州口の一番手芸州広島藩が攻撃に参加しないことは明らかになったので、彦根藩が一番手となってしまった。彦根藩では木俣隊を藩の一番手、戸塚隊二番手、河手隊を三番手として岩国城を目指した。彦根藩の装備は、旧態依然たる赤備えである。旗・のぼりを立て、甲冑に身を固めた彦根藩の姿はかつては敵に恐れられたものであったが、近代戦にあっては敵の銃撃の格好の標的となるだけであった。彦根藩の小銃はほとんどが和式でわずかにある洋式銃は先込めのゲベール銃だった。これに対して、長州兵はほとんど全員が新式の元込め旋条銃《ライフル》のミニエ銃を持ち、銃器の性能はよく飛距離も雲泥の差があった。その上彼らは鎧冑を一切捨て、軽装で行動が身軽な上、小隊単位で山中に散らばって臨機応変に攻撃する戦法だった。

六月十三日、彦根藩兵は長州との藩境を流れる小瀬川岸に達すると、背後の油見村顕徳寺に本陣を置き、現在大和橋がかかっている周辺に散開した。一方長州勢は対岸の和木村に岩国から山越えしてきた岩国藩兵が布陣していた。十四日払暁、彦根藩から二人の武士が川に馬を乗り入れるのを見た岩国藩兵はこれを認めると一斉に銃を放ち、ここに戦闘の火ぶたが切って落とされた。この二人の武士は竹原七郎兵衛と曽根佐十郎で彼らは朝廷の長州征討を認める勅書と幕府の降伏勧誘書を持った使者だったが、岩国兵はそれと気付かずに銃撃したのだった。

彦根藩兵はこの二人が撃ち倒されるのを見ると、家老木俣の「かかれ！」という号令を待つのももどかしく、一斉に川に乗り入れたが、払暁の薄明りの中でも目立つ井伊の赤備えは格好の射撃目標となって、岩国兵の一斉射撃の前に次々と倒れていった。それでも彦根兵は無二無三に川を渡り、岩国兵に切り込んでいった。その時、海側から小瀬川沿いに上ってきた長州の別動隊が側面から彦根兵を攻撃してきたので、たまらず彦根兵は退却した。戦死者十三名を出し、負傷者は数十名に達した。

しかし彦根藩だけが手ひどい敗北を喫したのではなかった。幕府軍は大島口でも、石州口でも、さらに小倉口でも敗北した。小倉は老中小笠原長行の藩であったが、長州勢に領内に進攻されたばかりでなく、猛攻撃を受け支えきれずに、自ら城を焼いて逃げ出してしまうという有様であった。薩摩藩の担当となった萩口は薩摩藩が戦闘に加わることを拒否したために、攻め口自体がなくなった。

こういう中で、七月二十日、将軍家茂が死亡した。幕府は将軍の死を秘して七月二十八日、最後の総攻撃をしかけることにした。


彦根藩は木俣・戸塚・河手の三隊に小野田隊が加わり、紀州・幕府陸軍隊と共に、大野村に向かった。三郎左衛門も配下の鉄砲隊を率いて加わった。紀州藩は新式銃を六百挺用意していたし、幕府歩兵も新式銃を装備してフランス式の調練を受けた部隊であったので、この日は六月十四日のような無残な結果にはならなかった。

廿日市を出発した征長軍は串戸で二手に分かれて、紀州藩は海岸沿いに大野村を目指し、彦根藩は山道を取った。彦根藩が先頭に立ち、幕府歩兵一大隊が後に続いての進軍である。征長軍は幕府軍艦二隻が海上から猛烈な艦砲射撃を行ったので、長州軍は大野村を捨てて玖波まで下がった。征長軍はこの玖波にも猛烈な攻撃を加えて遂にこの地を奪取したが、夜になって奇襲部隊の攻撃を受ける恐れがあるので、町に火を放って撤退した。

幕府は八月二十日、将軍の死を、次いで二十一日、休戦を発表した。圧倒的な数で長州を包囲したものの攻めきれずに遂に包囲網を解いた、ということになるが、幕府軍に比べれば圧倒的な少数でありながら、守りきった長州はむしろこの戦いに勝った、と意気軒高であった。

幕府軍解散の命令を受け、三郎左衛門は井伊直憲に従って広島を離れ、京都を経由して九月二十五日に彦根に戻った。この戦いでの彦根藩の死者は二十四名、負傷者は約五十名だった。

十月中ごろまでには従軍したすべての彦根藩士が戻ってきた。

長州との戦いで、彦根藩は銃器の威力を痛感し、旧式戦法では歯が立たないことを身をもって体験した。このために、十二月十五日に家老の新野左馬介と脇五右衛門に軍制改革を命じたが、新野左馬介もまた脇五右衛門も老齢ということで隠退を申し出てきた。そこで脇五右衛門の嫡男で彼の後を継いだ脇伊織を軍制改革御用に命じて、銃隊の改革を行うことになった。新式銃を買い入れ、銃隊の再編成を行い、銃隊を倍増した。三郎左衛門はさらに三十人の鉄砲足軽を付けられ彼の配下の銃隊は六十名規模となった。

また、三郎左衛門は、評定役に役替えとなり役料として百俵を与えられ笹の間詰めとなった。笹の間は表御殿の藩主の座である御座の間の隣にあって、家老・中老が詰める場所である。三郎左衛門はこの時一時的に側役を離れ、新たに側役として武笠七郎右衛門が任命された。

十 岐路《わかれみち》

その頃、一橋慶喜は江戸に戻り、徳川宗家を継ぎ徳川慶喜となって、前将軍の喪に服していたが、孝明天皇の要請を受けて将軍位に就き、京都に戻ってきた（慶応二年十二月五日）。公武合体を重視していた孝明天皇は慶喜に期待していたが、その天皇が慶喜将軍宣下のわずか十日後に突然急死してしまった。

すでに政治の中心は江戸から京に移っており、江戸幕府の弱体化は否定しようもない状況だった。それに加えて新将軍慶喜は尊王を家訓とする水戸藩の出身であり、公武合体の強力な支柱であった孝明天皇の死は慶喜にとっては大きな痛手だった。こういう状況下で、朝廷はまた攘夷派の暗躍の場となってきた。と言っても、攘夷は不可能ということは薩長をはじめとして多くの藩が認めるところで、攘夷論を口にする朝廷公家たちもそのことがわかり始めていた。しかし幕府の弱体化が明らかになるにつれ、彼らは天皇の下で影響力を持つことが可能となり、またそれを期待するようになってきた。政治は幕府に任せるという立場を一貫して支持してきた孝明天皇が亡くなり、新たに践祚《せんそ》された天皇はまだ十四歳だったから、長州派公家や薩摩派公家らを中心とした反幕の公家たちは、天皇親政を求めて盛んに活動を開始した。もはや「攘夷」ということは事実上不可能と悟るようになってきた志士たちは「倒幕」を口にするようになっていた。そういう中、四月には島津久光が三千の兵を連れて入京してきた。六月に薩摩と土佐の間で同盟が結ばれ、さらに九月には倒幕のための挙兵案を、薩摩が長州に対して具体的に示すに至る。倒幕の運動は次第に具体性を帯び、いつ新たな内戦が勃発するかわからない様相を呈してきた。しかもこのたびの内戦は幕府対反幕府勢力という日本を二分する戦いになりそうだった。

この内戦を避けるために、坂本竜馬の発案になる「大政奉還」案を土佐藩参政(仕置家老)の後藤象二郎が将軍慶喜に建白した。慶応三年(一八六七年)十月三日のことである。これは坂本竜馬が長崎から京に向かう船中で書き上げたことから「船中八策」と呼ばれるが、その中心は「政権を朝廷に返還する」「議会を設けて諸藩の代表による会議によって政治を行う」というものだった。将軍位を返還しても徳川家は七百万石の超大藩であり、薩摩藩六十万石、長州は三十六万石という程度であるから、徳川の会議での発言における優位はみじんも揺るがないという思いがあったのであろう。慶喜はこれを受け入れて十月十四日、将軍位を返還し一大名となった。

ところが薩長とこれを支持する公家たちの暗躍は慶喜の思いを一歩も二歩も先んじていた。大政奉還の前日、薩摩に対して「倒幕の密勅」が下され、長州に対しては朝廷の赦しが出て、長州は朝敵ではなくなった。これを受けて翌日十四日、すなわち大政奉還の同日に長州に対しても「倒幕の密勅」が降りたのである。もちろん幼き天皇はそんなことは知らない。岩倉具視らが勝手に発した「偽勅」であった。これを受けて、薩摩藩主島津忠義は三千の兵を率いて長州の三田尻港に上陸。長州との武力討幕の密約を実行に移した。一方、先行した長州兵八百が摂津の打出浜に上陸。

慶応の「関が原」が今にも勃発しそうな状況の中で、「東軍」につくか「西軍」につくか諸藩は揺れ動いていた。しかし「東軍」を率いているのは「家康」ではなかった。尊王の徳川慶喜である。慶喜は決して凡庸な将軍ではなかった。頭も切れるし知識もあり、理論家でもあり雄弁でもあったが、本質において今日でいう「評論家」であった。彼の理論の骨格は「尊王」を中心に形成されており、その理論の中心となるべき天皇を人質としてとられてしまっては、彼の論理には説得力を欠いてしまう。

慶長の「関が原」において家康が率いていた東軍の主戦力は豊臣系大名たちであり、家康は豊臣系大名の宗主である豊臣秀頼が西軍の総帥として戦場に現れることを何よりも恐れていた。この家康の弱点に石田三成は気付かなかった。その歴史に学んだかのように慶応の「関が原」では西郷や岩倉具視らは、いち早く天皇の御影を掲げることによって慶喜の弱点を突くことを考えていたのである。このために慶喜の心は惑い分裂し、決断できなかった。

こういう中にあって彦根藩も動揺していた。徳川軍につくことを主張する派と新政府軍を支持する派とが、今にも衝突しそうな状況にあった。三郎左衛門は、藩主直憲に進言し藩論を統一するための会議を開くことにしたが、その会議で彦根藩は苦悩の末に「西軍」を、すなわち天皇を擁する新政府側を選択したのだった。徳川家譜代筆頭の彦根藩が徳川家を裏切ったのである。それはつらい苦しい選択ではあったが、その中にあって唯一の救いは彦根藩がほとんど脱落者なく結論に沿って一致団結して行動したことだった。

二条城にいた慶喜は会津・桑名の兵を率いて大坂城に移った。この時彦根藩に対して警備の要請があったが、藩はこれを断り、新政府に協力を申し出て、徳川派だけではなく新政府側をも驚かせた。

「徳川軍はどうしている。御所を攻撃しようとしているか？」

と直憲が言った。評定役の三郎左衛門と新たに側役となった武笠七郎右衛門が藩主に呼ばれて話し合っていた。

「やはり、慶喜様は躊躇しておられるようですね。大坂城では旧幕軍の連中が戦いの準備をしているようですが、慶喜様が動こうとしないので、行動に出られないようです」

と武笠が答えた。

「新政府軍参謀の西郷は慶喜から攻撃を仕掛けさせたいとじりじりしながら、旧幕軍の動きを待っているようです」

と三郎左衛門が言った。

「もし両者がぶつかったら勝ち目はどちらにあると思うか？　われらも御所に詰めなくてもよいのか？」

と直憲が心配そうに聞いた。

「両軍が本格的にぶつかれば、徳川軍の方が優勢でしょう。新政府軍の方が圧倒的に数が少ないのですから。西郷は初戦では負けるつもりでいるようです」

三郎左衛門は新政府軍に参加することを伝えて後、彦根藩も御所内に入って警備につくことを主張したが、西郷は一隊を四塚門の守衛につけ、主力は大津に守備して、東海道を通って京に向かってくるであろう徳川軍の来襲に備えてほしいと依頼していた。

「負けるつもり？　それはどういうことだ」

「西郷が彦根藩に御所内に入ることを要請しなかったのは、理由が二つあると思います。一つは、彦根藩が新政府側につく道を選択したことには大変驚いたようで、まだ十分に信用していないということでしょう。御所内に入って中から裏切り行為でもされたら、新政府軍は完全に崩壊してしまうと心配してのことでしょう」

「で、もうひとつの理由は？」

「あくまでも徳川軍の方から火ぶたを切らせることが狙いなのです。徳川軍に御所を攻撃させる。そうすれば徳川軍を朝敵にすることができる、というわけです。徳川軍が朝敵になれば、様子見をしている諸藩が雪崩を打って新政府側につくと計算しているのです」

西郷の計画は慶喜に御所を攻撃させ朝敵の汚名を着せることだった。薩長も尊皇、慶喜も尊皇では戦いにならない。戦いにならなければ、結局新政府の主要メンバーに慶喜を迎えなければならないことになる。そうなれば以前と異ならない状況になる。このためにぜひとも慶喜側から火ぶたを切らせて朝敵に仕立て上げ、徳川家を叩きのめさなければならなかった。

「慶喜様もそこは読んでおられる。だから、薩摩を討つと息巻いている会津・桑名の兵をなだめて大坂城に移られた。これには西郷も困ったようです」と三郎左衛門は解説した。

そこで西郷はこういう時のために江戸の薩摩屋敷に送りこんでおいた益満休之助らに薩摩の名で江戸を荒らし回るように指令を送った。彼らは火付けや強盗を行い、挙句には江戸城に忍び込んで火をつけた。この知らせを受けた大坂城の旧幕軍はたまりかねて、「薩摩を討つ」という名目で遂に軍を挙げた。

旧幕軍は一万五千、薩摩を中心とした新政府軍は五千で、新政府軍は圧倒的に少数であったので、西郷の予定は戦いが始まるとひそかに天皇を比叡山に隠し主力部隊は山陰道を通り鳥取に向かうことにしていた。西郷の狙いはあくまでも徳川軍が御所に槍を向けたという事実を作り出すことだったのである。

徳川軍の先鋒隊は伏見から鳥羽街道を通って御所に向かおうとした。鳥羽街道には薩摩兵が守りについていた。強引に薩摩の守りを突破しようとした徳川軍に薩摩兵の銃が一斉に火を噴き、ここに鳥羽・伏見戦争が勃発した。圧倒的な数の優位にある徳川軍は油断していた。鳥羽街道を密集部隊のまま薩摩の囲みを押し破ろうとしたために街道の両側から挟撃され、縦長の長い列になっていた徳川軍では戦いに参加できるのは列の先頭にいる一部だけで、他は戦いから取り残された形になったためにたちまち陣形を崩されてしまった。

慶応四年（一八六八年）一月四日のことである。伏見でも新撰組との戦いを制した新政府軍は隠し持っていた錦の御旗を掲げた。天皇を推戴する新政府軍に徳川軍が攻撃を仕掛けたのである。錦旗を掲げる口実ができたのだった。これによって徳川軍は朝敵とされた。新政府軍は負けるつもりでいた初戦に勝っただけでなく、徳川軍を朝敵にすることに成功した。

大坂城にいた慶喜は錦旗が現れたことに狼狽した。彼が最も避けたい朝敵になってしまったのである。鳥羽・伏見の戦いに敗れたとはいえ、徳川軍にはまだ十分な余力があった。大坂城では慶喜の出陣を求めて反撃の準備を進めていたが、六日、慶喜はひそかに会津の松平容保・桑名の松平定敬らを連れて大坂城を抜け出し、天保山沖に停泊していた軍艦に乗って江戸に逃げ帰ってしまった。江戸で再起を図るという口実だったが、慶喜の戦意はすっかり萎えてしまっていた。慶喜は勝海舟を呼び出して陸軍総裁に任命すると、後の処理を一切彼に任せて、自分は恭順・謹慎の立場をとって閉じこもってしまった。

「田中、結局お前の予想どおりになったな」と直憲が言った。

「運がよかったのです。実のところ、反対の結果になったら、殿を窮地に追い込むことになる、と気が気ではありませんでした。胃がきりきり痛んでおりました」

「これからどうなるだろう」

「そうです。これからです。賽は投げられたのです。江戸にはまだ旧幕軍の精鋭が残っておりますし、海軍もまだ無傷で残っています。彼らがどういう動きをするか、まだ決着がついたわけではありません」

「ことがこうなった以上、彦根藩としては徹頭徹尾新政府側に立って行動するしかないのだな」

「そのとおりでございます。殿にもしっかりご覚悟をしていただかなければなりませぬ」

「わかっておる。そのつもりだ。桑名には誰の部隊を送る?」

「小野田様の部隊をお送りください。私も参ります」

「いや、田中、お前は私の側にいてくれ。戦闘に加わるのも大変だが、残って戦況を見つめているのもつらい。一緒にそのつらさを分かち合おうではないか」
「もったいないお言葉、殿のおためになることであれば、なにごとであれ仰せのままにお従い申し上げます」

彦根藩は鳥羽・伏見の戦いでは約三百の兵を御所周辺の警備におき、主力は江戸から進軍してくる徳川軍を想定して東からの侵入口である大津の守備についていたので鳥羽伏見の戦闘には加わらなかった。三郎左衛門は直憲とともに大津にいたが、彦根藩は新政府から桑名藩の攻撃を命じられる。桑名藩藩主は松平容保の弟で京都所司代であった松平定敬である。三郎左衛門は物頭として銃隊六十人を率いていたが、この時評定役に加えて再び側役となることを命じられ物頭を免じられた。三浦省右衛門が三郎左衛門に代わって銃隊を率いて桑名に向かって出陣した。彦根藩は小野田小一郎が藩主名代として兵を率いて一月十八日に大津を出発。新政府軍は二十三日に桑名に到着したが、桑名藩主松平定敬は将軍慶喜に強引に江戸に連れていかれ、留守であったために桑名藩は戦わずして降伏、開城した。彦根藩は城を受け取ると、城を守備してしばらく桑名に滞在した。

「桑名攻撃では一兵も失うことなくてようございました」

「うん、ほっとしている。しかしこれからだな。いよいよ江戸を目指すことになるのだな」

「さようにございます。東征軍の陣容が発表されまして、彦根藩は東山道軍に編入されることになりました」

桑名藩の降伏をみた新政府は、いよいよ東征に乗り出すことにして、二月三日、東征軍の陣容を発表した。

東征軍大総督　有栖川熾仁《たるひと》
東海道先鋒総督　橋本実梁《さねやな》
東山道先鋒総督　岩倉具定《ともさだ》
北陸道先鋒総督　高倉永祐《ながさち》

という陣容で、彦根藩は東山道軍に編入された。桑名に派遣された藩兵にさらに彦根から出陣した兵を加えて八百人が東山道軍の集結地大垣に向かった。

二月二十日、東山道軍が江戸に向かって進軍を開始した。先鋒は薩摩藩と大垣藩、中軍は長州藩と土佐藩、彦根藩は八百人中五百六十八人が後軍に編成され、残りは彦根に戻ることになった。

彦根藩の陣容は

大隊長　家老河手主水
評定加役軍事奉行　石黒務
軍事方　西村捨三・小西新左衛門など
銃手組小隊長　三浦省右衛門・渡辺九郎左衛門など
新組小隊長　田中与左衛門・青木貞兵衛など

というもので、三浦省右衛門は三郎左衛門から銃隊六十人を引き継いだものである。三郎左衛門が評定役・側役として政務をとる立場でなかったならば、彼がこの役を引き受けるはずだった。

東山道軍は途中戦闘もなく、三月十四日に板橋に到着。しばらくここに滞在していた。幕府老中だった板倉勝静《かつきよ》は日光で謹慎していたが、江戸を脱出した旧幕府兵が続々と彼の下に集まり出したのを心配した宇都宮藩は新政府に出兵を要請してきた。これを受けて彦根藩を含む東山道軍の一部は三月晦日、日光に向けて進軍を開始した。おりしも江戸城総攻撃の日が近づいており、全軍が板橋を離れることはできなかった。

彦根藩らが新撰組局長近藤勇を捕らえたのはこの時である。彦根藩兵が粕壁（春日部）に宿営している時に、江戸川沿いの流山に江戸脱出組の旧幕兵が屯集していると の知らせがあった。そこで宇都宮派遣軍の一部は軍監香川敬三（水戸藩）、小軍監有馬藤太（薩摩藩）を中心に別動隊を結成し、これに彦根藩の渡辺九郎左衛門が率いる小隊などを含む三百人で流山に向かった。旧幕兵の一群は幹部たちが酒造家長岡屋に十人前後、光明院という寺に二百名ほどが分宿していたが、彦根藩兵らが長岡屋を取り囲んだ時には、光明院にいた旧幕兵たちは近くの山で調練中であった。香川と有馬が尋問のために長岡屋に入ると、内藤隼太なる人物が応対に出てきて
「私どもは下総鎮撫隊と申し、このほど、江戸表より脱走した兵どもが諸所で乱暴しているとの知らせで、これらを取り締まるために出動しているものであります」
と言った。
これに対して有馬は
「暴徒の取り締まりは、新政府の役目であるから、その許可もなく兵を屯集されるのは困る。鎮定の役割は我々にお任せになり、速やかに武装解除していただきたい」
というと、内藤は
「わかり申した。隊長と相談してまいりますので、暫時お待ちいただきたい」
と奥に引っ込んだ。香川と有馬はそこに立ったまま待っていたが、隊長も内藤も一向に戻ってくる気配がない。武装して戦うつもりで時を稼いでいるのか、と心配し始めていると、ようやく隊長と思しき人物が現れた。
「下総鎮撫隊を指揮している大久保大和と申す。委細は内藤から伺いました。われら

は江戸の恭順の意思に沿って、反乱分子を取り締まるために出動したもので、もとより官軍に刃向かう気はありませぬ」

「我々は流山に反乱分子が集結しているという情報に従って、本隊より派遣されたものであり、そういうことならば、ご足労ながら、越谷にいる本隊までご出頭いただき、部隊の解散などの確約を直接参謀にお伝えいただきたい。なお、集団で銃など携行していることは、反乱の意思ありとみなさざるを得ませんので、これは引き渡し願いたい」

香川の要請に対して意外にも素直に大久保は従った。

「銃はお渡しいたしましょう。なれど刀は武士の魂。これはお渡しいたすわけにはまいりませぬが、それでよろしいな」

大久保は十丁ほどの銃を持ってこさせ
「残りは、分宿している光明院の方にあります。そこにいる連中が抵抗してはいけませんので、私自身が説明に出向き、そこで残りをお渡ししましょう」

そこで、香川は彦根藩の小隊長渡辺九郎左衛門を呼び、その小隊六十人に大久保と同行して銃を受け取るように命じた。渡辺は大久保大和を一目見るなり、彼が新撰組局長の近藤勇であることに気付いた。渡辺は禁門の変の前後からたびたび御所の門の警備についており、そこを出入りする近藤勇を二、三回見かけたことがあったのである。しかし彼は何食わぬ顔をして近藤について行き、銃を受け取った。

武器の引き渡しが終わると、大久保こと近藤勇は長岡屋に戻り、そこで内藤らに別れを告げ、香川敬三とともに轡を並べて越谷に向かった。東山道軍の流山別動隊は全員がそれに続いた。武器を取り上げたので、不穏な反乱要素がなくなったとみなしたのである。彼らがこののち北上して会津に向かい、またふたたび彼らと剣矛を交えることになるとはその時点で予想していなかった。

越谷の宿が近づいてきた時、渡辺九郎左衛門は有馬雄太に声をかけ、二人は列を離れ軍列の最後尾に行った。

「有馬殿、お気付きでしょうか。あの御仁が近藤勇だということを」

「なに！　近藤勇だと！　あの新撰組の。それはまことか」

「さよう、わたしは御所の警衛にあたっている時に、二、三度見かけていますから、まず間違いありますまい」

薩摩藩は多くの藩士が新撰組に殺されており、そのことを知って有馬の顔色が変わった。今にも駆けつけて行って近藤に切りかかりそうな表情を見て渡辺は言った。

「何食わぬ顔で、宿まで護送し、そこで厳しく吟味されるがよろしいでしょう。今は知らぬ顔をしてください」

越谷の宿での近藤の扱いは厳しいものに変わった。新撰組局長近藤勇ということが露見したことを知った彼は、もはやそれ以上の見苦しい抗弁をしなかった。近藤勇は越谷からは唐丸籠で罪人として板橋まで送られ、そこで打ち首となった。渡辺九郎左衛門率いる彦根藩隊が板橋までの護送役を務めた。流山で新政府軍に最初に応対した内藤隼太と名乗る人物は土方歳三であったが、彼は残された部隊をひとまず解散し、めいめい目立たぬように会津に向かわせ、自分は江戸に戻り勝海舟に会って、近藤勇の救出を図ろうとした。しかしこのとき勝海舟は新政府軍の江戸城総攻撃を前にして、総攻撃を中止させようと西郷隆盛との会談の準備で忙しいときであり、土方は相手にしてもらえなかった。

一方近藤勇を板橋に送った後、新政府軍の宇都宮派遣軍はそのまま日光に向かうと、板倉勝静は彦根藩を頼って投降してきた。板倉はその後宇都宮城に幽閉された。

慶応四年四月、彦根藩主井伊直憲は別邸槻御殿の庭、玄宮園を散策していた。三郎左衛門も供をしていた。遠景に彦根城の天守を望み、琵琶湖を模した池には九つの橋が架かり、池には緋鯉が悠々と回遊していた。庭の木々は春の芽吹きで周囲に新緑の香りがむせるほどに満ちていた。直憲は臨池閣の縁に腰を下ろし、運ばれてきた茶を喫しながら池を眺めていた。

「殿はこちらにおわしましたか」

とそこへ武笠七郎右衛門が急ぎ足でやってきた。

「殿、ついに江戸城開城となりましたぞ。無血開城です」

「そうか。戦なしか。それはよかった。めでたいことだ」

直憲は「柳のしずく」を口に入れながら言った。

「武笠、お前もここに座って茶でも飲め」

「で？　彦根藩はまだ一兵も失っていないのだな。殿、ようございましたな」

と三郎左衛門が言った。

「だがまだ喜ぶのは早いぞ。江戸城開城に不満をもつ連中が上野の山に立てこもって抵抗しているらしい。さらに幕府歩兵奉行の大鳥圭介に率いられた二千名が江戸を脱出して宇都宮に向かったらしい。彼らは会津に加わって、官軍に手向かう腹らしいぞ。それに榎本武揚の率いる旧幕海軍が不気味な沈黙を守っている」

やがて武笠の心配したとおりになった。宇都宮に向かった大鳥圭介軍の進路の途中にある古賀藩からの要請を受けて彦根藩、笠間藩、壬生藩の兵二百が応援に駆けつけ、小山で大鳥軍と遭遇。数にまさる大鳥軍相手に苦戦を強いられ彦根藩は小隊長青木貞兵衛以下十一名が戦死した。彦根藩初の犠牲者だった。

大鳥軍は余勢をかって宇都宮まで進み、これを阻止する新政府軍との間に激しい戦闘が繰り広げられたが、新政府軍は敗れて宇都宮城を奪取されてしまった。この時、彦根藩は五名の戦死者を出した。

新政府軍は宇都宮落城の知らせを受けて、薩摩の伊地知正治、土佐の板垣退助らが軍を率いて、総力を挙げて宇都宮城を奪還した。大鳥軍は日光をあきらめて会津方面に向かった。

一方会津藩は藩主の松平容保が謹慎し新政府に赦免を願っていたが、新政府は会津藩だけは許さないという姿勢を崩さなかった。会津に同情的な東北諸藩は奥羽列藩同盟を結び会津の謝罪を受け入れるように求めたが、会津攻撃の手を緩めない新政府との間にやむを得ず戦闘状態に突入していった。こういう中で会津藩と奥羽列藩同盟軍は防衛のために会津侵入口に当たる白河城を占拠。会津藩家老の西郷頼母が入城して指揮を執った。このために白河城を巡って新政府軍と奥羽列藩同盟軍との争奪戦が二カ月余りにわたって続くことになった。

その間江戸では上野山に立て籠もる彰義隊との戦いが行われ、新政府は五月十五日、これを制圧したので、新たに応援の兵を送ることができ、七月十四日、新政府軍はようやく白河城を奪取。日光から白河に向かった彦根藩も白河口を巡る戦いに参加。戦死者二名を出した。

この後七月二十六日、彦根藩は館林藩とともに先鋒として三春城攻略に向かうが、三春は戦わずして降伏。翌二十七日、彦根藩は新政府軍と共に二本松に進軍。本宮で列藩同盟軍と遭遇し交戦。この時彦根藩兵二名が戦死した。二十九日、二本松城落城。

八月二十日、新政府軍は遂に会津若松に向けて進軍を開始した。二本松に滞陣していた彦根藩は、九月一日、会津攻撃への参加を要請され、会津に向かう。九月十四日、会津城総攻撃が行われ、彦根藩兵三名が戦死した。会津が降伏したのは九月二十二日である。

これで箱館での戦いを除くと、戊辰戦争は終わったのだが、彦根藩の戦いにはおまけがついた。九月七日応援部隊として彦根を出発した二小隊が、水戸藩を脱藩して列藩同盟に参加していた市川三左衛門に率いられた部隊に遭遇して大田原で戦いとなったのである。彼らは会津藩の降伏により逃走している途中であった。それにしても、幕末の水戸藩は悲惨だった。徳川御三家であり藩主は副将軍と言われながら朝廷派であるという矛盾した立場のために、常に藩内は二つに分かれて、抗争を繰り返してきた。市川三左衛門は水戸藩保守派で、公武合体の節には書生党を率いて、尊攘過激派の天狗党を弾圧する側であったが、新政府のもとでは逆に弾圧される側となり、同じ藩の香川敬三らと戦うことになった。

この戦いで彦根藩士四名が戦死。彦根藩にとっての戊辰戦争は終わった。京都の藩邸での会議で朝廷に味方することを決意した彦根藩は、戊辰戦争のほぼ全局面に参加し、二十七名の戦死者を出した。

評定役および側役としてこの間藩主の傍らで戦況を見守っていた三郎左衛門にとってもつらい苦しい日々が続いた。戦況は飛脚によって刻々ともたらされたが、それを藩主に報告するのも三郎左衛門の役目であった。大鳥圭介軍との戦いで青木貞兵衛以下十一名の戦死者が出た報告に接した時は、彼は側役を辞退して参陣することを願い出たが、直憲はそれを許さなかった。若き藩主直憲も苦しんでいた。朝廷に味方すると決意したものの、自分の決断は譜代筆頭として徳川家に仕えてきた井伊家の歴史に泥を塗る結果となったのではないかという思いが消えることはなかった。しかしいったん決心した以上は揺らいではならない。そう心に決めて彼は決してその不安を口にすることはなかったが、そのために一層苦しむことになった。その葛藤は近侍する三郎左衛門にも痛いほどわかった。この戦争は兄弟間、あるいは親子間の戦争のように思えていた。どちらが勝とうとその悲しみは癒えることがない。

三郎左衛門は戦死者の報告がもたらされるたびに、この知らせを留守家族に伝える役目をかってでた。藩主も見舞い金を藩費からではなく自分の懐から出して彼に託した。三郎左衛門もそれに自分の見舞い金を添えて留守家族を見舞い戦死の報告をした。遺族らは一様に涙を抑えつとめて冷静にその報告を聞き、見舞い金に対して感謝の言葉を口にしたが、それだけに彼らの悲しみが伝わって、三郎左衛門はいたたまれない思いをした。しかし彼は戦場に赴くことができない代わりに彼らの悲しみと無言の非難を一身に受けることを自分の役割と受け止めた。戦死者の家族の留守宅を訪問し終えると、彼は龍潭寺に立ち寄りその庫裡を借りて一刻を部屋の中で過すことがいつしか習慣となっていた。

東北地方での戦いも終わり、江戸も治安が回復してきた。九月八日、慶応は明治と改元された。

明治一年十月二十八日、政府は藩治職制を発表し、各藩まちまちの職制を統一することにした。家老・用人などの職制を廃止し、執政・参政を置き、門閥によらぬ人材登用を行うこと、各藩から一名の公議人を出させ、政府の公議所（議会）での会議で決められたことを藩に持ち帰り、これに沿って各藩の政治を行うようにと定められた。この方針に沿って彦根藩では藩治五局（議行・総教・会計・軍務・刑法）を設け、それぞれの長官を執政と呼び、その次官として参政を置いた。藩では執政を一等執事、参政を二等執事とし、各部局の下位の役員名を三等執事、四等執事として執務に当たらせた。

三郎左衛門（この頃央《なかば》と改名していた）は、議行局二等執事に任命され参政となり、参政役料千二百俵が与えられた。過渡期であるために執政役には旧家老が就いたが、参政役には門閥を考慮せずに、渋谷騮太郎（谷鉄臣）が二等執事に、公儀人には足軽出身の大東儀徹などが選ばれた。

さらに半年後の明治二年六月には版籍奉還が実施され、これまで藩に属していた土地と人民はすべて国家に属すものとされた。井伊直憲は政府から任命された藩知事となった。これに伴って彦根藩の職員の呼称も変わり、大参事・権大参事・小参事・権小参事となり、大参事には旧家老の新野古拙が就いたが、明治三年には谷鉄臣が就任した。谷は元町医者だった人物で、これが藩人事のトップになったことから、名実ともに門閥によらぬ実力本位の人事が行われたことになる。三郎左衛門はかつての家老木俣守盟とともに権大参事となったが、木俣は三年にこの役を退き、三郎左衛門は廃藩置県（明治四年七月）が行われるまでこの職にいた。

この間、彦根藩主の住居であった彦根城表御殿は政府から任命される知事の政庁として位置づけられたので、直憲は私邸としての槻御殿に移った。やがて廃藩置県が断行され、彦根藩は彦根県となり、政府に任命された彦根出身でない人物が知事として送り込まれ、井伊直憲は藩知事を免職となった。

谷鉄臣、大東義徹、西村捨三などは、政府の要職についていた。三郎左衛門も、政府からの誘いを受けたが、彼はとてもその気にはなれず、井伊家の家令として、私人となった井伊直憲とその家政の世話をする役目を続けることになった。

明治五年十月、三郎左衛門は横浜のふ頭に立っていた。空は今にも雨が降り出しそうな雲行きで海はぼんやりと霞んでいた。その中を一隻の蒸気船が煙を上げながら岸から離れて行った。そのアメリカ行きの船には、欧米留学に向かう井伊直憲が乗っていた。船が岸を離れてしばらくすると見送りの人々は、一人、二人と去っていったが、三郎左衛門はいつまでもそこに立ち尽くしていた。

「終わった。終わったのだ」

その言葉が先程から頭の中で繰り返し鳴っていた。何が終わったのか、説明を求められても、明確には答えられそうになかったが、「終わった」という思いに彼は圧倒されていた。徳川の時代が終わった。武士の時代が終わった。彦根藩を中心として築かれてきた彼の生活のすべてが終わった。説明を求められれば、そういう答えを述べるしかなかったかもしれないが、むしろ彼の気持ちは新しい時代に適応できそうにないという漠然とした不安な思いの方が強かったかもしれない。去り行く船の後に白い波がたっていた。船の前には気の遠くなるほど茫漠とした海の広がりがある。船の進む前には道はない。それはまるで日本という国のようであり、これからの日本人の姿を象徴しているようだった。幕藩体制が倒れ、封建制度が崩壊したが、その瓦礫の中から新しい社会を作らなければならないというのに、その青写真はまだないに等しい。茫漠たる大海原を進みゆくことになるあの船のように、前方には道もなければ、進みゆく方向を見分ける標識もない。三郎左衛門はそんなことを考えながら次第に遠ざかっている船を眺めていた。小さくなっていく船の後に一本の白い航跡が残っていた。船の進んだ後を示す白波だけが、まるで「道」のように残っている。そういえば海図というものがあって、その地図上には海の中に船の航路を示す線が描かれているという。しかしその「道」はどんなに目をこらして海上を眺めても肉眼では見ることができない。見えない「道」が存在している。水平線の涯《は》てを越えて未知なる世界に踏み込んだ先駆的な航海者たちには、その見えない「道」が見えていたのかもしれない。世の大事業を成功させた人々にはそのような「道」が見えていたのかもしれない。「だが俺には見えない」三郎左衛門は自嘲的に思った。「俺のような凡人にはそんなものは見えない」、と心の中で呟きながらふと彼は今フランスにいるという準造のことを思った。準造が幸兵衛の世話でフランスに留学したことを知ったのは半年前のことだった。そして今直憲がアメリカに向かっている。若者たちは果敢に未知の世界に飛び込み、そのあとに新しい道を作ろうとしている。彼らには自分たちなりの「道」が見えているのかもしれない。だが自分は、と三郎左衛門は思った。今まで新しい道を作ろうとなど思ったこともなかった。ただすでに作られている道を歩み続けてきただけだった。道を進むと分かれ道に出た。右に行くか左に行くかそれを選択してきただけだった。

船は水平線のかなたに消えようとしていた。水平線。海と空が接している境界線。三郎左衛門は、支那で修業を積んだ高僧が語ってくれた話を思い出していた。僧は言った。支那の無限に続く平原をロバの背に揺られ、はるか遠くに見える地平線に目をやりながら進んでいると、自分が何をしようとしているのか、どこに向かっているのかを忘れて、ただあの地平に向かって進んでいるのだという思いにとらわれた。青い空と大地が地平線のところで一つになっている。日々の厳しい修行の中で目指している理想、それはいくら手を伸ばしても届くことのない青い澄み切った空のように、どこまで行けば達成できたと言えるのか分からずつかみどころのないものだが、空と大地が一つになっているあの地平線までたどり着くことができれば、空の、理想の、入り口に到達できるのではないか。あの地平線こそ、今自分が立っている現実の世界と無限の理想の世界とをつなぐ境界線なのではないか。罪と汚辱にまみれたこの世を虫けらのように這いつくばって蠢いているだけの自分であるが、あの地平線に這いつくばってでもたどり着くことができれば、空への、理想への、入り口に達することができる、そんな思いにとらわれた、というような話であった。

気が付くと船はもうすっかり見えなくなっていた。それでも彼は船が去ったあたりの水平線に目をやっていたが、実際にはその水平線すら見ていなかった。

あたりには見送りの人は誰一人としていなくなっていた。そういえば見送りに来ていた人々の中には、洋装の男女の姿も増えていた。早くも多くの人々は新しい時代に屈託なく適応していたが、彼はいまだに髷を結っていた。

それでも、三郎左衛門はその場に立ち尽くしていた。小半時もそうしていただろうか。我に返って、首を振って何かを払い落とすようなしぐさをした後、彼は横浜の街に足を向けた。馬車道のあたりに来た時に、一軒の床屋が彼の目に留まった。髷に手をやりながら、立ち止まってしばらくその店を眺めていたが、やがて意を決したように彼はその店の中に入っていった。

あとがき

著者（田中建彦）は、40年程前に父から遺された桐箱に入った古文書類や厨子等から、戦国時代の先祖・田中吉政（秀吉の忠臣）を調べはじめた。吉政の足跡を追って、国会図書館をはじめ各地の歴史・郷土図書館や資料館・博物館・城・寺・旧跡等の現地を訪れ、多くの資料をコピーし集め本にまとめた（２０１２　秀吉の忠臣　田中吉政とその時代　田中建彦・田中充恵）。

その中で　吉政の子（四男　忠政）の無嗣断絶で改易後、彦根藩井伊家に仕官し明治まで続く田中三郎左衛門家も調べていた。

『岐路』の主人公・徳三郎（↓左門↓7代三郎左衛門↓央）は、著者の曽祖父にあたる。江戸時代末期、近江彦根藩藩士として藩主の14代井伊直亮・15代直弼・16代直憲の側につかえ、井伊家と命運を共にし、藩主に生涯をささげた。徳三郎の行動は、藩主の動き、井伊家の動きと重なる。

幕末は、外圧が加わることにより、徳川幕府・朝廷・親藩・水戸藩・彦根藩・外様の藩・〝尊王〟〝佐幕〟〝公武合体〟〝攘夷〟〝開国〟の動きがうずをまいて動き出して

いた。

著者は、この徳三郎（7代三郎左衛門→央）をいつか書いて本にしたいと願っていた。

建彦亡き後、書斎に出入りするうち夫の書いた文章類の中に、この『岐路』の原稿を見つけた。読んでみると面白く、書斎の出入りのたびに読み進み「なぜ、夫は本にしなかったのか？」「ぜひ本にしたい！」と思うようになった。

その年末、偶然にも幻冬舎さんから「〝岐路〟はどうなっていますか？」のご連絡があり、出版をお願いした。夫の望みが叶えられ、こんなに嬉しいことはありません。

最後に、出版を進めてくださり助言をくださった幻冬舎ルネッサンス編集部のスタッフの皆様にお礼申し上げます。

２０２４年11月

田中建彦内　充恵

〈著者紹介〉

田中建彦（たなか たけひこ）

1940年、新潟に生まれる。

上智大学大学院（修士）、米国インディアナ大学大学院（MA）に学ぶ。

桐朋学園大学音楽学部教授（一般教養、英語）、長野看護大学外国語講座教授をへて退職。

18世紀イギリス文学（特にJonathan Swift）、悲劇論などを専門に研究。

1981～83年、NHK教育テレビ「高校英語講座I」の講師。
・論文
『ガリバー旅行記』（1969、「サウンディングズ」）
『悲劇論の転換』（1975、『桐朋学園大学紀要』）
『アイルランド語の衰退とその復活政策の失敗』（2002、『長野県看護大学紀要』）など
・著作
『大人のための復習英文法』（1994、朝日出版）
『外来語とは何か』（2002、鳥影社）など
・翻訳
『APA論文作成マニュアル』（2004、医学書院、共訳）

田中充恵（たなか みつえ）

1942年、横浜市に生まれる。

横浜国立大学卒業後、横浜雙葉学園教諭。1972年、米国インディアナ大学大学院で遺伝学を学び、帰国後東京大学遺伝学教室で遺伝学の研究を続けるが、子供の病のため家庭に入る。

その後、明星大学の嘱託講師として留学生の日本語講師。東京都日野市、茨城県鹿嶋市で外国人のための日本語教育に携わる。

『丹沢・大山国定公園のための植生調査』（1962、横浜国立大学、宮脇昭他）に加わる。

茨城県鹿嶋市在住。

岐路《わかれみち》

彦根《ひこね》藩士《はんし》 田中三郎左衛門《たなかさぶろうざえもん》の幕末《ばくまつ》

2024年11月28日　第1刷発行

著　者　　田中建彦
発行人　　久保田貴幸

発行元　　株式会社 幻冬舎メディアコンサルティング
〒151-0051　東京都渋谷区千駄ヶ谷4-9-7
電話　03-5411-6440（編集）

発売元　　株式会社 幻冬舎
〒151-0051　東京都渋谷区千駄ヶ谷4-9-7
電話　03-5411-6222（営業）

印刷・製本　中央精版印刷株式会社
装　丁　　弓田和則

検印廃止

Printed in Japan
ISBN 978-4-344-94930-0 C0093
幻冬舎メディアコンサルティングＨＰ
https://www.gentosha-mc.com/